W0389183

btb

Aus Freude am Lesen

btb

Buch

Keflavík an der Südwestküste Islands: In Rockville, dem ehemaligen Radarüberwachungsposten der Amerikaner, wird ein Mann ermordet aufgefunden. Es handelt sich um Donald Garber aus L.A., der im Winter 1973/74 sieben Monate lang auf dem amerikanischen Stützpunkt stationiert war. Der Verdächtige, Andrí Olafur Sveinsson, ein reicher Geschäftsmann, engagiert die junge Anwältin Stella Blómkvist zu seiner Verteidigung. Obwohl alle Indizien auf ihn als Täter hinweisen, schöpft Stella Blómkvist sogleich Verdacht, dass der Fall so einfach nicht sein kann. Ihre Recherchen führen sie immer weiter zurück in die Vergangenheit des Opfers und des Täters – eine Vergangenheit, die so manches zutage treten lässt.

Autorin

Stella Blómkvist ist das Pseudonym einer bekannten isländischen Persönlichkeit des öffentlichen Lebens. Ihre Krimis, allesamt in hohen Auflagen erschienen, spielen in den Bereichen Medien, Politik und Gerichtswesen und zeugen von großem Insiderwissen. Während das Rätselraten, wer wohl die geheimnisvolle Unbekannte sein mag, weitergeht, dürfen sich die Fans auf einen neuen spannenden Krimi freuen.

Stella Blómkvist bei btb

Das ideale Verbrechen. Ein Island-Krimi (72868)
Mord in Thingvellir. Ein Island-Krimi (73663)
Der falsche Zeuge. Ein Island-Krimi (73280)
Die Bronzestatue. Ein Island-Krimi (73286)
Der falsche Mörder. Ein Island-Krimi (73818)

Stella Blómkvist

Das letzte Treffen

Ein Island-Krimi

Aus dem Isländischen
von Elena Teuffer

btb

Die isländische Originalausgabe erschien 2006 unter dem Titel »Morðið í Rockville« bei Edda Publishing, Reykjavík.

FSC
Mix
Produktgruppe aus vorbildlich bewirtschafteten Wäldern und anderen kontrollierten Herkünften
Zert.-Nr. GFA-COC-1223
www.fsc.org

Verlagsgruppe Random House FSC-DEU-100
Das für dieses Buch verwendete FSC-zertifizierte Papier *Munken Print* liefert Arctic Paper Munkedals AB, Schweden.

1. Auflage
Deutsche Erstveröffentlichung April 2009

Umschlaggestaltung: semper smile, München
Umschlagmotiv: © travelstock44 / LOOK-foto
Satz: IBV Satz- und Datentechnik, Berlin
Druck und Einband: CPI – Clausen & Bosse, Leck
NB · Herstellung: BB
Printed in Germany
ISBN 978-3-442-73723-9

www.btb-verlag.de

Erste Woche

1. KAPITEL

Erster Dienstag im April

Ach du liebe Zeit!«

Die Verletzungen im Gesicht sehen wirklich entsetzlich aus.

Das rechte Auge ist völlig zugeschwollen. Das untere Augenlid erinnert einen am ehesten an eine Reihe aufgesprungener Blasen. Auf Mund und Wangen sind ebenfalls deutliche Spuren von kräftigen Fausthieben zu erkennen.

»Die Polizei hat Sigurjóna am Wochenende blutüberströmt in die Notaufnahme gebracht«, sagt Fanney und zeigt mir weitere Fotos. »Sie ist zunächst im Krankenhaus versorgt worden, bevor diese Fotos gemacht wurden, um sie als Beweismaterial zu verwenden.«

Natürlich habe ich schon oft ähnliche Fotos von Frauen gesehen, die skrupellosen, tätlichen Übergriffen unterbelichteter Grobiane ausgesetzt waren. Von Seiten ihrer Männer. Oder Liebhaber.

Viel zu oft.

Aber die Fingerabdrücke der Gewalt sind immer wieder gleich widerwärtig.

Das Frauenhaus von Reykjavík befindet sich in einem knapp hundert Jahre alten Gebäude, das früher mal die oberen Verwaltungsgurus der Gaswerke beherbergt hat. Vor der Zeit von elektrischem Licht. Lange bevor Reykjavík erwachsen wurde.

Das Haus duckt sich immer noch unter der Seitenwand des Schwarzjacken-Stützpunktes am Hlemmur. Da, wo die Stadtbusse ihre Endhaltestelle haben, im auseinandergebrochenen Herzen der Stadt.

Fanney ist eine Sozialarbeiterin weit in den Fünfzigern, die schon seit Jahren versucht, Opfern von häuslicher Gewalt zu helfen. Frauen und Kindern, die vor Schlägen und Tritten ihrer Nächsten aus ihrem Zuhause geflohen sind.

»Nach all diesen Jahren hier sollte ich längst abgehärtet sein, wenn ich die abscheulichen Resultate dieser Übergriffe sehe«, sagt sie und guckt mich mit müden, strahlend blauen Augen an. »Aber ich werde jedes Mal wieder genauso betroffen und wütend.«

»Zum Glück.«

»Das ist manchmal ganz schön schwer.«

»Was will Sigurjóna weiter unternehmen?«, frage ich.

»Sie war bisher gespalten, wie die meisten Frauen, die der Gewalt ihrer Männer ausgesetzt sind, aber heute Morgen hat sie zum ersten Mal ernsthaft in Betracht gezogen, die Scheidung einzureichen, und deshalb habe ich dich angerufen.«

»Na, dann wollen wir mal sehen, ob sie immer noch der gleichen Ansicht ist.«

Ich stehe auf. Langsam und schwerfällig. Denn ich bin jetzt im siebten Monat.

Mein Bauch steht schon richtig weit vor. Er ist wie eine quicklebendige, kugelige Behausung für eine ständig tretende Vorwitznase, die keine Lust mehr auf ihren Gefängnisaufenthalt zu haben scheint.

Sigurjóna ist dreiunddreißig Jahre alt. Hausfrau. Ist seit acht Jahren verheiratet. Hat zwei Kinder mit ihrem Mann: einen siebenjährigen Sohn und eine fünfjährige Tochter.

Die Kinder wohnen zur Zeit auch mit ihr im Frauenhaus.

Die Schwellungen in Sigurjónas Gesicht sind ein wenig abgeklungen. Die blauen Flecken wurden größer. Bunter.

Ab und zu hebt sie ihre Finger ans Gesicht. Aber im letzten Moment hält sie sich zurück, ihre Verletzungen zu berühren. Fährt stattdessen mit den Händen durch ihr schwarzes Haar, das zu einem Pferdeschwanz zusammengebunden ist.

Der Blick ihrer dunkelbraunen Augen verrät, dass sie sich große Sorgen macht. Furcht. Angst.

Zumal sie nervös ist, während wir miteinander sprechen. Die ganze Zeit. Fragt immer wieder nach ihren beiden Kindern. Um sich zu vergewissern, dass sie sich noch in vertrauenswürdiger Aufsicht befinden.

Ab und zu steht sie plötzlich auf. Geht einen Moment durchs Zimmer. Und setzt sich genauso schnell wieder hin.

»Wie ist das passiert?«, frage ich.

»Ich versuche, so wenig wie möglich daran zu denken.«

»Verständlicherweise. Aber du musst mit uns den Tathergang durchgehen, selbst wenn das schmerzhaft ist. Mir wäre es auch lieber, wenn ich deinen Bericht auf Band hätte.«

Sie nickt. Aber schluckt hart.

»Es ist in der Nacht auf Samstag passiert«, sagt Fanney und schaltet das Diktiergerät an.

»Am Freitagabend waren wir zum Essen bei Freunden eingeladen, bei Kristján und Jónína zu Hause«, sagt Sigurjóna. »Da haben wir erst Cocktails getrunken, später Rotwein mit dem Hauptgericht und Cognac zum Kaffee. Spätabends war Baldvin dann betrunken und laut. Er begann, mich zu erniedrigen, das tut er immer, wenn er in Gesellschaft besoffen ist. Da findet er, dass ich unmöglich bin und alles falsch mache. Vielleicht mache ich das ja auch …«

»Natürlich nicht«, fällt Fanney ihr ins Wort. »Das ist eine ganz typische Methode der Männer, um Frauen zu demütigen und sich auf ihre Kosten besser darzustellen.«

»Wir sind jedenfalls kurz nach Mitternacht alle zusammen in die Stadt gefahren und haben bis in den frühen Morgen unseren Spaß gehabt«, fährt Sigurjóna fort. »Dann haben Baldvin und ich ein Taxi nach Hause genommen, ich glaube, das war so gegen vier Uhr.«

»Waren die Kinder zu Hause?«

»Nein, sie waren übers Wochenende in Grindavík bei meiner Mutter.«

»Was ist passiert, als ihr nach Hause gekommen seid?«

»Baldvin beschimpfte mich wieder, sobald wir in die Diele kamen. Er hat mich beschuldigt, ich hätte mit Jónas und Eiríkur geflirtet.«

»Und wer sind die beiden?«

»Nur zwei alte Schulfreunde, die wir vor einem Pub nahe beim Ingólfstorg getroffen haben.«

»War an seinen Anschuldigungen etwas dran?«

»Nein, nein, ich habe sie nur begrüßt und mich kurz mit ihnen unterhalten, sonst nichts. Aber oft reicht das schon, und Baldvin dreht durch. Ihm wäre es am liebsten, wenn ich mit keinem anderen Mann rede.«

»Wie ging es weiter?«

»Ich habe versucht, mich zu verteidigen, dass ich nicht mit den Jungs geflirtet habe, aber da hat er mir angekreidet, ich würde ihn immer reizen, und begann, mich anzuschreien und mir das Übliche vorzuwerfen.«

»Was ist denn ›das Übliche‹?«

»Er brüllte, ich wäre eine Hure und Nutte und hat weitere dieser hässlichen Bezeichnungen verwendet, mit denen er mich normalerweise überschüttet, wenn er besoffen ist.«

Sie senkt den Blick. Trotzdem fährt sie fort:

»Der erste Schlag kam völlig unerwartet, und ich konnte nichts tun, um mich zu wehren. Dann verprügelte er mich weiter und übergoss mich mit Schimpfwörtern.«

»Also war es nicht das erste Mal, dass er dich geschlagen hat?«

Sigurjóna zögert. »Er hat mich schon oft geohrfeigt, wenn er besoffen war, aber es hat ihm immer sofort leid getan, und er hat mich gebeten, ihm zu verzeihen«, antwortet sie schließlich. »Dieses Mal war ganz anders.«

Fanney reicht ihr ein weiches Taschentuch. Um die feuchten Wangen abzutupfen.

»Hat er dich niedergeschlagen?«

»Ja, ich muss für eine Weile das Bewusstsein verloren haben, denn als ich wieder zu mir kam, lag ich ausgestreckt auf dem Boden, und Baldvin hat neben mir gekniet. Er hatte mir bereits den Rock und meinen Slip hinuntergezogen, und ich spürte, dass er versuchte, etwas in mich hineinzuschieben. Ich wollte mich auf die Seite rollen und von ihm wegkrabbeln, aber da hat er sich auf mich draufgesetzt und machte einfach weiter, dieses Teil in mich zu stopfen.«

»In dein Geschlechtsteil?«

Sie nickt.

»Weißt du, was es war?«

»Eine Bierflasche«, antwortet Sigurjóna leise. »Er hat sie mir gezeigt, nachdem er versucht hat, mich zu vergewaltigen.«

»Ist es ihm gelungen?«

»Er war zu nichts mehr fähig, weil er viel zu besoffen war, und zum Schluss ist er einfach auf dem Wohnzimmerfußboden eingeschlafen. Da bin ich auf allen vieren in die Diele gekrochen, um mein Handy zu holen, das immer noch in der Manteltasche steckte, und habe den Notruf angerufen.«

»Weißt du, wie lange du misshandelt worden bist?«

»Auf dem Attest, das ich wegen der Verletzungen bekam, steht, dass sie mich um halb sieben in der Notaufnahme verzeichnet haben.«

»Dann hat er dich mindestens zwei Stunden gequält?«

»Ja, in etwa.«

»Hast du den Übergriff angezeigt?«

»Ich habe dem Polizisten, der ungefähr zur gleichen Zeit wie der Krankenwagen kam, gesagt, dass Baldvin mich so zugerichtet hat. Reicht das nicht als Anzeige?«

»Ich werde mich mal erkundigen, ob sie in dem Fall etwas unternommen haben«, sage ich. »Der nächste Schritt für dich hingegen wird sein, Baldvin aus eurer gemeinsamen Wohnung herauszubekommen, damit du mit den Kindern wieder zu Hause einziehen kannst.«

»Geht das, auch wenn ich nicht als Besitzer des Hauses eingetragen bin?«

»Seid ihr nicht gemeinsam veranlagt?«

»Doch, ich glaube schon, aber ansonsten weiß ich recht wenig über unsere finanziellen Angelegenheiten, Baldvin kümmert sich darum.«

»Hast du eine Bankkarte und ein Konto auf deinen Namen?«

»Ja, ja«, antwortet Sigurjóna, »aber ich habe meine Tasche mit allen Karten zu Hause vergessen, ich habe sie vorne in der Diele abgelegt.«

»Dann brauche ich von dir eine Vollmacht, damit ich zu dir fahren und das Notwendigste für dich holen darf. Ich kann bei der Gelegenheit auch mit Baldvin darüber sprechen, dass er sich erst einmal eine andere Wohnung sucht.«

»Darauf wird er sicher nicht eingehen.«

»Darum kümmere ich mich. Du möchtest die Trennung von Tisch und Bett, nicht wahr?«

»Ich kann mit ihm nach dieser Sache nicht mehr zusammen wohnen«, antwortet Sigurjóna. »Das ist völlig undenkbar.«

»Bis eine formelle Scheidung durch ist, dauert es natürlich seine Zeit, aber ich werde das Verfahren für dich in Gang setzen.«

Als wir die Formalien erledigt haben, reiche ich ihr meine Visitenkarte:

»Du kannst mich jederzeit anrufen.«

Ich knöpfe mir meinen warmen hellen Pelzmantel bis unters Kinn zu, bevor ich mich in den beißenden Frost hinauswage, der die Hauptstadtbewohner seit Wochen plagt.

Auf dem Weg nach draußen, zu meinem schicken silbernen Zweisitzer, bin ich wieder einmal froh über den glücklichen Zufall, gegen jegliche Eheneigungen völlig immun zu sein.

»Meistens heiratet der Selbstbetrug die Wunschvorstellung.«

Sagt Mama.

2. KAPITEL

Ich brauche für alles viel länger.

Sogar die einfachsten Sachen kosten mich mehr Zeit und Aufwand als früher. Auch die mir so geläufige Tätigkeit, mich in meinem Silberpfeil hinters Steuer zu setzen.

Mein Bauch hat mich in den letzten Monaten wahnsinnig genervt.

Besonders wenn ich mal schnell etwas erledigen möchte. Wie ich es normalerweise getan habe. Bevor sich mein Körper so aufgeblasen und sich einen steifen Zeitlupengang angewöhnt hat.

Aber mein Genervt-Sein geht immer vorbei.

Letztendlich.

In meinem roten Reihenhaus ist alles für die Ankunft des neuen Erdenbürgers vorbereitet. Ich habe schon das Gästezimmer im ersten Stock in ein Kinderzimmer verwandelt. Ein Babybett gekauft. Und einen riesigen Berg Wegwerfwindeln, um das Kleine zu wickeln. Wenn er oder sie auf die Welt kommt.

Ich weiß noch nicht, ob es ein Junge oder ein Mädchen wird.

Will es nicht wissen. Nicht vorher.

Gegen sechs fahre ich in meinem schnuckeligen Benz auf dem Parkplatz vor dem Reihenhaus vor. Ich parke ihn neben dem weißen Toyota.

Lísa Björk hält immer noch die Stellung. Sie ist nicht nur schlau und fleißig, sondern auch außerordentlich ehrgeizig. Sie hat letztes Jahr ihr juristisches Examen an der Universität Íslands abgelegt. Und hat bereits ihre Zulassung, darf Fälle vor dem Bezirksgericht vertreten.

Ich habe sie eingestellt, damit sie sich um die alltägliche Leitung des Büros kümmert. Um all den gewöhnlichen Papierkram, für den ich keine angemessene Zeit mehr habe. Und damit sie mir bei Verfahren in der ersten Instanz hilft.

Sie ist klein. Reicht mir kaum bis zur Schulter. Mit dunklen Haaren, die ihre Wangen mit Wellen einrahmen. Tiefe, große Augen. Dicke Lippen. Eine kleine süße Nase.

Eigentlich sieht sie richtig zum Knuddeln aus.

Aber guckt immer konzentriert. Entschlossen, alles richtig zu machen. Innerhalb kürzester Zeit so weit wie möglich zu kommen.

Meine Anwaltskanzlei hat sich im Erdgeschoss meines Reihenhauses ausgebreitet. Wie eine Kletterpflanze, die wächst und wächst. Sie nimmt schon sämtliche Quadratmeter der Etage ein. Auch die eingebaute Garage, die ich in ein Beratungszimmer und ein Archiv habe umbauen lassen.

Ich setze mich in meinen schwarzen Chefsessel. Lehne mich weit zurück, um einen Versuch zu unternehmen, die schlimmsten Schmerzen aus dem Rücken zu vertreiben. Und meinen müden Sprunggelenken.

Warum muss eine Schwangerschaft so eine verdammte Plackerei sein?

Lísa Björk klopft an. Kommt herein. Schließt die Tür hinter sich.

»Da steht ein älterer Mann vorne«, sagt sie. »Er will unbedingt mit dir persönlich sprechen.«

»Was weißt du über ihn?«

»Er sagt, er ist der Gemeindepfarrer in Seltjarnarnes.«

»Pfarrer David?«

»So hat er sich vorgestellt. Kennst du ihn?«

»Nicht direkt. Was will er?«

»Soweit ich verstanden habe, versucht die Mehrheit des Pfarrgemeinderates, ihn aus seinem Amt zu vergraulen.«

»Warum?«

»Er behauptet, dass gegen ihn eine niederträchtige Verschwörung läuft.«

»Aha!«

Ich stehe auf. Folge Lísa Björk nach vorne ins Beratungszimmer.

Der Gemeindepfarrer wartet im hellbraunen Sofa. Seine Ungeduld scheint aus seinen scharfen, grauen Augen.

Pfarrer David ist schon seit langem in der öffentlichen Diskussion in Island präsent, zumal es wohl kaum etwas gibt, wozu er keine Meinung verbreitet. Er hat jede Menge Leserbriefe an die Zeitungen geschickt. Und hat an unzähligen Diskussionsrunden in Radio und Fernsehen teilgenommen.

Ihm liegt immer viel auf dem Herzen. Er redet manchmal, als ob er sich von aller Ungerechtigkeit der Welt persönlich beleidigt fühlte. Oder Gott. Oder beide.

Er äußert sich mit deutlichen Worten über den Zustand in der Gemeinde.

»Es handelt sich um einen wirklich schwerwiegenden Fall«, sagt er und fährt sich mit seinen Fingern immer wieder durch sein graumeliertes Haar, das sich nicht richtig bändigen lassen will. »Einflussreiche Gemeindemitglieder intrigieren gegen mich. Mir wurde mitgeteilt, dass die Gemeinderatsvorsitzende, Hlédís Ásgrímsdóttir, lange hinter den Kulissen daran gearbeitet hat, mich aus dem Amt zu verdrängen und mich anzuschwärzen, indem sie alle möglichen Klatschgeschichten über mich verbreitet hat.«

»Nur sie alleine?«

»Nein, Ásgrímur, ihr Vater, der mein Küster ist, hat an dieser Intrige mitgewirkt, ohne mir jemals zu sagen, dass er mit unserer Zusammenarbeit nicht zufrieden sei. Dieser Judaskuss hat mich völlig unvorbereitet getroffen.«

»Und wie sieht die Lage aktuell aus?«, frage ich.

»Hlédís ist es gelungen, die Mehrheit des Pfarrgemeinderats dazu zu bringen, einen Brief an den Bischof von Island zu schreiben, in dem gefordert wird, dass ich innerhalb der Kirche versetzt werde. Die Sitzung des Gemeinderates wurde gestern Abend ohne mich abgehalten, und erst danach habe ich von dieser Intrige erfahren. Hlédís' Antrag hat meine alten Freunde im Gemeinderat völlig überrascht, aber es ist ihnen nicht gelungen, seine Annahme zu verhindern. Es war ganz eindeutig, dass die Sache bereits lange vorher von der Mehrheit beschlossen worden war. Meine Freunde kamen nach der Sitzung zu mir nach Hause und haben mich über diese unglaubliche Verleumdungskampagne unterrichtet, die Hlédís im Schutz der Nacht angezettelt hat.«

»Welcher Grund wird im Brief an den Bischof genannt?«

»Sie behaupten, es sei zu unüberbrückbaren Differenzen gekommen, die eine konstruktive Zusammenarbeit nicht mehr gewährleisten«, antwortet Pfarrer David und schüttelt den Kopf. »Man hat mir gesagt, dass Hlédís mich auf der Sitzung dafür kritisiert hat, ich würde mich wie ein Diktator in der Kirche verhalten. Sie zog ein paar lächerliche Beispiele heran, dass ich mir nicht die Vorschläge von ihr, Ásgrímur oder Oddur, dem Organisten, oder meinem jungen Kollegen, Pfarrer Róbert, angehört habe. Aber das ist natürlich völlig falsch; ich bin wirklich sehr geduldig und hatte ein offenes Ohr für die Ideen dieser Leute. Aber wenn es darauf ankommt, ist es selbstverständlich der Gemeindepfarrer, der entscheidet, wie in der Kirche gearbeitet wird. Ich bin Gott gegenüber verantwortlich und habe damit die Entscheidungsgewalt.«

»Hast du vom Pfarrgemeinderat eine schriftliche Verwarnung erhalten?«

»Nein, es kommt für mich wie ein Blitz aus heiterem Himmel. Die Kopie des Briefes, den die Mehrheit des Gemeinderates an den Bischof geschrieben hat, lag heute Morgen auf meinem Schreibtisch. Aber weder Hlédís noch der Gemeinderat, geschweige denn der Bischof, hatten bisher den geringsten Grund, meine Arbeit während all der Jahre, in denen ich Gott und der Kirche gedient habe, in irgendeiner Form zu kritisieren. Umso verwerflicher ist diese ungeheuerliche Vorgehensweise.«

»Gib Lísa Björk alle schriftlichen Dokumente, die diesen Fall betreffen«, sage ich und stehe auf. »Sie muss sich auch mit deinen Verbündeten im Gemeinderat treffen, um so genau wie möglich zu erfahren, was auf der Sitzung gestern Abend gesagt wurde.«

»Heute Abend findet ein Treffen meiner engsten Vertrauten bei mir zu Hause statt«, antwortet Pfarrer David. »Sie ist herzlich eingeladen vorbeizukommen.«

»Ich werde da sein«, sagt Lísa Björk.

Mit der Vereinbarung verabschieden wir uns vom Gemeindepfarrer.

»Die Mehrheit des Pfarrgemeinderates scheint sich im öffentlichen Recht nicht besonders gut auszukennen«, bemerkt Lísa Björk. »Man kann einen öffentlichen Angestellten nicht einfach seines Amtes entheben, ohne ihn vorher schriftlich abzumahnen.«

»Typisch. Erst handeln, dann denken. Was bedeutet, dass hinter dieser Tat heiße Gefühle brodeln. Du musst damit rechnen, mitten in einem Vulkanausbruch zu landen.«

Lísa Björk folgt mir in mein Büro.

»Wie schön für dich, dass du isländische Kirchenkonflikte von innen kennenlernen kannst«, sage ich lächelnd. »Die sind oft hinterhältiger als politische Hinrichtungen.«

»Das überrascht mich nicht«, antwortet sie trocken.

Irgendetwas in ihrer Miene macht mich stutzig.

»Hast du schlechte Erfahrungen mit christlichen Gemeinden gemacht?«, frage ich.

»Das ist vorbei und abgehakt.«

»Hört sich aber nicht so an.«

»Darüber möchte ich nicht reden«, sagt sie entschieden und legt mir ein paar geöffnete Briefe auf meinen Schreibtisch. »Ich habe alle anderen Aufgaben des Tages erledigt.«

»Prima. Tschüss bis morgen früh.«

In den paar Monaten, die Lísa Björk bei mir gearbeitet hat, hat sie nie über ihr Privatleben gesprochen. Ihr ganzes Leben scheint sich nur darum zu drehen, Erfolg in ihrem Beruf zu haben. Was ich gut verstehe. Ich bin ja selbst so.

Aber natürlich hat sie auch ein Leben außerhalb des Büros. Und eine Vergangenheit. Die ich nicht kenne. Und die mich nichts angeht.

Ich esse alleine. Für zwei.

Trotzdem ist es mir gelungen, meine Gewichtszunahme einigermaßen in Schach zu halten. Mit täglicher Gymnastik. Und Spaziergängen in der Nachbarschaft.

Ich habe schon längst aufgehört, mich über die merkwürdigen Marotten meines Appetits zu wundern. Unerwartete Gelüste auf ausgefallenste Lebensmittel. Oder süße Dickmacher.

Ich lasse es einfach geschehen.

Nach dem Abendessen ruhe ich mich im Wohnzimmer aus. In meinem tiefen Sessel.

Schaufele Rosinen in mich hinein. Leere das erste Paket von fünfen, die ich auf dem Heimweg gekauft habe. Dabei gucke ich mir die Nachrichten an, obwohl ich mit meinen Gedanken ganz woanders bin.

Ein neuer Mord steht heute Abend an erster Stelle.

Der Nachrichtenpapagei vom staatlichen Fernsehen steht breitbeinig einen Steinwurf von einem großen zementierten Fundament entfernt. Im Hintergrund kann man das Flughafengebäude des internationalen Leifur-Eiríkson-Flughafens in Keflavík erkennen.

Die Schwarzjacken haben ihre bunten Absperrbänder um das ganze Fundament herum angebracht.

»Auf dem Fundament eines der Häuser, die hier in Rockville abgerissen wurden, nämlich genau hier, haben zwei Einwohner von Keflavík den Verstorbenen spätnachts gefunden«, berichtet der Sprecher aufgeregt. »Die Polizei in Reykjanesbaer hat bereits bestätigt, dass es sich bei der Leiche um einen Ausländer über sechzig handelt, verwehrt aber weitere Auskünfte, da die Angehörigen des Verstorbenen noch nicht erreicht werden konnten.«

Rockville. Felsenstadt.

Spannender Tatort.

Der Nachrichtenpapagei bringt einen kurzen Abriss zur Geschichte von Rockville. Dort befand sich früher einer von vielen Radarposten der US Army auf Island.* Von dort aus wurden die Manöver der sowjetischen Bomber in der Nähe von Grönland, Island und Großbritannien beobachtet und außerdem die Routen der Atom-U-Boote durch die Passagen zwischen der Norwegischen See und dem Nordatlantik. Aber diese Aufgabe war kurz vor der Jahrtausendwende beendet, einige Jahre, nachdem der russische Bär alle viere von sich gestreckt hatte. Seitdem sind alle Gebäude auf dem Gelän-

* Die US Air Force hatte ihren Stützpunkt in Keflavík von 1941–2006. (Anm. d. Ü.)

de dem Erdboden gleichgemacht und der Schrott beseitigt worden.

»Einige hundert Leute wohnten damals in Rockville auf der Midnesheidi hinter einem undurchdringbaren Drahtzaun«, setzt der junge Presseheini fort. »Es gab um die hundert Baracken für die amerikanischen Soldaten, dazu Restaurants, Bars, eine Sporthalle, ein Kino, Geschäfte, eine Kapelle, ein Postamt und sogar ein kleines Kraftwerk. Alles, was man zum täglichen Leben brauchte.«

Warum nur sollte man einen Touristen auf der Midnesheidi töten? An einem der ödesten Plätze, am Arsch der Welt, in Island?

Der Nachrichtenpapagei hat keine Antworten parat.

Natürlich nicht.

Ich habe riesige Lust auf einen dreifachen Jackie Daniel's. Das amerikanische Edelwässerchen, das im Weinschrank auf mich wartet.

Die Flasche glitzert verlockend durch das eingefärbte Glas.

Aber ich widerstehe ihren Lockrufen.

Habe an Neujahr beschlossen, mich bis zum Frühjahr zusammenzureißen. Stark zu sein. Mit dem Genuss meines göttlichen Feuerwassers aus Tennessee zu warten, bis mein Baby zur Welt gekommen ist.

Nach der Geburt kann ich dann wieder ein ausgelassenes Date mit meinem alten, liebsten Freund verabreden.

Oder der liebsten Freundin.

Ich schließe die Augen. Denke zurück an das letzte Silvester. Als Ludmilla und ich das neue Jahr überschwänglich empfangen haben. Wie liebeshungrige Jugendliche.

Seitdem haben wir uns mit Mitteilungen begnügt. SMS. Und E-Mails.

Bevor Ludmilla im Januar nach Hause nach Riga fuhr, hat

sie versprochen, gegen Mitte Mai wieder nach Island zu kommen. Um bei der Geburt dabei zu sein.

Ich möchte niemand anderen zu meiner Unterstützung dabei haben. Wenn die Zeit gekommen ist.

Meine junge Samenspritze hat immer noch keine Ahnung von seinem Erfolg, den er in der kleinen Kirche im Osten erzielt hat.* So soll es auch weiterhin bleiben.

Das ist mein Kind. So gut wie eingeboren.

Es braucht keinen verdammten Vater.

* siehe *Mord in Thingvellir*, btb 2007.

3. KAPITEL

Na endlich!

Baldvin geht gegen neun Uhr zu guter Letzt an sein Handy. Nach endlosem Klingelnlassen.

»Wo ist Sigurjóna?«, fragt er frech, als ich ihm erklärt habe, worum es geht.

»Bist du zu Hause?«

»Was geht dich das an?«

»Sigurjóna braucht ihre Handtasche und saubere Kleidung für sich und die Kinder. Sie hat mich gebeten, die Sachen zu holen.«

»Wo ist sie?«

»Ich beantworte solche Fragen nicht. Bist du zu Hause, wenn ich jetzt losfahre?«

»Ja, ja, komm halt«, antwortet er mürrisch.

Ich muss mich auf dem Weg ins Erdgeschoss am Geländer festhalten. Wie eine abgewrackte Omi. Grrr!

Als ich auf der Kringlumýrarbraut in südlicher Richtung fahre, gehe ich innerlich noch einmal durch, was Sigurjóna mir über ihre Ehe berichtet hat, die Baldvin am Wochenende im wahrsten Sinn des Wortes zerschlagen hat.

Sie sind sich vor acht Jahren beim Ausgehen in der Innenstadt begegnet. Damit war ihr Schicksal besiegelt. Liebe auf den ersten Blick und so.

Drei Monate später heirateten sie. Zogen nach Gardabaer. In ein Reihenhaus, das seine steinreichen Eltern ihnen zur Hochzeit geschenkt haben.

Baldvin ist sechs Jahre älter als Sigurjóna. Neununddreißig. Hat im öffentlichen Dienst gearbeitet, seit er sein Wirtschaftsstudium an der Háskóli Íslands beendet hat. In den letzten Jahren hat er die Gewerbeaufsicht geleitet.

Wenn ich mich richtig erinnere, gab es einen riesigen Aufschrei, als er die Stelle bekam. Es handelte sich eindeutig um eine politische Rekrutierung, keine fachliche. Könnte gut sein, dass ein anderer Bewerber Schadensersatz vom Staat bekommen hat, nachdem der Ombudsmann den Minister, der Baldvin die Stelle zugeschanzt hatte, vor dem ganzen Parlament scharf kritisiert hatte.

Er öffnet mir die Tür.

Sigurjónas Mann sieht sehr nordisch aus. Hat blonde Haare und blaue Augen. War vor einigen Jahren mit Sicherheit ein sexy Kerl. Bevor er fleißig zugenommen hat.

Ein genießerischer, Anzug tragender, großer Junge, der mit einem Silberlöffel im Mund geboren wurde und Speis und Trank zu schätzen weiß. Und gerne mal seine Frau schlägt.

»Wo ist Sigurjóna?«, fragt er umgehend.

»Möchtest du mich nicht hereinbitten?«, frage ich zurück.

Er schließt die Tür hinter uns. Geht vor mir her ins Wohnzimmer, wo ein anderer Glücksritter in einem tiefen Sessel sitzt.

Ich gucke mich schnell mal um.

Das Wohnzimmer sieht nach reichen Leuten aus. Dunkelbraunes Ledersofa. Chesterfield. Ein großer, massiver Esszimmertisch. Acht Stühle stehen darum. Alle mit lederbezogenen Polstern.

An der Wand befinden sich Schränke und Regale im gleichen, schwerfälligen Stil. Und Schmierereien von bekannten isländischen Malern. Toten Typen.

Echt oder gefälscht?

Wer weiß.

Hier riecht jedenfalls alles nach Geld.

Ich setze mich auf das harte Ledersofa. Konzentriere mich auf den zweiten Knaben mir gegenüber, der auch aussieht, als würde er im öffentlichen Dienst arbeiten.

Baldvin und er scheinen ungefähr gleichaltrig zu sein. Aber er ist ein völlig anderer Typ. Dunkelhaarig. Klein. Und mit einem ziemlich hässlichen Gesicht.

Seine Mundpartie sieht fast rattenähnlich aus.

»Wer bist du?«, frage ich.

»Páll ist ein alter Freund und Mitarbeiter«, antwortet Baldvin und setzt sich an das andere Ende des Sofas.

Das Rattengesicht beugt sich vor. Spießt mich fast mit seinem Blick auf.

»Wo hast du Sigurjóna und die Kinder versteckt?«, fragt er frech.

Ich tue so, als höre ich ihn nicht.

»Sigurjóna versucht gerade, sich von dieser aggressiven Körperverletzung zu erholen«, erkläre ich und betrachte Baldvin mit kaltem Blick. »Sie wird zurückkehren, sobald du dir eine andere Bleibe gesucht hast.«

»Eine andere Bleibe?«, wiederholt er und starrt mich an. »Wie meinst du das?«

»Baldvin lässt sich doch nicht von Weibern aus seiner eigenen Wohnung vertreiben«, mischt sich Páll ein. »Darauf kannst du Gift nehmen!«

Oh, Mann.

Ich tue so, als würde ich sein Gekläffe nicht hören. Wende mich dem brutalen Ehemann zu.

»Reicht es dir nicht, dass du deine Frau zusammengeschlagen hast?«, frage ich verärgert. »Willst du ihr und den Kindern auch noch verwehren, nach Hause zu kommen?«

»Ich war betrunken und habe für einen Moment die Kontrolle verloren, sonst nichts«, antwortet Baldvin. »Ich weiß, dass Sigurjóna das versteht und mir vergibt.«

»Es ist doch völlig unnötig, aus einer Mücke einen Elefanten zu machen«, fügt Páll hinzu.

»Mücke? Wie?«

Ich öffne meine rotbraune Aktentasche.

»Auf diesen Fotos sieht man nur einen Teil der Verletzungen, die du ihr zugefügt hast«, sage ich und breite vier Fotos auf dem Sofatisch vor Baldvin aus.

Er erschrickt, als er die Folgen seiner eigenen Taten vor Augen hat.

»Oh Gott«, murmelt er und schaut betreten zur Seite.

Páll zieht die Fotos mit dem entstellten Gesicht zu sich. Sieht sich eins nach dem anderen an, ohne eine Miene zu verziehen.

»Man kann diesen Vorfall nicht alleine Baldvin in die Schuhe schieben«, sagt er schließlich griesgrämig. »Sigurjóna hat ihn immer herausfordert, ihn aufgehetzt, um sich schlagen zu lassen.«

»Warst du Zeuge dieser Übergriffe?«, frage ich.

»Nein.«

»Dann solltest du die Klappe halten.«

Páll wirft sich rücklings in den Sessel. Völlig perplex. Als ob noch nie jemand die Courage gehabt hätte, ihm den Mund zu verbieten.

Dann war es ja höchste Zeit.

Ich sammle die Fotos wieder ein. Verstaue sie in der rotbraunen Aktenmappe.

»Sigurjóna hat mich beauftragt, erstens Kleidung für sich und die Kinder zu holen und zweitens ihre Handtasche mit allen Papieren«, sage ich und stehe auf. »Wo finde ich diese Sachen?«

Baldvin scheint immer noch nicht in der Realität angekommen zu sein.

»Wann kommt Sigurjóna nach Hause?«, fragt er.

»Wenn du ausgezogen bist«, antworte ich. »Wo ist ihre Tasche?«

Páll steht auf.

Er ist einen Kopf kleiner als ich. Und ist genötigt, seinen Kopf in den Nacken zu legen. Um zu mir hochzuschauen.

Das macht ihn total fertig.

»Ich finde, es ist doch das Mindeste, dass Baldvin die Gelegenheit kriegt, mit Sigurjóna zu reden und dieses Missverständnis zu klären«, sagt er. »Ist sie bei dir zu Hause?«

»Natürlich nicht. Sie befindet sich an einem sicheren Ort.«

»Wo?«, fragt er drohend.

»Das geht dich nichts an. Wo ist ihre Tasche?«

»Sigurjóna weiß es selbst am besten«, antwortet Baldvin und steht auf. »Wenn sie etwas braucht, kann sie selbst herkommen, um es zu holen.«

»Willst du Sigurjóna wirklich ihre selbstverständliche Bitte abschlagen?«

»Du fasst hier im Haus nichts an«, sagt Páll und verschränkt seine Arme.

»Redet er für dich?«

»Páll weiß immer, was ich gerade denke«, antwortet Baldvin.

»Ihr seid wohl siamesische Zwillinge im Geiste, was?«

»Nenn es, wie du willst.«

»Wann ziehst du aus?«

»Ich denke nicht dran, hier wegzugehen.«

Ich betrachte ihn mit verächtlicher Miene.

»Du trägst die Schuld an einer groben Misshandlung«, sage ich nach einer Weile Schweigen. »Willst du deine Lage noch verschlimmern, indem du deine Frau und deine Kinder vor die Tür setzt?«

»Nein, ganz und gar nicht«, antwortet er. »Sie können jederzeit nach Hause kommen.«

»Je früher, desto besser«, fügt Páll hinzu.

»Sie trauen sich erst nach Hause, wenn der Gewalttäter die Wohnung verlassen hat.«

»Baldvin bleibt selbstverständlich in seiner Wohnung.«

Ich nehme die Aktentasche vom Couchtisch. Schaue Baldvin erneut in die Augen.

»Dann geht es bald ordentlich zur Sache«, sage ich kalt.

Er folgt mir zur Eingangstür.

»Ich möchte mit Sigurjóna reden«, sagt er und packt mich kräftig am Arm. »Wo ist sie?«

Ich gucke schnell über die Schulter.

»Du wagst es, mich anzufassen?«

Er lässt mich augenblicklich los.

»Ich habe dir nichts getan«, sagt er, »Páll kann das bezeugen.«

»Überhaupt nichts«, wiederholt Páll schnell, »ich habe gesehen, dass er dich überhaupt nicht berührt hat.«

Ich gucke die beiden abwechselnd an.

»Was seid ihr bloß für erbärmliche Hosenscheißer. Geht ihr auch zusammen aufs Klo?«

Baldvin knallt die Tür hinter mir zu.

Oder war es Páll?

Bevor ich mich hinlege, nehme ich eine heiße Dusche. Spachtele den duftenden Seifenschaum über meine empfindlichen Brüste, die in den letzten Wochen praller geworden sind. Und meinen Kugelbauch, der schon seit langem mein Leben lenkt, ohne dass ich daran etwas ändern kann.

Ich kann schlecht einschlafen. Wie schon so oft, seit ich

aufgehört habe, abends mein liebliches Feuerwasser zu genießen.

Ich habe aus Angst, dass Jackie Daniel's schlechte Auswirkungen auf den Fötus hat, aufgehört, starken Alkohol zu trinken. Nachdem ich mir von den Hebammen bei den Vorsorgeuntersuchungen Horrorstorys über Hirnschäden und körperliche Behinderungen anhören musste, die angeblich durch Alkoholgenuss der Mütter entstehen. Wahrscheinlich leeres Gequatsche. Oder verdrehte Übertreibungen.

Trotzdem ist Vorsicht die Mutter der Porzellankiste. Hinterher lässt sich nichts mehr ändern.

Ich wälze mich nackt unter der Bettdecke. Schließe die Augen. Versuche, meinen Geist von den unangenehmen Störungen des Tages zu leeren. Die hässlichen Seiten des Lebens wegzuschieben.

Schließlich muss ich wieder einmal an Ludmillas letzten Tag bei mir denken. Dabei tasten sich meine Finger beinahe unwillkürlich die Hüfte hinunter. Zwischen die Oberschenkel. Auf der Suche nach den süßen Stunden der Vergangenheit.

»Erinnerungen sind das Kaminfeuer des Alleinstehenden.«

Sagt Mama.

4. KAPITEL

Donnerstag

Die Schwarzjacke sieht ja verdammt gut aus.

Aber weiß es selbst viel zu genau.

Sexy Knabe in enger blauschwarzer Uniform. Schulterbreit und bepackt mit Muskeln à la Hantelguru. Sonnenbankgebräuntes Gesicht. Mit dunklem, dickem Haar und großen, schneeweißen Zähnen, die er mir ungefragt jederzeit zeigt.

Haraldur ist auch ein verdammter Macho.

Jedenfalls ist er der Meinung, dass es keinen Grund gibt, warum die Reykjavíker Polizei eine einstweilige Verfügung gegen Baldvin erwirken sollte, mit der ihm verboten wird, sich in einem bestimmten Umkreis seiner Frau aufzuhalten. Trotz der gewaltsamen Übergriffe. Und der sich wiederholenden Randale-Attacken vor dem Gebäude des Frauenhauses am Hlemmur.

Baldvin hat bereits zwei missglückte Versuche hinter sich, zu Sigurjóna und den Kindern hineinzukommen. Erst gestern Abend noch, als er fortwährend die Eingangstür bearbeitete, bis Fanney die Schwarzjacken von gegenüber rief, um ihn entfernen zu lassen.

Haraldur hat das Protokoll des Vorfalls auf dem Bildschirm seines Laptops. Sowohl Fanney als auch Baldvin berichten den Tathergang. Jeder aus seiner Perspektive.

Ich habe ihm bereits eine Kopie von Sigurjónas Aussage

zukommen lassen, in der sie die tätlichen Übergriffe des Wochenendes beschreibt. Und die Fotos von den Verletzungen, die ihr der Ehemann zugefügt hat.

Trotzdem lässt sich Haraldur kaum beeinflussen.

»Können sie die Sache nicht unter sich ausmachen, ohne dass wir uns einmischen müssen?«, fragt er und legt die Fotos auf den Tisch. »Baldvin ist doch nicht dumm.«

»Kennst du ihn?«

»Nein, nicht direkt, aber er kommt aus einer guten Familie. War das nicht einfach nur ein Ausrutscher im Rausch?«

Ich betrachte die Schwarzjacke verwundert.

»Du weißt doch sicher, dass Baldvin der Sohn von Sigurlinni in der Landeszentralbank ist«, fährt er fort. »Der Bankdirektor wird das doch wohl zwischen den beiden ausbügeln können. Er hat in seinem Leben schon öfter solche Sachen gedeichselt.«

Natürlich bin ich über Baldvins Abstammung im Bilde. Sein Vater war jahrelang ein einflussreicher Abgeordneter und Minister, der vor drei Jahren beschloss, sich auf Kosten der Steuerzahler einen lauen Lenz zu machen und sich auf einem der höchstdotierten Posten des Landes gemütlich einrichtete. Wurde Bankdirektor der Landeszentralbank. Die die Parteien des Landes schon seit langem als Altenheim für ausrangierte und ausgebrannte Minister missbrauchen.

»Meinst du etwa, man sollte Baldvin nur deshalb nicht verbieten, sich seiner Frau zu nähern, weil sein Papa ein frecher und reicher Bonze ist?«, frage ich mit Nachdruck.

»Nein. Du willst mich missverstehen«, antwortet Haraldur und legt den Kopf hochmütig in den Nacken. »Ich weise dich nur darauf hin, dass ich es für möglich halte, die Sache innerhalb der Familie zu lösen.«

»Ganz im Gegenteil weist Baldvins Auftreten während der letzten Abende und Nächte darauf hin, wie sehr ihm gewaltsame Übergriffe im Blut liegen«, antworte ich. »Es ist doch völlig klar, dass Sigurjóna sich erst traut, das Frauenhaus mit den Kindern zu verlassen, wenn einer Unterlassungsklage stattgegeben wurde. Sie hat selbstverständlich das Recht, vom Rechtssystem geschützt zu werden.«

Haraldur rümpft die Nase. Ganz eindeutig unzufrieden mit meiner Darlegung.

»Ich möchte diesen rechtmäßigen Antrag meiner Klientin nochmals ausdrücklich unterstreichen«, wiederhole ich.

»Na ja gut, wir besprechen den Fall heute und treffen gegen Abend eine Entscheidung«, antwortet er trocken. Aber vergisst völlig, mir seine schönen Zähne zu zeigen. Passiert ihm sonst wohl nie.

Uff!

Natürlich ist das nicht das erste Mal, dass Schwarzjacken und Goldjungs einen Rückzieher machen, wenn irgendwo einflussreiche Machtmenschen im Bild auftauchen. Das ist eher die Regel als die Ausnahme.

Alle sollen vor Gericht gleich sein.

Immer wieder ist es deshalb so verdammt hart, überall an die Orwell'sche Realität zu stoßen, dass manche gleicher sind als andere.

Immer wieder geht mir das tierisch auf die Nerven.

Ich rufe Sigurjóna an, um ihr vom Gang der Dinge zu berichten. Und bestärke sie, die Dickköpfigkeit und Unverschämtheiten ihres Ehemanns nicht weiter zu beachten.

»Mama hat angeboten, sich ein oder zwei Wochen von ihrer Arbeit freizunehmen, um auf die Kinder aufzupassen«, erzählt sie.

»Bei dir sind sie viel sicherer«, antworte ich.

»Ja, aber sie finden es so langweilig, jeden Tag am gleichen Ort eingeschlossen zu sein.«

»Aber ist es nicht wahrscheinlich, dass Baldvin die Kinder zu sich holt, wenn sie sich in Grindavik aufhalten?«

»Ja, das wäre ihm zuzutrauen.«

»Dann ist es wohl besser für sie, noch ein paar Tage durchzuhalten, oder?«

»Doch, wahrscheinlich.«

»Wenn wir den Antrag durchkriegen, dass Baldvin sich euch nicht nähern darf, kannst du selber mit den Kinder nach Grindavik fahren und dort mit ihnen einige Zeit bleiben, wenn du willst.«

»Ja, da hast du recht.«

Ich fahre beim Hótel Borg vorbei. Werfe einen Blick in das halb leere Restaurant im Erdgeschoss. Setze mich an einen Fensterplatz, von wo aus ich das Parlament und den davor liegenden Platz Austurvöllur beobachten kann. Der Zweitwohnsitz der Politiker. Den die Scherzkekse das teuerste Schauspielhaus der Nation nennen.

Genehmige mir einen bitteren Espresso. Und heiße Waffeln mit Blaubeermarmelade und Schlagsahne.

Das ist schon in Ordnung. Sage ich zu mir selbst.

Ich esse ja immer noch für zwei.

Blättere dabei die Zeitungen durch. Lese die neuesten Berichte über den Leichenfund in Rockville.

Die Goldjungs haben den Namen des Opfers genannt.

Der Verstorbene hieß Donald Garber. Er war fünfundfünfzig Jahre alt. Bürger der Vereinigten Staaten. Gemeldet in Los Angeles.

Stadt der Engel.

Es wird berichtet, dass Donald in den Jahren 1973–1974 als Soldat auf der Base stationiert war. Hat in der Radarstation gearbeitet, die die US Army in Rockville betrieben hat. Aber nach knapp einem Jahr beim Militär in Island hat er der Army den Rücken gekehrt und ist nach Kalifornien gezogen, wo er in den letzten Jahrzehnten einige Firmen gegründet hat.

Ist es nicht merkwürdig, einen ehemaligen amerikanischen Soldaten in der alten Kaserne zu ermorden, ausgerechnet jetzt, wo das Heer gerade mit Kind und Kegel die Base und das Land verlässt? Nachdem sie mehr als fünfzig Jahre den Flughafen in Keflavík besetzt hatten.

Gibt es da einen Zusammenhang?

Als ich mir gerade den Rest des Artikels und der Waffel einverleiben möchte, stört mich mein Handy.

Es ist Máki.

Der alte Nachrichtengeier ist zur Zeit sein eigener Herr. Wurde arbeitslos, als die DV nicht mehr als Tageszeitung erschien. Schon zum zweiten Mal innerhalb weniger Jahre.

Máki war natürlich klar, dass keine andere Zeitung ihm derart freie Hand geben würde, um die Leichen auszugraben, die die Gesellschaft im Keller hat und gerne ruhen lassen würde. Deshalb gründete er seine eigene Nachrichtenseite. Den Nachrichtenblog. Eine Internetseite, die im Handumdrehen zur Pflichtlektüre aller wurde, die darüber informiert sein wollten, was sich hinter den Kulissen abspielt.

»Bist du schon auf der Entbindungsstation?«, fragt er und lacht schelmisch.

»Noch nicht.«

»Mir wurde gesagt, dass Baldvin Sigurlinnason gestern Abend das Frauenhaus aufgemischt hat, und du hättest was mit der Sache zu tun. Was war da los?«

»Nichts, was ich dir jetzt berichten könnte.«

»Ein Freund hat mir die Kopie eines polizeilichen Protokolls zugesteckt«, fährt Máki fort. »Das wird morgen früh meine Schlagzeile.«

»Das dürfte den Knaben freuen. Und erst recht seinen Vater.«

»Ich habe mehr als genug Stoff für einen anständigen Artikel, aber es wäre gut, wenn ich einen Kommentar von dir kriegen könnte.«

»Mein lieber Máki, der Fall steckt noch so in den Anfängen, dass ich dir nichts sagen kann. Das musst du unbedingt bringen. Sonst glauben die Sesselfurzer nämlich, ich hätte geplaudert.«

»Kein Problem, aber – *off the record* – was ist da los?«

»Ruf mich in ein paar Tagen wieder an.«

»Okay«, sagt Máki und seufzt künstlich. Selbstverständlich nur, um mein Mitleid zu erregen. Was natürlich nicht klappt.

»Schreibst du nicht gerade über den neuen Mord, dass die Tastatur glüht?«, frage ich. Um seine Aufmerksamkeit in andere Bahnen zu lenken.

»Das ist kein normaler Mord«, antwortet er. »Ich hab das so im Gefühl.«

»Inwiefern?«

»Ich habe das junge Pärchen ausfindig gemacht, das die Leiche gefunden hat …«

»Das junge Pärchen?«, falle ich ihm ins Wort.

»… ja, die beiden sind siebzehn oder achtzehn Jahre alt und sind immer noch geschockt, aber weißt du, sie haben eine Wahnsinnsangst vor den Bullen. Ihnen wurde klipp und klar verboten, mit Freunden und Bekannten über den Leichenfund zu sprechen, und schon gar nicht mit Journalisten. Das ist schon ungewöhnlich.«

»Hmmmhmmm.«

»Sie haben trotzdem etwas an ihre Freunde durchsickern lassen, denn im ganzen Sudurnes* sind irre Geschichten im Umlauf, dass die Leiche widerlich verstümmelt wurde.«

* Sudurnes: die Halbinsel im Südwesten Islands. Dort liegt die Verbandsgemeinde Reykjanesbaer, die aus Keflavík und dem internationalen Flughafen und den Orten Njardvík und Hafnir besteht.

»Und wie?«

»Niemand will etwas bestätigen …«

»Aber?«

»Ich bin zu dem Schluss gekommen, dass jemand dem Kerl das Gehänge gestutzt haben muss.«

»Meinst du im Ernst …?«

»Ja, da hat ihm jemand die Kronjuwelen abgeschnitten und ihm in den Mund gestopft.«

»Wow.«

»Ich krieg schon beim Gedanken daran Gänsehaut.«

»Ist das nicht etwas, das alle Männer am meisten fürchten?«

»Dass ihnen alles weggeschnitten wird? Ich denke schon.«

Máki stöhnt gequält.

»Was haben denn die Jugendlichen da mitten in der Nacht gemacht?«, frage ich.

»Na, was glaubst du wohl?«

»Du meinst …?«

»Die Teenies im Sudurnes fahren oft da raus, damit sie sich in Frieden auf dem Rücksitz vergnügen können. Das ist eine tolle Ecke, um ungestört seinen Spaß zu haben, vor allem, nachdem alle Häuser abgerissen und die Stacheldrahtzäune entfernt wurden.«

Ich beginne zu lachen. Ganz unwillkürlich.

»Der arme Kleine«, murmele ich.

»Was?«

»Stell dir mal vor, du bist mit einem Mädchen da draußen und bekommst dann diesen Wahnsinn zu sehen. Glaubst du, dass der Junge in der nächsten Zeit einen hochkriegen wird?«

Mákis wieherndes Gelächter hallt mir noch lange in den Ohren, nachdem ich das Telefonat beendet habe.

5. KAPITEL

Samstagabend

Eigentlich sollte ich Party machen.

Das Beste genießen, was das Nachtleben der Hauptstadt zu bieten hat. In den beliebtesten Etablissements der alten Innenstadt saufen und einen draufmachen. Flirten, stetig daran arbeiten, mir die appetitlichste Gans zu fangen, die sich letztendlich immer geschlagen gibt. Wenn man nur lange genug sucht.

Stattdessen liege ich bis spätabends im Wohnzimmer auf meinem Ledersofa. Alleine. Und mit dem kleinen Menschlein, das bald auf die Welt kommt.

Alleine und völlig nüchtern.

Die Welt wird immer schlechter.

Schließlich ertrage ich es nicht länger, mir den Blödsinn im Fernsehen anzuhören und -zusehen.

Hieve mich langsam aus dem Sofa. Watschle ins Badezimmer. Spüle mir den Mund mit starkem Mundwasser aus. Quetsche die gestreifte Zahnpasta auf die neue Bürste. Fuhrwerke an meinen Zähnen herum, als ginge es um mein Leben.

Ausgerechnet in dem Augenblick muss das Handy klingeln. Das ich neben mich auf die Toilette gelegt habe. Sehe auf dem Display, dass die Nummer nicht angezeigt wird. Daher schrubbe ich weiter meine Zähne. Lasse das Handy klingeln, bis es von selbst verstummt.

Das Telefon geht wieder los.

Verdammte Frechheit!

Schließlich grabsche ich mir mit der linken Hand das Handy.

»Wer spricht da?«, frage ich undeutlich. Schließlich habe ich den Mund voller Zahnpastaschaum.

»Hier ist Andri Ólafur.«

»Was für ein verdammter Andri?«

»Andri Ólafur Sveinsson.«

»Kennen wir uns?«

Die schäumende Zahnpasta spritzt dabei aus meinem Mund. Direkt auf meinen nackten Schwangerschaftsbauch. Und rinnt langsam daran herunter.

»Verdammt!«, rufe ich automatisch. »Warte mal!«

Ich lege das Handy auf dem Waschbecken ab. Schnappe mir ein halbvolles Wasserglas vom Regal. Spüle mir den Mund aus. Wische den Schaum mit einem Tissue vom Bauch.

In dem Moment klingelt es bei mir, was den Namen angeht.

Könnte das sein?

Ich nehme mein Handy wieder in die Hand.

»Der Luxemburger-Andri?«, frage ich.

»Ich bin Geschäftsmann in Luxemburg, das ist richtig. Begrüßt du alle deine zukünftigen Kunden so ungehobelt?«

Aber ich bin auch in der Stimmung, pampig zu werden.

»Du rufst mich doch wohl kaum an einem späten Samstagabend an, um mir Fortbildungskurse in Etikette anzudrehen?«, antworte ich barsch.

»Nein«, sagt Andri Ólafur. »Ich muss sehr wahrscheinlich deine Spezialkenntnisse in Anspruch nehmen. Kannst du in einer halben Stunde zu einem Meeting kommen?«

»Um was geht's?«

»Das wird sich beim Treffen herausstellen.«

»Mitternacht ist nicht unbedingt meine Lieblingszeit für Arbeitsbesprechungen. Kann das nicht bis morgen warten?«

»Nein. Ich zahle dir den zehnfachen Stundenlohn für die eine Stunde.«

»Aber ich bin nicht angezogen.«

»Ich schicke dir ein Taxi. Es steht in genau dreißig Minuten vor der Tür.«

Andri Ólafur legt auf. Als ob die Sache klar wäre.

Ganz eindeutig ein Kerl, der gewöhnt ist, dass er das kriegt, was er will.

Ist schon okay meinetwegen. Dieses Mal. Weil ich mich gerade zu Tode langweile. Und zu fast allem bereit bin.

Andri Ólafur kenne ich nur vom Hörensagen.

Er ist einer der Isländer, die in den letzten Jahrzehnten ihr Glück im Ausland gemacht haben. Wirtschaftlich gesehen. Er wohnt schon lange in Luxemburg. Von da aus hat er Geschäfte mit der ganzen Welt betrieben.

Zwielichtige Geschäfte, sagen manche.

Ich stehe schon unten in der Diele bereit, als es an der Tür läutet.

Ziehe mir noch meinen warmen Pelzmantel über die enge Rüschenbluse und den kurzen rotbraunen Lederrock, der unter dem Bauch hängt wie eine Fahne auf Halbmast.

Ich liebe weiße Rüschenblusen. Und rotbraune, weiße und schwarze Lederkombinationen.

Eine glänzende Limousine wartet auf dem Parkplatz vor meinem Reihenhaus.

Der Fahrer schließt die Tür des Fonds hinter mir. Setzt sich ans Steuer. Fährt ab Richtung Weststadt. Und weiter nach Seltjarnarnes.

Ich lehne mich in den gemütlichen Sitz zurück und schenke Andri Ólafur einen etwas freundlicheren Gedanken.

Er weiß, was sich gehört, der Gute. Das steht fest.

Der Fahrer parkt das Auto nah am Strand. Vor einem großen, zweigeschossigen Einfamilienhaus. Springt aus dem Wagen. Öffnet mir die Tür. Begleitet mich zum Haus. Klingelt für mich an der Gegensprechanlage.

Ein großer fetter Typ kommt an die Tür.

Der blasierte Bjarni.

»Guten Abend, Stella«, sagt er mit seiner dunklen Stimme.

Sie scheint irgendwo aus den Tiefen unter seiner dicken Speckschicht zu dringen.

Ich kenne Bjarni gut. Er ist einer der vier altgedienten Anwälte, die zusammen mit dem schleimigen Einar eine Kanzlei betreiben. Dem schmierigsten Anwalt des Landes. Der sich nur um die Reichen und Berühmten kümmert.

»Sein Büro ist oben«, sagt Bjarni. Und geht vor mir die Treppe hoch. Wie ein großer Containerfrachter mit sehr langsamer Fahrt.

Der blasierte Bjarni ist einer der fähigsten Spezialisten des isländischen Volkes in Steuerangelegenheiten. Während seiner über vierzig Jahre langen Karriere als Anwalt hat er es besser als alle anderen verstanden, Löcher und Gesetzeslücken in der isländischen und europäischen Steuergesetzgebung zu finden. Zumal ihm viele reiche Finanzjongleure enorme Summen zahlen, um zu beweisen, dass es den Gesetzen entspricht, wenig bis keine Steuern zu berappen.

Andri Ólafur sitzt an einem Schreibtisch, der überwiegend leer ist. Keine Papiere. Keine gerahmten Familienfotos.

Nur ein geöffneter Laptop. Ein Handy. Ein Palm.

Vor dem Tisch stehen drei tiefe schwarze Sessel.

Echtes Leder.

Der Knabe scheint um die sechzig zu sein. Aber macht sich gut für sein Alter. Obwohl das bräunliche Haar dünner geworden ist. Und es nicht mehr lange bis zur Glatze dauert.

Kleine rote Punkte tauchen hier und da auf dem rundlichen Gesicht auf. Sein Kinnbart ist schmal. Sorgfältig rasiert.

»Setz dich«, sagt er und schließt seinen Laptop.

Das Büro ist groß und hell.

Ein dicker, cremefarbener Teppich bedeckt den Boden. An beiden Fenstern sind die hellblauen, bodenlangen Gardinen zugezogen worden.

An der Wand gegenüber hängen drei große Landschaftsfotografien. Isländische Pampa. In silberfarbenen Rahmen aus Aluminium.

Das Zimmer sieht gar nicht aus wie ein Büro. Jedenfalls nicht wie eins, in dem jemand regelmäßig arbeitet.

»Vielen Dank, dass du gekommen bist«, fährt Andri Ólafur fort. »Dieses Gespräch ist vor allem eine Vorsichtsmaßnahme meinerseits. Bjarni und ich haben vorhin die Situation analysiert, und er hat mir geraten, dich in Kenntnis zu setzen.«

»Ja, es ist nämlich so, dass dieser Fall nicht gerade zu meinem Spezialgebiet gehört«, sagt Bjarni und rutscht im Sessel hin und her.

»Dieses Gespräch bleibt natürlich unter uns.«

»Selbstverständlich«, antworte ich. »Lass hören.«

Andri Ólafur lehnt sich vor. Stützt die Ellbogen auf die Tischplatte.

»Ich gehe davon aus, dass du in den Medien die Nachrichten vom Leichenfund in Keflavík gesehen hast«, sagt er.

»Sicher.«

»Jemand versucht, mich in den Fall hineinzuziehen.«

»Inwiefern?«

»Indem er versucht, falsche Fährten zu legen, die auf mich weisen.«

»Welche Fährten?«

»Beweismittel, die zeigen sollen, dass ich an dem Ort war, wo Donald Garber ermordet wurde.«

»Warst du da?«, frage ich und schaue ihm direkt in die Augen.

»Nein«, antwortet Andri Ólafur ohne den Blick abzuwenden. »Ich glaube, jemand versucht, mir diese Gräueltat anzuhängen.«

6. KAPITEL

Andri Ólafur scheint es ernst zu meinen.

»Warum in aller Welt sollte jemand eine Verbindung zwischen dir und dem Mord an diesem Ami herstellen?«, frage ich.

»Ich weiß es nicht«, antwortet Andri Ólafur, »aber die Fakten sprechen für sich.«

Er ist besorgt. Obwohl er versucht, es sich nicht ansehen zu lassen. Zumal er es nach jahrzehntelangem Ringen in der geschäftlichen Unterwelt sicher gewöhnt ist, seine Gefühle zu verbergen.

»Haben die Goldjungs dich schon verhört?«, frage ich.

»Die Goldjungs?« Er hebt seine Augenbrauen.

»Die Kriminalpolizei.«

»Ja, sie haben schon zweimal mit mir gesprochen, zuletzt heute Vormittag.«

Der blasierte Bjarni räuspert sich.

»Beide Male wurde Andri nur als Zeuge verhört«, schiebt er ein, »aber ich habe das Gefühl, das könnte sich jederzeit ändern.«

»Warum?«

»Nach dem zweiten Gespräch mit mir forderten sie, dass ich nur mit ihrer Genehmigung das Land verlasse«, antwortet Andri Ólafur.

»Hast du ihnen das zugesichert?«

»Ja, ich habe keine andere Möglichkeit gesehen, als ihnen meinen Pass zu geben.«

»Sie hatten schon eine einstweilige Verfügung für Reiseverbot vorbereitet, die sie nur noch beim Richter hätten einreichen müssen«, sagt der blasierte Bjarni. »Dann hätte die Presse davon Wind gekriegt. Deshalb war das die bessere Wahl zwischen zwei schlechten Möglichkeiten.«

»Welche Beweise meinen sie zu haben?«

»Vor allem die Reifenabdrücke«, antwortet Andri Ólafur. »Neben dem Fundament in Rockville, wo sich die Leiche befand, wurden Reifenspuren entdeckt. Sie behaupten, die Spuren stammen von den gleichen Reifen, die an meinem Jeep dran sind.«

»Was für ein Jeep ist das?«

»Range Rover Sport.«

»Spuren derselben oder der gleichen Reifen?«

»Sie scheinen zu glauben, dass es sich um die gleichen Reifen handelt, aber ein endgültiges Ergebnis liegt bis jetzt nicht vor. Der Jeep ist immer noch zur Ermittlung bei ihnen.«

»Mit deiner Zustimmung?«

»Ja, ich fand es unvernünftig, sich zu weigern. Ich bin niemals mit diesem Jeep nach Rockville gefahren, das ist jedenfalls klar.«

»Warum hatten sie Interesse an deinem Jeep?«

»Sie haben einen Zeugen, der behauptet, dass ihm genau so ein Auto auf dem Weg von Sandgerdi nach Keflavík entgegengekommen ist, gegen ein Uhr in der Nacht, in der die Leiche gefunden wurde.«

»Wo genau?«

»Nicht weit entfernt von der Ausfahrt nach Rockville.«

»Wo warst du um diese Zeit?«

»Ich habe hier zu Hause geschlafen.«

»Alleine?«

»Das weiß ich nicht so genau.«

»Wie meinst du das?«

Andri Ólafur lächelt verlegen.

»Ich habe an diesem Abend einen über den Durst getrunken«, sagt er. »Um genau zu sein, weiß ich so gut wie nichts mehr von dem, was passiert ist, nachdem ich gegen halb elf nach Hause gekommen bin. Das liegt momentan alles im Nebel.«

»Und was hast du den Tag über gemacht?«

»Ich habe den ganzen Tag mehr oder weniger in Besprechungen verbracht. Am Abend habe ich im Hótel 101 in der Hverfisgata gegessen. Von dort aus bin ich in die Stadt gegangen, bin in zwei oder drei Bars gewesen, aber bin dann in der Kaffibarinn hängengeblieben.«

»Bist du mit dem Taxi nach Hause gefahren?«

»Ja.«

»Alleine?«

»Ich habe eine Frau in der Kaffibarinn getroffen, die mit mir nach Hause gekommen ist.«

»Wer war das?«

»Sie hieß Karitas.«

»Karitas wie?«

Andri Ólafur zuckt mit den Achseln.

»Was weißt du über diese Frau?«

»Sie war schön, unterhaltsam und einem Quickie gegenüber nicht abgeneigt.«

»Weißt du nicht mehr?«

»Nein, eigentlich nicht.«

»Gar nichts?«, bohre ich nach.

»Ich brauchte nichts anderes von ihr zu wissen.«

»Wann ist sie gegangen?«

»Sie war schon weg, als ich am nächsten Morgen wach wurde.«

»Hast du den Goldjungs eine Beschreibung gegeben?«

»Ja, das habe ich getan. Sie war eine wirklich gut aussehende Frau in jeder Hinsicht, mit schönem rotem Haar und braunen Augen. Sie sagte, dass sie sowohl hier zu Hause als auch im Ausland als Model gearbeitet hat.«

»Wie alt war sie?«

»Ich habe sie nicht gefragt«, antwortet Andri Ólafur, »aber ich hatte den Eindruck, sie sei um die vierzig.«

Der blasierte Bjarni räuspert sich erneut.

»Warum interessieren sich die Goldjungs für dich im Zusammenhang mit dem Fall?«, frage ich. »Haben sie mit allen gesprochen, die einen Range Rover Sport fahren?«

»Sie wussten, dass ich einer von denen bin, die Donald Garber am Tag, an dem er starb, getroffen hat«, antwortet Andri Ólafur.

»Ach? Also kanntet ihr euch?«

»Wir pflegen schon lange geschäftliche Kontakte. Donald war auf dem Weg nach Litauen, und ich musste etwas in Island erledigen, daher hat es sich für uns beide angeboten, uns hier zu treffen.«

»Worüber habt ihr gesprochen?«

»Über verschiedene Investitionen.«

»Nur ihr beide?«

»Ja.«

»Habt ihr euch freundschaftlich getrennt?«

»Ja, wie immer. Unsere Zusammenarbeit war schon immer sehr fruchtbar.«

»Wie habt ihr euch kennengelernt?«

»Ich habe Donald zum ersten Mal getroffen, als er in der US Army war.«

»In der Base auf dem Flughafen Keflavík?«

»Ja. Und wir haben Kontakt gehalten, nachdem er wieder in die USA gezogen ist.«

»Warum?«

»In diesen Jahren haben wir beide versucht, uns in der Geschäftswelt zu etablieren, und konnten daher Informationen austauschen und uns gegenseitig gute Ratschläge geben. Wir haben ebenfalls in einige Verträge investiert, und da das gut lief, haben wir weiter gemeinsam Geschäfte gemacht.«

»Habt ihr euch oft getroffen?«

»Ab und zu.«

»Hier in Island?«

»Nein, meistens in New York, wo Donald einen Teil des Jahres wohnte.«

»Wie war er denn so auf eurem letzten Treffen?«

»Ich habe nichts Ungewöhnliches bemerkt.«

»Weißt du, wen er noch an diesem Tag getroffen hat?«

»Nein.«

»In Ordnung. Sonst noch etwas?«

»Ich glaube, ich habe dir das Wichtigste mitgeteilt«, antwortet Andri Ólafur.

»Du hast dich also mit diesem Donald Garber letzten Montag getroffen, ein paar Stunden bevor er ermordet wurde. Am Abend hast du in der Stadt einen draufgemacht, hast eine gewisse Karitas getroffen, über die du nicht mehr weißt, hast sie eingeladen und bist mit ihr im Taxi zu dir nach Hause gefahren, aber bist dann einfach eingeschlafen. Währenddessen hat wahrscheinlich jemand deinen Range Rover benutzt, um Richtung Süden zum Tatort und wieder zurück zu kommen. Stimmt das in groben Zügen?«

»Das kann man so sagen, ja.«

»Hast du irgendwelche Spuren entdeckt, die darauf hinweisen, dass jemand in den Jeep eingebrochen ist?«

»Nein.«

»Hat noch jemand außer dir Schlüssel für das Auto?«

»Nein.«

»Das verbessert die Lage nicht. Haben dir die Goldjungs mitgeteilt, wie die Leiche aussah?«

»Sie haben mich heute Morgen nach Verstümmelungen gefragt.«

»Ihm wurde sein Geschlechtsteil abgeschnitten. Hast du eine Erklärung dafür?«

Andri Ólafur zögert eine Antwort hinaus.

Interessant.

»Ich habe den ganzen Tag eingehend über diese Information nachgedacht«, antwortet er schließlich nach längerem Schweigen. »Donald hat in Amerika verschiedenste Geschäfte getätigt, und ich weiß, dass er sich damit einige gefährliche Gegner gemacht hat. Jemand muss ihm aus den USA hierher gefolgt sein und hat ihn ermordet.«

»Aber das erklärt kaum die Verstümmelungen.«

»Die letzte Missachtung. Das riecht stark nach Mafia.«

»Nach Mafia?«, wiederhole ich verwundert. »Willst du damit sagen, Donald Garber hatte noch eine Rechnung mit amerikanischen Mafiosi offen?«

»Mir ist nichts Wahrscheinlicheres eingefallen«, antwortet Andri Ólafur.

»Ist das nicht ganz schön weit hergeholt?«

»Donald und ich haben manchmal mit gefährlichen Leuten gehandelt.«

»Wie man es auch dreht und wendet, sitzt du ganz schön in der Patsche.«

»Deshalb habe ich dich herbestellt.«

»Die wichtigste Aufgabe ist jetzt, diese Karitas aufzutreiben«, fahre ich fort. »Ohne sie hast du keine Chance auf ein Alibi.«

»Das sehe ich auch so.«

Der blasierte Bjarni räuspert sich wieder einmal.

»Es sollte doch nicht weiter schwer sein, in unserer überschaubaren und zahlenmäßig kleinen Gesellschaft dieses Model zu finden«, sagt er.

»Da sei dir mal nicht so sicher«, antworte ich umgehend.

»Warum?«

»Erstens ist Karitas ein sehr geläufiger Name. Zweitens ist es gar nicht gesagt, dass diese Frau als Model gearbeitet hat, auch wenn sie Andri Ólafur das über einem Glas an der Bar erzählt hat. Und drittens ist es natürlich denkbar, dass sie ganz anders heißt als Karitas.«

»Meinst du, sie hat wissentlich ihre Identität geändert?«

»So wie ihr diesen Fall beschreibt, finde ich es fahrlässig, diese Möglichkeit auszuschließen.«

»Da stimme ich zu«, sagt Andri Ólafur. »Traust du dir in deinem Zustand zu, die Suche nach dieser Frau aufzunehmen?«

»Ich habe noch zwei Monate bis zum Termin«, antworte ich kurz angebunden.

»Bist du auch bereit, meine Verteidigung mit allem Drum und Dran zu übernehmen?«

Was sonst?

Andri Ólafur hat ganz offensichtlich ein großes Problem. Egal, ob er an diesem Verbrechen schuldig oder unschuldig ist.

Aber ich habe schon häufig eine Reise mit ziemlich schlechten Karten auf der Hand angetreten.

»Derjenige gewinnt am häufigsten, der am besten mit einem schlechten Blatt umgehen kann.«

Sagt Mama.

Zweite Woche

7. KAPITEL

Montag

Andri Ólafur ist das, was man früher Alteisenhändler nannte und nicht direkt zu den feinen Berufen zählte«, erklärt mir mein Broker, der alles Mögliche über Isländer zu wissen scheint, die im Geschäftsleben Erfolg haben. »Aber er ist zweifellos ein wahnsinnig reicher Alteisenhändler.«

Mein Broker ist um die fünfzig und hat es endlich aufgegeben, seine Glatze zu verstecken. Die in der letzten Zeit gewachsen ist. Wie mein Eigentum.

»Wie reich ist er?«

»Das weiß niemand so genau, aber ich schätze, dass er in dieser neuen Wikingerzeit zu den reichsten Isländern gehört. Andri Ólafur hat sich schon seit langem auf Geschäfte mit Altmetall spezialisiert, und einige wären bereit, es für ein Vielfaches des eigentlichen Wertes zu kaufen. Das verspricht natürlich gute Gewinne direkt auf die Hand.«

»Ist er nicht vor allem Waffenhändler?«

»Der Ramsch, den Andri Ólafur verkauft, besteht zu hundert Prozent aus Kriegsmaschinerie, so viel steht fest«, antwortet mein Broker. »Er hat jahrzehntelang Flugzeuge, Helikopter, Panzer, Lastwagen, Jeeps, Raketen, Granaten, Gewehre und andere Kampfmittel verschoben; alles, was Regierungen loswerden wollten, weil sie ihre Waffen erneuern oder wegen veränderter Vorzeichen der Sicherheitslage. Er nutzt für den

Kauf dieser alten Heeresfahrzeuge verschiedene Kanäle, die kaum einer kennt, und verkauft das Alteisen zu einem Mehrfachen des Preises an Länder, in denen sich kleinere Völker und mächtige Clans gegenseitig bekämpfen.«

»Hat er Gesetze gebrochen?«

»Das weiß ich nicht. Vor einigen Jahren sickerte das Gerücht an die Presse durch, dass er eine ungeheuerliche Summe Gewinn bei einem Waffenverkauf gemacht hat. Dabei hat er sich bekämpfende Gruppen in den Ländern des Balkan, die früher zu Jugoslawien gehörten, beliefert, und auch Entwicklungsländer, besonders in Afrika, wo sich die Menschen immer bekriegen. Andri Ólafur hat diese Anschuldigungen öffentlich bestritten, doch man muss ihm ja nicht unbedingt glauben. Jedenfalls hat sich das Gerücht hartnäckig gehalten. Soweit ich mich erinnere, wurde eine Untersuchung eingeleitet, aber ich weiß nicht, ob sie zu einem Ergebnis bezüglich Schuld oder Unschuld gekommen ist. Soweit ich weiß, wurde er nie für illegalen Waffenhandel angeklagt.«

»Weißt du, wie es mit den Schiebereien angefangen hat?«

»Andri Ólafur stammt aus Sudurnes und hat in seinen jüngeren Jahren auf dem Keflavíker Flugplatz gearbeitet. Dort hat er allen möglichen Schrott verkauft, den das Heer loswerden wollte. Er hat da die Branche von der Pike auf gelernt und sich gute Kontakte zu den Befehlshabern der US Army geschaffen, die die Base in Keflavík geleitet haben. Dann hat er sich in Luxemburg niedergelassen, wahrscheinlich, weil dort das Bankgeheimnis noch wesentlich umfassender ist als hier und man daher leichter Geschäfte hinter den Kulissen machen kann. Von dort aus hat er seine Geschäfte jahrzehntelang geführt.«

»Höre ich das richtig: Du hältst ihn für ein halbseidenes Hemd?«

Mein Broker zuckt mit den Achseln.

»Ich schätze an Andri Ólafur, dass er unglaublichen Erfolg auf seinem Gebiet hat«, antwortet er nach reiflicher Überlegung, »aber meiner Meinung nach versuchen Waffenhändler vor allem, daran zu verdienen, dass sie Gewalt in der Welt schüren und damit das Elend der Bürger erhöhen. Daher befinden sich diese Leute für mich in der gleichen Kategorie wie Drogendealer.«

Mein Broker ist manchmal ungehalten über mein finanzielles Verhalten, das er »das Fehlen eines Finanzquotienten« nennt.

Aber das hat sich in der letzten Zeit zum Besseren gewendet. Ich bin nämlich viel vorsichtiger geworden, was Geldanlagen angeht. Plane weiter im Voraus.

Wegen des Kindes.

Veränderungen! Veränderungen!

Hoffentlich ende ich nicht als konservative alte Schachtel in der Weststadt!

Die Suche, die Lísa Björk und ich nach einer Karitas gestartet haben, hatte bisher keinen Erfolg.

Es stellte sich heraus, dass knapp zweihundert isländische Frauen diesen alten lateinischen Namen der Liebe tragen. Auch wenn wir sofort alle ausgeschlossen haben, die jünger als dreißig und älter als fünfzig sind, blieb die Liste immer noch ganz schön lang.

Lísa ist diesen Frauen den ganzen Tag hinterhergejagt. Ohne eine einzige zu finden, die auf Andri Ólafurs Beschreibung der Karitas passt, die er in der Kaffibar getroffen hat. Und keine, die als Model gearbeitet hat.

Das überrascht mich nicht.

Ich hatte es gleich für ein Täuschungsmanöver gehalten. Entweder von Seiten der Frau oder von Andri Ólafur.

Auf dem Heimweg klingelt das Handy.

»Ich habe die Bestätigung bekommen, welcher Taxifahrer

Andri Ólafur am Montagabend an der Kaffibar abgeholt hat«, sagt Lísa Björk. »Soll ich mit ihm sprechen?«

»Wo ist er jetzt?«

»Sein Taxi steht auf dem Parkplatz von Hreyfill an der Laekjargata.«

»Das ist gar nicht weit von hier. Ich übernehme ihn.«

Ich finde einen freien Parkplatz neben dem alten Stadtgymnasium. Es befindet sich immer noch in dem alten Holzschuppen, wo eine Gruppe isländischer Männer im Jahr 1851 den dänischen Kolonialherren die Stirn geboten hat: »Wir protestieren.«

Heutzutage protestiert fast keiner mehr. Im besten Fall wird genörgelt oder geschimpft. Meistens wegen etwas, das eh keine Rolle spielt.

Auf dem Parkplatz von Hreyfill warten vier Taxen. Unser Mann ist der dritte in der Reihe.

Ich klopfe an die Fensterscheibe.

Der Kerl lässt die Scheibe herunter.

»Ich muss mal mit dir reden«, sage ich und stelle mich vor.

»Ach du liebe Zeit, gute Frau, komm schnell aus der Kälte rein«, sagt er und öffnet die Beifahrertür.

Der Knabe scheint mittleren Alters zu sein. Er ist nicht gerade groß, aber dafür umso breiter. Es lässt sich kaum erkennen, wer von uns beiden den größeren Bauch hat.

Als ich es mir in dem Sitz gemütlich gemacht habe, zeige ich dem Taxifahrer eine Kopie von Andri Ólafurs Kreditkartenquittung.

»Erinnerst du dich an diese Tour?«, frage ich.

Er betrachtet die Quittung eingehend.

»Montagabend, 22 Uhr 28?«, murmelt er nachdenklich vor sich hin. »Ach ja, natürlich, ich habe ein Paar an der Kaffibar abgeholt und habe sie nach Seltjarnarnes gebracht.«

»Kannst du die beiden beschreiben?«

Er guckt mich fragend an:

»Ist etwas nicht in Ordnung?«

»Ich muss nur wissen, wie die Frau aussah. Kannst du sie beschreiben?«

»Ich erinnere mich nicht so genau an sie, ich fahre ja jeden Tag so viele Leute, verstehst du. Aber ich meine, dass sie rote Haare hatte. Ja, diese Frau hatte ganz bestimmt rote Haare, und sie hatte ein strenges Parfüm aufgetragen.«

»Welche Marke?«

»Das weiß ich nicht.«

»Was hatte sie an?«

»Sie trug eine dunkle Jacke und ich glaube auch einen großen Hut, aber ich bin mir nicht mehr so sicher. Ich hatte keinen besonderen Grund, sie mir speziell zu merken, verstehst du, er hat gesagt, wo es hinging und hat die Fahrt bezahlt.«

»In Ordnung.«

Ich hieve mich aus dem Taxi. Watschele gegen den Wind zu meinem Silberpfeil. Angele mein Handy aus der Manteltasche. Rufe Haraldur an.

Der hellste Sonnenstrahl des Tages kommt aus der unerwartetsten Richtung.

»Du hast deinen Willen bekommen«, sagt die schulterbreite Schwarzjacke schlechtgelaunt. »Wir werden beantragen, dass er sich drei Monate lang von seiner Familie fernhalten muss. Der Antrag wird morgen Nachmittag im Bezirksgericht verhandelt.«

»Ein Fortschritt für die Menschheit.«

Das reicht, um Harald auf hunderachtzig zu bringen.

»Was willst du damit sagen?«, fragt er bissig.

»Ich habe es nur begrüßt, dass du die richtige Entscheidung getroffen hast.«

»Das ist die Entscheidung der Dienststelle.«

»Aha.«

Es ist leicht herauszuhören, dass Haraldur eigentlich immer noch gegen den Antrag des Näherungsverbotes ist. Aber er musste klein beigeben, denn seine Vorgesetzten waren anderer Meinung.

»Schöne Grüße an die, die dir vorgeschrieben haben, was du zu tun hast«, sage ich lachend.

Er beendet das Telefonat umgehend.

Verdammter Blödmann.

8. KAPITEL

Als ich gegen sechs in mein Büro zurückkomme, telefoniert Lísa Björk. Aber macht kaum etwas anderes als zuzuhören.

»Ich melde mich in einer halben Stunde wieder bei dir«, sagt sie schließlich und legt auf.

»Was ist los?«, frage ich.

»Der Fall von Pfarrer David ist in den Medien«, antwortet Lísa Björk. »Hlédís hat eben auf Kanal 2 ein Interview gegeben, und jetzt wollen sie, dass der Pfarrer dazu Stellung nimmt.«

»Was hat sie gesagt?«

»Ich habe es nicht selbst gehört. Aber laut Pfarrer David hat sie behauptet, man habe der Mehrheit des Pfarrgemeinderates vom Ordinariat zugesagt, Pfarrer David eine andere Stelle innerhalb der Kirche anzubieten.«

»War also der Beschluss des Gemeinderates in Absprache mit dem Ordinariat gefällt worden?«

»Man kann ihre Worte wohl so auslegen.«

»Das kann ich kaum glauben. Das widerspricht völlig dem Verwaltungsrecht. Besorg uns eine Abschrift des Interviews, damit wir ihre Aussage genau vor uns haben.«

»Sie hat auch über Schwierigkeiten der Zusammenarbeit gesprochen und ein paar Vorfälle erwähnt, in denen Pfarrer David und andere Gemeindemitarbeiter Auseinandersetzungen hatten.«

»Zum Beispiel?«

»Es gab hauptsächlich Meinungsverschiedenheiten bezüglich der musikalischen Begleitung von Gottesdiensten und was den Arbeitsbereich des zweiten Pfarrers angeht. Soweit ich weiß, hat sie behauptet, Pfarrer David würde immer wieder verhindern, dass Pfarrer Róbert die Jugendarbeit der Gemeinde pflegen kann, obwohl ihm das Presbyterium diese Aufgabe offiziell übertragen hat.«

»Pfarrer David muss natürlich ebenfalls ein Interview geben, um Hlédís zu antworten, aber er darf sich auf keinen Fall in Nebensächlichkeiten verlieren. Er darf auch weder arrogant noch herablassend erscheinen. Er ist hier das Opfer, und das muss ganz deutlich zum Ausdruck kommen.«

»Wäre es nicht gut, wenn ich die Sache mit ihm vorbereiten würde?«

»Unbedingt. Du solltest betonen, dass er seine Verwunderung und Betroffenheit über den unerwarteten Angriff seiner Gemeindemitglieder und Mitarbeiter zum Ausdruck bringt. Das ist der beste Weg, das Mitleid der Hörer und der Presse zu erregen.«

Ich versuche, mich im Wohnzimmer im ersten Stock auszuruhen. Mache es mir im Sofa gemütlich. Schließe die Augen. Lege die Hände auf meinen Babybauch.

Höre Musik aus den Achtzigern:

If I have to, I can do anything. I am strong. I am invincible. I am woman.

Das hat Helen Reddy ungefähr in dem Jahr gesungen, in dem ich geboren wurde.

Stark. Unbesiegbar.

So möchte ich auch gerne sein. Immer. Egal was passiert.

Das Telefon stört mich mitten in meinen Überlegungen.

»Hier ist Sigurlinni von der Landeszentralbank«, sagt die Stimme im Handy, sobald ich das Gespräch annehme. »Ich mache mir große Sorgen wegen dieser Unruhen, die Sigurjóna und du angezettelt haben, das muss ich schon sagen.«

Ich setze mich erstaunlich schnell im Sofa auf.

»Unruhen, die wir angezettelt haben?!«, schnaube ich wütend. »Sämtliche Krawalle, die in diesem Fall angezettelt wurden, hat dein Sohn zu verantworten! Er hat schließlich seine Frau geschlagen, nicht andersherum.«

»Es fiel mir schwer, diese Geschichten zu glauben, aber jetzt hat er mir seine Taten selber gestanden«, antwortet Sigurlinni lallend. »Ich verstehe nicht, woher der Junge das hat. Ich gebe zu, dass ich mich in meinen jüngeren Jahren auch manchmal geprügelt habe, aber ich habe mich nie an Frauen vergriffen, nie.«

»Dein Sohn hat es getan.«

»Ja, das ist eine Tatsache, wie ich schon sagte, aber ich finde, es geht zu weit, ihn wegen dieser Streitigkeiten der Eheleute vors Gericht zu ziehen. Ich bin der Meinung, es ist am besten für alle, einen solchen Konflikt mit Gesprächen zu lösen, unter vier Augen. Baldvin hat mir versprochen, dass so was nie wieder vorkommt.«

»Glaubst du wirklich, dass Sigurjóna so einem Versprechen glauben kann, nach diesen furchtbaren Schlägen, die sie ertragen musste?«

»Ich habe auch schon Pfarrer Vigfús gebeten, mit beiden zu sprechen; erst mit jedem alleine und dann mit beiden zusammen«, fährt Sigurlinni fort, ohne auf meine Frage zu antworten. »Es ist immer möglich, sich zu einigen, wenn die Leute bereit sind, miteinander zu reden, das ist meine Erfahrung.«

»Baldvin hat sogar versucht, ins Frauenhaus einzubrechen.«

»Das ist doch sehr übertrieben, das muss ich schon sagen, aber ich habe ihm eingeschärft, seine Gefühle im Zaum zu halten, und er verspricht, das in Zukunft zu tun. Deshalb ist es völlig unnötig, dass diese Unterlassungsklage vors Gericht kommt, das führt nur zu weiteren verleumderischen Artikeln und Problemen.«

Aha!

Sigurlinni macht sich also Sorgen über die Berichte in der Presse.

Das überrascht mich nicht. Nicht, nachdem ich ein Foto des Bankdirektors auf dem Titelblatt des Nachrichtenblogs gesehen habe. Unter der Überschrift:

SOHN DES LANDESZENTRALBANKDIREKTORS BRICHT INS FRAUENHAUS EIN

Da hat Máki auch die Karriere von Baldvin Sigurlinnason zusammengefasst, der alle seine Arbeitsplätze durch politische Beziehungen bekommen hat. Nur weil er der Sohn seines Vaters ist.

»Sigurjóna und die Kinder brauchen eine sichere Umgebung«, sage ich bestimmt. »Das haben sie nicht, solange Baldvin sich wie ein unterbelichteter Neandertaler auf sie werfen darf. Deshalb ist eine Unterlassungsklage, dass er sich seiner Familie nicht nähern darf, der einzige Weg.«

»Ich finde, du bist ganz schön unnachgiebig, das muss ich sagen.«

»Ich vertrete nur die Interessen meiner Klientin, die das Opfer von grober Gewalt seitens ihres Ehemannes geworden ist.«

»Und ich versuche gerade, die Ehe meines Sohnes zu retten, es ist mir viel wert, die Familie zusammenzuhalten.«

»Wenn du in dieser Sache etwas Sinnvolles tun willst, solltest du Baldvin dazu bewegen, aus dem Haus der Eheleute auszuziehen, damit Sigurjóna mit den Kindern wieder nach

Hause kommen kann. Das wäre schon mal ein Schritt in die richtige Richtung.«

»Meinst du, das würde genügen, damit ihr die Unterlassungsklage zurückzieht?«

»Nein, das können wir jetzt nicht mehr ändern, aber du könntest im Anschluss daran Sigurjóna und die Kinder besuchen und die Sache direkt mit ihr besprechen.«

Sigurlinni stöhnt schwer.

»Ja, ja. Also, so kommen wir momentan nicht weiter. Du hörst sicher später noch einmal von mir.«

Versprechen? Oder Drohung?

Ich bin mir nicht ganz sicher.

Neige allerdings eher zur zweiten Option. Zumal Sigurlinni dafür bekannt ist, dass er hinter den Kulissen eifrig an den Schnürchen der Macht zieht, wann es ihm passt.

»Du wirst selten enttäuscht, wenn du immer mit dem Schlimmsten rechnest.«

Sagt Mama.

9. KAPITEL

Raggi spart wohl auf einen neuen Herzinfarkt.

Er hat dunkle Ringe unter beiden Augen. Schweißperlen funkeln auf seiner Stirn. Auch auf der glänzenden Glatze, wo sich das grauschwarze Haar schon seit Jahren zurückzieht.

Letzten Sommer musste er sich einer großen Herzoperation unterziehen. Die Ärzte tauschten ein paar Adern im Brustkorb aus. Sie haben ihm nach der OP geraten, schnellstmöglich seinen Lebensstil zu ändern. Abnehmen. Sich mehr bewegen. Aufhören zu rauchen.

Er hielt es nur ein paar Monate durch.

Wir sitzen an einem ovalen Tisch in einem der Verhörzimmer der Goldjungs. Im Palast der Staatspolizei an der Skúlagata in Reykjavík. Und warten.

Warten auf was?

Die Goldjungs kennen alle Tricks, um sich um eine Antwort zu drücken.

Andri Ólafur hat mich heute gegen neun Uhr abends angerufen. Vor knapp einer Stunde. Als ich schon so gut wie auf dem Sofa eingeschlafen war.

»Du musst sofort kommen«, sagte er bedrückt. »Die Polizei hat gerade eine Hausdurchsuchung bei mir beendet. Sie wollen mich verhören.«

Trotzdem gelingt es Andri besser als Raggi, den Stress zu kaschieren.

Die Fingerspitzen des feisten Goldjungen tanzen ungezügelt auf einer grauen Akte, die auf dem Tisch vor ihm liegt. Knallen im Stakkato auf das harte Plastik. Wie stahlhart gefrorener Hagel, der manchmal vom Himmel runter das Metalldach meines Reihenhauses bombardiert. Wenn die Wettergötter wie die Berserker wüten.

Dagfinnur sitzt an seiner Seite. Der jugendliche süße Goldjunge, der Raggi normalerweise wie ein Schatten folgt.

Er sitzt mir direkt gegenüber. Aber konzentriert sich auf seinen geöffneten Laptop.

Ich bin müde und genervt. Zumal ich einen langen und anstrengenden Tag hinter mir habe. Und die Schmerzen im Rücken und in den Füßen machen mich fertig.

»Wie lange müssen wir hier noch herumhängen?«, frage ich ungeduldig. »Und auf irgendwas warten, von dem wir nicht wissen dürfen, was es ist?«

Im gleichen Moment wird die Tür aufgerissen. Ein älterer Goldjunge kommt mit einer durchsichtigen Plastiktüte herein und reicht sie Raggi.

Raggi nimmt den Beutel. Dreht ihn eine ganze Weile zwischen den Händen hin und her.

Man kann durch das Plastik ein großes, unglaublich scharfes Küchenmesser erkennen. Das kräftige Messerblatt ist lang und an der Spitze ein wenig nach oben gekrümmt. Der Griff ist schwarz.

Auf der einen Seite des Messers prangt ein rotes Logo mit zwei tanzenden Strichmännlein.

Die Tatwaffe?

Das Messerblatt ist dreckig. Daran kleben auch ein paar dunkle Flecken.

Getrocknetes Blut?

Raggi legt die Plastiktüte neben die graue Akte. Guckt Andri Ólafur an.

»Dann fehlt uns nichts mehr«, sagt er und beginnt, die gesetzlich vorgeschriebenen Formalitäten herunterzuleiern. Müde. Wie ein alter Landpfarrer, der schon zum tausendsten Mal ein leeres Ritual abspult.

Dagfinnur beugt sich vor und spielt mit allen zehn Fingern auf der Tastatur des Laptops.

Andri Ólafur verdreht seine Augen, um einen Blick auf das Messer in der Plastiktüte werfen zu können, verzieht jedoch keine Miene. Aber mir scheint, dass er erbleicht ist.

Das kann ja wohl kaum etwas Gutes bedeuten.

»Wir interessieren uns für alles, was du am Montag der letzten Woche gemacht hast, das heißt, an dem Tag, der Donald Garbers letzter war«, fährt Raggi fort. »Du hast ihn an diesem Tag getroffen. Wie kam es zu diesem Treffen?«

»Ich habe es euch schon zweimal gesagt, ich musste letztes Wochenende etwas in Island erledigen, und Donald war zur gleichen Zeit auf dem Weg nach Europa, so dass es uns beiden gut gepasst hat, uns hier zu treffen«, antwortet Andri Ólafur. »Ich bin am Sonntag nach Island geflogen, und Donald kam am Montagmorgen aus den USA. Wie ihr auch wisst, wollte er im 101-Hótel an der Hverfisgata übernachten, und da haben wir uns auch am Montagnachmittag getroffen.«

»Wann genau?«

»Unser Treffen begann gegen zwei und dauerte bis zum Abend. Danach gingen wir im Hotel gemeinsam zum Abendessen, aber anschließend haben sich unsere Wege getrennt. Ich habe ihn danach nicht mehr gesehen.«

»Um was ging es bei eurem Treffen?«

»Wir haben verschiedene Projekte besprochen, bei denen wir beide Interessen zu wahren haben – oder hatten, aber wir haben uns auch über ein paar neue vorteilhafte Geschäfte ausgetauscht«, antwortet Andri. »Ich kann keine Details unseres Gespräches preisgeben, das fällt unter das Geschäftsgeheimnis.«

»Das ist eine Ermittlung in einem Mordfall«, sagt Raggi barsch. »In solch einer Situation ist es zwecklos, sich hinter dem Bank- oder Geschäftsgeheimnis zu verstecken.«

»Meine Finanzen sind meine Privatsache.«

»Dazu kommen wir später. Welcher Konflikt entstand auf eurem Treffen?«

»Selbstverständlich waren wir nicht in allem einer Meinung«, antwortet Andri Ólafur. »Es ist kein Geheimnis, dass ich nicht bereit war, höhere Summen in gewisse Geschäfte zu investieren, die er vorschlug, aber wir vereinbarten, andere Projekte gemeinsam zu finanzieren. So war es schon immer bei uns: Wir werfen viele verschiedene Ideen auf, und bei genauerer Betrachtung stellen sich manche als unrentabel oder undurchführbar heraus. Keiner von uns beiden nahm diese Ablehnung persönlich, es ging immer nur um Business, nichts anderes.«

»Habt ihr Persönliches besprochen?«

»Donalds und meine Beziehung war rein geschäftlich. Es gab keine persönlichen Konflikte zwischen uns.«

»Habt ihr persönliche Angelegenheiten besprochen?«, wiederholt Raggi.

»Während des Abendessens sind wir auf leichtere Themen gekommen.«

»Welche leichteren Themen?«

»Wir erzählten uns gegenseitig, was wir seit unserem letzten Treffen zu unserem Vergnügen unternommen haben«, erklärt Andri Ólafur. »Donald hatte seinen Spaß an Golf, er genoss es in vollen Zügen, auf den feinsten Golfplätzen der USA zu spielen. An dem Abend hat er mir von so einer Golftour mit einem hohen Offizier des Pentagon erzählt. Ich glaube, ich habe etwas über meine letzte Skireise nach St. Anton in Österreich zum Besten gegeben. Wir berichteten uns auch gegenseitig, wie wir letztes Jahr Silvester gefeiert haben und so weiter. Es war eine gemütliche Stunde bei gutem Essen.«

Raggi nimmt wieder die Plastiktüte mit dem Messer in die Hand und wendet sie in den Händen. Als ob er uns herausfordern würde.

»Was ist nach dem Essen passiert?«, fragt er nach einer guten Weile.

»Ich habe mich kurz nach zwanzig Uhr an diesem Abend von Donald verabschiedet und ging zum Laugavegur hoch.«

»Ist er noch im Hotel geblieben?«

»Ja, ich habe mich an der Bar von ihm verabschiedet.«

»Wollte Donald während seines Islandaufenthaltes noch andere treffen?«

»Darüber weiß ich nichts«, antwortet Andri. »Ich nehme jedoch an, dass er an diesem Abend nicht an Geschäfte gedacht hat.«

»Hat er gesagt, was er für den Abend geplant hat?«

»Nein, aber soweit ich verstanden habe, hatte er eine Verabredung.«

»Mit wem?«

»Er hat keine Namen genannt.«

»Aber?«

»Nichts aber, ich weiß leider nicht, wen er treffen wollte.«

»Trotzdem bist du sicher, dass Donald sich mit jemandem an diesem Montagabend vergnügen wollte?«

»Das habe ich herausgehört.«

»Warum seid ihr dann nicht zusammen losgezogen?«

»Ich habe kein Interesse daran, in Donalds Privatleben hineingezogen zu werden.«

»Warum nicht?«

»Ich habe es mir schon vor langer Zeit zur Regel gemacht,

Privatleben und Geschäfte nie zu vermischen. Beides zusammen funktioniert auf die Dauer nicht.«

Raggi hebt die Plastiktüte erneut hoch und jetzt so, dass das Messerblatt auf Andri Ólafur zeigt.

»Du kennst dieses Messer, oder?«, fragt er.

»Mir scheint, dass es ein gewöhnliches Küchenmesser ist.«

»Gewöhnlich? Wie man's nimmt. Wir haben so ein Messerset bei dir zu Hause gefunden.«

»Soweit ich weiß, sind diese Messer recht weit verbreitet.«

»Aber es fehlt ein Messer in deinem Set. Unsere Recherchen haben ergeben, dass genau so ein Messer wie dieses fehlt.«

»Das ist mir nicht bekannt«, antwortet Andri Ólafur. Seine Stimme zittert leicht. Zum ersten Mal bei diesem Verhör.

Raggi legt das Messer auf den Tisch, öffnet die graue Akte, holt die oberste Klarsichthülle heraus und schiebt sie zu uns hinüber. Darin befindet sich ein Foto, worauf einige Küchenmesser zu sehen sind, die in einem hellbraunen Holzblock stecken. Das kleine Zeichen mit den beiden Strichmännlein kann man deutlich auf dem Holz erkennen.

Einer der acht Schlitze ist leer.

»Mir wurde gesagt, es sei das teuerste Messerset, das die deutsche Firma Zwilling anbietet«, fährt Raggi fort. »Wo hast du es gekauft?«

»In Luxemburg vermutlich.«

»Und natürlich hast du das vollständige Set gekauft?«

Andri Ólafur zögert zu antworten.

Ich nutze die Gelegenheit zu fragen:

»Ist dies die Mordwaffe?«

»Alles deutet darauf hin«, antwortet Raggi. »Der Gerichtsmediziner ist der Meinung, dass dieses Messer benutzt wurde, um das Opfer zu erstechen und zu verstümmeln. Auf dem Messerblatt befindet sich geronnenes Blut, das Donalds Blutgruppe entspricht. Die Wahrscheinlichkeit, dass es sich um die

Tatwaffe handelt, ist überwältigend hoch, obwohl wir noch auf die Ergebnisse von der DNA-Analyse der Blutflecken warten.«

»Wurde das Messer am Tatort gefunden?«

Raggi grinst, schüttelt den Kopf und guckt siegesgewiss auf meinen Klienten.

»Nein«, sagt er. »Das Messer ist unter den Fahrersitz deines Jeeps geschoben worden, Andri. Wir haben es heute Morgen in deinem Auto gefunden.«

10. KAPITEL

Was ist das denn für ein Schwachsinn!«, rufe ich.

»Was?«, fragt Raggi und wirft mir einen schnellen Blick zu.

»Das ist so eindeutig gestellt«, antworte ich aufgebracht. »Mein Klient hat doch schon über Jahre hinweg gezeigt, dass er kein Idiot ist. Glaubst du wirklich, er hätte die Tatwaffe eine Woche lang in seinem Auto versteckt, wenn er wirklich Donald Garber ermordet hätte? Und würde dann einfach nur seelenruhig darauf warten, dass das Messer gefunden wird? Das ist völlig unrealistisch.«

»Zum Glück begehen Mörder meistens Fehler, ansonsten würde es uns nicht gelingen, die Fälle zu lösen.«

»Es ist unter keinen Umständen möglich, diese Dummheit als Fehler zu verkaufen. Es handelt sich ganz eindeutig um eine Verschwörung.«

»Die Fakten sprechen für sich«, sagt Raggi und wendet seine Worte wieder an Andri Ólafur. »Wir meinen beweisen zu können, dass dein Jeep in der Nacht am Tatort war, du hast kein Alibi, und wir haben die Tatwaffe in deinem Auto gefunden. Mit diesen drei Sachen im Hinterkopf finde ich, dass der Fall eigentlich relativ klar ist.«

»Ich bin an diesem Mord völlig unschuldig«, antwortet Andri Ólafur.

»Warum wolltest du Donald ermorden?«

»Ich bin kein Mörder, das musst du mir glauben!«

»Gehen wir doch einmal genauer durch, wie ihr euch kennengelernt habt«, fährt Raggi fort. Und beginnt in der Akte auf dem Tisch vor sich zu blättern. »Wann hast du ihn zum ersten Mal getroffen?«

»Du weißt, dass ich ihn auf dem Keflavíker Flughafen getroffen habe, als er für die US Army gearbeitet hat.«

»Was war dort seine Aufgabe?«

»Er war einer derer, die sich um Vergnügungen und anderen Zeitvertreib beim Heer gekümmert haben, besonders aber für die, die bei der Radarstation Rockville gearbeitet haben.«

»Wie kam es, dass ihr euch kennengelernt habt?«

»Ich habe Donald auf einem Ball im Offiziersclub getroffen.«

»War es deine Initiative, ihn anzusprechen?«

»Nein, er wollte sich mit mir unterhalten.«

»Worüber?«

»Ihn interessierte, was ich gemacht habe.«

»Was war das?«

»Ich habe Autos, Küchengeräte und ähnliche Sachen, die das Heer loswerden wollte, sortiert und abtransportiert. Es handelte sich um Waren, die dann durch das isländische Handelskomittee verkauft wurden.«

»Warum interessierte sich Donald für deinen Job?«

»Er sah gute Möglichkeiten für diese Art von Geschäften. Donald überlegte sich, was er machen sollte, wenn seine Dienstzeit beendet wäre, und er hatte die Idee, dass es recht einträglich sein könnte, wenn man gebrauchte Gegenstände, die das Heer loswerden wollte, kauft und verkauft.«

»Habt ihr euch oft getroffen?«

»Ja, einige Male. Er hatte eine Freundin in Keflavík, wo ich wohnte, und manchmal gingen wir zusammen aus.«

»Wann war das genau?«

»Ich meine den Winter 1973/74.«

»Habt ihr damals schon gemeinsame Geschäfte gemacht?«

»Nein, das kam später. Donald hatte einige gute Ideen, und als er im Heer aufhörte, hat er mich gebeten, ihm dabei zu helfen, eine davon in die Tat umzusetzen.«

»Und wie lief das?«

»Gut, und seitdem haben wir zusammengearbeitet.«

»Berichte uns von Donalds Privatleben.«

»Ihr habt doch wahrscheinlich schon die wichtigsten persönlichen Informationen über ihn aus den USA erhalten.«

»Uns wurde mitgeteilt, dass Donald alleinstehend und kinderlos war und sowohl in Los Angeles als auch in New York gemeldet war. Stimmt das?«

»Soweit ich weiß, ja. Ansonsten war Donald eher verschlossen, was seine persönlichen Dinge anging, auch mir gegenüber.«

»Hatte er viele wechselnde Beziehungen?«

»Damals auf der Base wurde gesagt, dass Donald alles vögelt, was sich bewegt«, antwortet Andri Ólafur breit grinsend.

»Alles?«

»Als sich unsere Wege neulich am Montagabend trennten, hatte ich es im Gefühl, dass er eher einen Mann treffen wollte als eine Frau.«

»Einen Mann?«, wiederholt Raggi. »War Donald homosexuell?«

»Sowohl als auch.«

»Was für einen Mann?«

»Das weiß ich nicht.«

»Mit irgendeinem geheimnisvollen Unbekannten? Bist du sicher, dass er sich nicht mit deiner geheimnisvollen Frau getroffen hat?«

»Habt ihr sie gefunden?«, frage ich.

»Nein, aber wir wären sehr daran interessiert, mit ihr zu reden«, antwortet Raggi und wendet sich wieder Andri zu. »Erzähl uns mal von ihr.«

»Ich habe schon bei vergangenen Verhören gesagt, dass es sich um eine Frau um die vierzig mit roten Haaren handelt. Sie sagte, sie heiße Karitas, aber mir ist jetzt klar, dass sie wahrscheinlich ihren Namen erfunden hat.«

Raggi öffnet wieder die graue Akte, nimmt eine andere Klarsichthülle heraus und legt sie vor Andri Ólafur auf den Tisch.

»Du meinst diese Frau hier, nicht wahr?«

Das Foto stammt eindeutig aus einer Überwachungskamera.

Auf dem Bild sieht man Andri Ólafur von vorne, aber die Frau, die ihm gegenübersteht, nur von hinten. Sie trägt einen langen Mantel, dunkle Lederstiefel und einen großen Hut. Ihre Haare umspielen ihre Wangen und den Nacken.

»Ja, das ist sie!«, ruft Andri eifrig. »Dann wisst ihr also, dass ich euch die Wahrheit sage?«

»Die Überwachungskameras zeigen, wie du um halb neun an diesem Abend in die Kaffibarinn gegangen bist, und dort sechzehn Minuten nach zehn in Begleitung dieser Frau wieder herausgekommen bist«, antwortet Raggi. »Wir wissen auch, dass ihr in ein Taxi gestiegen seid, das mit euch den Laugavegur hinuntergefahren ist.«

»Gott sei Dank.«

»Aber der Mord an Donald Garber wurde erst nach Mitternacht begangen, wahrscheinlich kurz vor ein Uhr in der Nacht zum Dienstag, und darum verraten uns diese Fotos nichts darüber, was am Wichtigsten ist – wo du warst, als Donald ermordet wurde.«

»Diese Karitas kann euch sagen, dass ich bei mir zu Hause im Bett geschlafen habe.«

»Wir haben diese Frau auf noch mehr Filmen gefunden, die an diesem Abend in der Innenstadt aufgenommen wurden, aber nirgendwo kann man ihr Gesicht erkennen. Wie heißt sie richtig?«

»Ich weiß es nicht.«

»Von wem stammt sie ab?«

»Ich habe sie nicht danach gefragt.«

»Wo wohnt sie?«

»Ich habe sie zu mir nach Hause eingeladen, ihre Adresse wurde in unseren Gesprächen nicht erwähnt.«

»Du scheinst dich doch für die Frau zu interessieren, wenn du sie schon zu dir einlädst?"

»Das war von meiner Seite aus nur als One-Night-Stand geplant, nichts weiter. Ich hatte kein Interesse, diese Frau näher kennenzulernen.«

»Was ist passiert, als ihr zu dir nach Hause gekommen seid?«

»Wir sind ins Wohnzimmer gegangen und haben uns ein Gläschen genehmigt.«

»Und dann?«

»Ich wechselte hinüber ins Schlafzimmer, habe mich ins Bett gelegt und darauf gewartet, dass die Frau aus dem Badezimmer kommt. Dann erinnere ich mich an nichts mehr. Erst am nächsten Morgen, als ich wach wurde; aber da war Karitas, oder wie sie auch immer heißt, weg.«

»Ich finde deine Schilderung ziemlich unglaubwürdig.«

»Daran kann ich nichts ändern, das ist nichts als die Wahrheit.«

»Behauptest du also, diese Frau hat dir eine Droge untergemischt?«

»Ich vermute jetzt, dass sie mir Schlafmittel in den Wein geschüttet hat, das ist die einzige Erklärung, dass ich so schnell eingeschlafen bin und so lange und fest geschlafen habe.«

Raggi zieht die Klarsichthülle mit dem Foto wieder zu sich hin. Legt es zurück in die graue Akte.

»Wo bist du um dreiundzwanzig Uhr an diesem Montagabend hingefahren?«, fragt er barsch.

»Nirgendwohin«, antwortet Andri Ólafur. »Ich habe geschlafen wie ein Stein.«

»Wir haben einen Zeugen, der behauptet, dass du um elf Uhr mit deinem Range Rover von zu Hause weggefahren bist. Als der Zeuge kurz vor eins schlafen ging, warst du immer noch nicht wieder da. Du hast Donald Garber ein weiteres Mal getroffen, nicht wahr?«

»Nein, überhaupt nicht, niemand kann mich zu dieser Zeit hinter dem Steuer gesehen haben«, antwortet mein Klient und schüttelt heftig den Kopf. »Das ist völlig ausgeschlossen, vollkommen ausgeschlossen.«

Raggi grinst höhnisch.

»Es ist zwecklos für dich, dieses Täuschungsmanöver weiterzuführen«, sagt er. »Wer ist deine Mittäterin?«

»Ich habe dir alles erzählt, was ich über sie weiß.«

Der dicke Goldjunge beugt sich vor. Guckt Andri Ólafur scharf an.

»Im Hinblick auf das vorliegende Beweismaterial ist es doch am klügsten für dich, endlich zu gestehen«, sagt er. »Ist das nicht schon längst überfällig?«

»Ich habe alles wahrheitsgemäß berichtet.«

»Nein, du lügst uns an, das liegt auf der Hand«, antwortet Raggi und knallt die Akte zu. »Wir haben schon jetzt genügend Beweise, um dich wegen Verdachtes des Mordes an Donald Garber ins Kittchen zu stecken, und das werden wir auch tun.«

11. KAPITEL

Dienstag

Andri Ólafur musste die vergangene Nacht in der Zelle verbringen.

Verständlicherweise ist er heute Morgen missgelaunt, als die Goldjungs ihn in den Saal des Bezirksgerichts bringen, damit er dem Staatsanwalt zuhören kann, der beantragt, ihn fünf Wochen lang in Untersuchungshaft wegzuschließen.

Die Begründung der Goldjungs ist unbestritten überzeugend. Andri Ólafurs Jeep hat sich mit aller Wahrscheinlichkeit zu der Zeit am Tatort befunden, als Donald Garber ermordet wurde. Alles deutet darauf hin, dass ihm die Tatwaffe gehört, die bei der Durchsuchung seines Autos eine Woche später gefunden wurde. Er hat kein brauchbares Alibi, da die Suche nach der Frau, die sich Karitas nannte, keinen Erfolg hatte.

Ist Andri Ólafur ein Mörder?

Ich weiß es nicht.

Ich finde es allerdings relativ unwahrscheinlich, dass er die Tatwaffe in seinem Auto versteckt hätte, wenn er schuldig wäre. Ein vernünftiger Mann hätte das Messer verschwinden lassen. Zumal es ja auch genug Zeit dafür gab. Eine ganze Woche.

Aber das ist auch alles, was ich in den Händen habe, um dem Beweismaterial der Goldjungs zu widersprechen.

Unterm Strich weiß ich so gut wie gar nicht, wie die Verbindung zwischen Donald Garber und Andri Ólafur Sveinsson wirklich war. Es macht die Sache auch nicht besser, dass meine bescheidenen Kenntnisse nur von Andri Ólafur selbst stammen.

Er ist hervorragend im Geschäftspoker trainiert. Belügt mich wahrscheinlich, ohne mit der Wimper zu zucken, wann immer es ihm günstig erscheint.

Also registriere ich seine Behauptungen unter Vorbehalt.

Die Goldjungs vertreten vor dem Bezirksgericht die Theorie, es sei auf dem Treffen der beiden Geschäftspartner im 101-Hótel zu einer ernsten Auseinandersetzung gekommen. Persönliche Dissonanzen, die zum Mord geführt haben könnten.

Allerdings haben sie dafür keine Beweise.

Daher betone ich, dass mein Klient keinen Grund gehabt hat, dieses Verbrechen zu begehen. Denn der einzige wunde Punkt in der Begründung der Goldjungs ist das fehlende Motiv.

Aber meine Rede hat keinen Einfluss auf die Entscheidung des Richters. Er verurteilt Andri Ólafur umgehend zu drei Wochen Untersuchungshaft.

Dieses Ergebnis überrascht mich nicht. Nur Andri Ólafur ist ganz deutlich vom Urteil geschockt.

Wir haben die Möglichkeit, noch einmal ruhig miteinander zu reden, bevor die Schwarzjacken ihn nach Litla-Hraun im Osten bringen. Ins Staatsgefängnis, wo die Untersuchungshäftlinge freie Kost und Logis in totaler Isolation bekommen.

Er geht zügig auf und ab. Tief in Gedanken versunken.

»Das ist eine völlig absurde Situation«, sagt er bitter.

»Wir legen natürlich beim Obersten Gericht Berufung ein«, antworte ich.

Andri Ólafur nickt abwesend.

»Möchtest du deine Aussage ändern?«

»Nein.«

»In Ordnung. Wer hat einen triftigen Grund, dich hinter Schloss und Riegel zu sehen?«

»Ich habe in den letzten Tagen kaum über etwas anderes nachgedacht«, antwortet Andri Ólafur. »Natürlich habe ich im Ausland verschiedene Gegner, und manche von ihnen sind sehr einflussreich, aber mir fällt hierzulande wirklich niemand ein.«

»Die Welt ist ein Dorf, und es ist einfach, zwischen den Ländern umherzuhüpfen. An welche Typen denkst du am ehesten?«

»In meiner Branche wird mit harten Bandagen gekämpft, und viele nutzen dubiose Methoden, um ihren Willen durchzusetzen.«

»Wer?«, wiederhole ich ungeduldig.

»Ich spreche sowohl über manche Konkurrenten als auch über die Geheimdienste.«

»Welche Geheimdienste?«

Andri Ólafur guckt mich eine Weile an, ohne zu antworten. Mit nachdenklicher Miene.

»Du weißt, mit welchen Waren ich handele?«, fragt er schließlich.

»Mit verschiedenen Waffen, nicht wahr?«

»Manche Regierungen sind der Meinung, dass sie darüber bestimmen dürfen, wer solche Waren kaufen darf und wer nicht. Wenn ich an jemanden verkaufe, der auf der schwarzen Liste der westlichen Machthaber gelandet ist, passieren oft merkwürdige Dinge hinter den Kulissen.«

»Hast du ein relativ neues Beispiel?«

»Wir haben vor einigen Wochen wegen eines Deals sehr feindlich gesinnte Reaktionen bekommen. Ich hatte gehofft, dass es nur vorübergehend war, aber das könnte ich missverstanden haben. Vielleicht handelte es sich auch um die Ruhe vor dem Sturm.«

»Wer ist wir?«

»Donald hing mit mir in dem Deal drin.«

»Etwas genauer bitte.«

Andri Ólafur schüttelt den Kopf.

»Das bringt nichts«, antwortet er. »Wenn der Mord an Donald eine Rache aus der Richtung war, werden diejenigen gründlich dafür gesorgt haben, dass sich keine Spuren finden, die einen Hinweis auf sie geben könnten. Das sind keine Amateure.«

»Das ist aber merkwürdig«, sage ich.

»Was?«

»Dass du einfach so kampflos aufgibst.«

»Das ist ein Missverständnis«, antwortet er. »Ich habe bereits Vorbereitungen getroffen, um auf anderen Wegen herauszufinden, ob hier meine alten Feinde ihre Finger im Spiel haben. Das wird sich recht schnell herausstellen.«

»Okay. Und was ist mit dieser Karitas? Weißt du etwas mehr über sie?«

»Nein. Ich verstehe mich selbst nicht, dass ich in eine so altmodische Falle getappt bin.«

»Und du hast ganz sicher keine einflussreichen Feinde hier auf Island?«

»Ich kann mir nicht vorstellen, wer das sein sollte. Ich bin so wenig zu Hause, höchstens zwei, drei Wochen jedes Jahr, und ich mache mit anderen Isländern so gut wie keine Geschäfte.«

»Ist auf deinem Treffen mit Donald wirklich nichts vorgekommen, was in Verbindung mit den Ereignissen des Montagabends steht?«

Andri Ólafur zögert eine Antwort hinaus. Aber schüttelt schließlich den Kopf.

Da stehe ich auf. Nehme meine rotbraune Aktentasche. Beobachte, wie die Schwarzjacken meinen Klienten aus dem Bezirksgericht führen.

Sie gehen mit ihm diskret durch die Hintertür hinaus. Um den Fotofritzen und Nachrichtengeiern der Medien zu entkommen, die alle belagern, die durch den Haupteingang ein- und ausgehen.

Natürlich wird das an der morgigen Ausgabe der Zeitungen nichts ändern.

Sie haben bestimmt genug Bilder von Andri Ólafur im Archiv, um sie auf den Titelblättern zu bringen. Mit Schlagzeilen, die wie Blitze einschlagen.

12. KAPITEL

Was zum Teufel ist denn nun los?

Der Antrag der Schwarzjacken in Reykjavík auf ein Annäherungsverbot gegen Baldvin Sigurlinnason findet sich nirgendwo auf dem Verhandlungsplan des Bezirksgerichts.

Ich grabsche mir mein Handy. Versuche immer wieder, Haraldur zu erreichen. Die Schwarzjacke mit den breiten Schultern. Gebe nicht auf, bis er ans Telefon geht.

»Dieser Fall hat eine neue Wendung genommen«, antwortet er mürrisch.

»Wie meinst du das?«

»Sigurlinni hat sich der Sache angenommen und eine Einigung zwischen den Eheleuten erreicht, ich dachte, du wüsstest davon.«

»Was für eine verdammte Einigung?«

»Baldvin ist wieder bei Papa und Mama eingezogen und hat Sigurjóna und den Kindern das gemeinsame Haus überlassen. Er hat außerdem erklärt, dass er weder seine Frau noch seine Kinder in den nächsten Wochen besuchen wird, es sei denn mit der Zustimmung von Sigurjóna. Wir finden das eine gute Lösung und sehen keine weitere Veranlassung, etwas in der Sache zu unternehmen.«

»Es ist trotzdem weiterhin notwendig, ein Urteil für das Verbot der Annäherung zu bekommen.«

»Sigurjóna ist da nicht deiner Meinung«, antwortet Haraldur schadenfroh. »Du solltest wohl besser auf dem Laufenden sein, was deine Klienten angeht.«

Arroganter Sesselfurzer!

Ich lege einfach auf. Rufe im Frauenhaus an.

»Ja, das stimmt, Baldvin hat uns die Schlüssel vom Haus zukommen lassen«, sagt Fanney. »Wir wollen Sigurjóna und die Kinder heute Abend nach Hause bringen.«

»Ich habe wenig Hoffnung, dass Baldvin sein Versprechen lange einhält«, sage ich. »Du musst dafür sorgen, dass die Schlösser des Hauses ausgetauscht werden.«

»Ich werde es Sigurjóna sagen.«

»Richte ihr auch aus, ich melde mich in ein paar Tagen bei ihr.«

Auf dem Weg nach Hause höre ich Kanal 2 im Radio. Jetzt kommt ein Interview mit Pfarrer David.

Er ist sowohl gekränkt als auch wütend. Und kann es nicht verheimlichen.

»Es ist äußerst schmerzvoll, von seinen langjährigen Mitarbeitern einen Dolchstoß in den Rücken zu bekommen«, sagt er. »Ich habe mir immer die größte Mühe gegeben, Gott und der Gemeinde zu dienen, und die Reaktionen, die ich von meinen Gemeindemitgliedern in den letzten Tagen bekommen habe, zeigen mir, dass die Leute wollen, dass ich diese Arbeit fortführe. Es kommt daher für mich überhaupt nicht in Frage, diesem heimtückischen Angriff nachzugeben.«

»Aber es ist nicht nur die Mehrheit des Pfarrgemeinderats, die möchte, dass du gehst«, sagt der Nachrichtengeier. »Der Küster und der Organist haben beide die Forderung unterstützt, dich innerhalb der Kirche zu versetzen. Ist das nicht ein Zeichen, dass du in der Gemeinde keinen Rückhalt mehr hast?«

»Überhaupt nicht«, antwortet Pfarrer David aufgebracht.

»Ich muss natürlich die Äußerung meines Küsters unter den Vorzeichen lesen, dass Ásgrímur der Vater von Hlédís ist. Sie ist die Vorsitzende des Pfarrgemeinderates und hat dieses gemeine Komplott organisiert; er unterstützt einfach nur seine Tochter. Meine Zusammenarbeit mit dem Küster war immer äußerst zufriedenstellend, und ebenso habe ich immer gut mit dem Organisten arbeiten können. Es verletzt mich wirklich sehr, wenn sie beide sich auf dieses unterste Niveau begeben und sich auf diese Art missbrauchen lassen, nur um mich aus dem Amt zu treiben. Aber ich bin ja weder der Erste, noch werde ich der Letzte sein, der hinterrücks verraten wird. ›Wer heute Abend noch dein Freund ist, rafft dich morgen früh dahin‹, sagte einst unser Hymnendichter von Saurbaer*.«

»Aber ist es denn nicht eindeutig, dass du dort nicht länger arbeiten kannst, nach diesem Beschluss der Mehrheit des Pfarrgemeinderates und der Erklärungen deiner engsten Mitarbeiter?«

»Nein, ganz und gar nicht. Hier handelt es sich vor allem um ein Komplott, das die Vorsitzende des Pfarrgemeinderates geschmiedet hat. Es ist mir natürlich nicht entgangen, wie begeistert Hlédís von Pfarrer Róbert ist, meinem jungen und gutaussehenden Kollegen. Mir wurde vor einigen Monaten klar, dass sie ihn nach besten Kräften protegieren will, aber man darf solchen Gefühlen nicht blind nachgeben und die Gemeindearbeit auf den Kopf stellen.«

»Was willst du damit andeuten?«

»Ich möchte dich einfach darauf hinweisen, dass es dieses Komplott mir gegenüber nur gibt, weil Hlédís meint, Pfar-

* Hymnendichter von Saurbaer: Gemeint ist Hallgrímur Pétursson (1614 bis1674), das Zitat stammt aus den beliebten Passionspsalmen. (Anm. d. Ü.)

rer Róbert sollte mein Amt übernehmen. Sie hat mich schon letztes Jahr Weihnachten gefragt, ob es nicht langsam an der Zeit sei, mich nach einem langen Arbeitsleben in der Kirche zurückzuziehen, aber ich habe ihr geantwortet, dass meine Kräfte nach wie vor die gleichen sind und ich damit genauso interessiert und fähig bin wie in meinen jüngeren Jahren, dem Herrn zu dienen. Ich dachte, Hlédís hätte sich mit dieser Auskunft abgefunden, aber stattdessen hat sie begonnen, hinter den Kulissen daran zu arbeiten, mich fortzujagen, um diese Stelle für ihren Günstling zu schaffen. Es wäre ein wirklich großer Schock für die isländische Staatskirche, wenn solche Intrigen durchkämen. Ich glaube nicht, dass der Bischof an diesem schmutzigen Spiel teilnimmt.«

Hmm. Das hat er gar nicht schlecht gemacht.

Ich koche mir einen extrastarken Espresso, bevor ich mich in meinem Chefsessel niederlasse. Schlürfe das schwarze Getränk aus einer kleinen japanischen Tasse. Und denke über das Opfer auf der Midnesheidi nach. Donald Garber.

Mir fehlt immer noch eine Erklärung, warum ihm seine Kronjuwelen abgeschnitten wurden.

Hat Donald wirklich an dem Abend, an dem er ermordet wurde, einen jungen Mann getroffen, wie Andri Ólafur angedeutet hat? Endete dieses Techtelmechtel mit Mord und Verstümmelungen?

Denkbar.

Aber warum wurde die Leiche in der verlassenen amerikanischen Radarstation liegengelassen, wo Donald vor mehr als drei Jahrzehnten seinen Wehrdienst abgeleistet hat? Und das Messer in Andri Ólafurs Jeep versteckt?

Die Wahl des Tatortes weist eindeutig darauf hin, dass der Mörder Donalds Geschichte gut kannte. Wusste, dass er früher in Rockville war. Und auch, dass Donald und Andri Ólafur Freunde und Geschäftspartner waren.

Ich weiß sehr wenig über die persönlichen Umstände des Opfers. Viel zu wenig.

Ich muss versuchen, in den nächsten Tagen mehr herauszufinden.

Lísa Björk kommt herein.

»Dieser Brief ist gerade gekommen«, sagt sie. »Eilzustellung.«

Länglicher Umschlag. Weiß und alltäglich. Aber mit vielen Briefmarken.

Der eigentliche Brief ist kurz:

Bevor ich sterbe, muss ich meine Gewissheit bestätigt bekommen. Würdest du mir bitte helfen?

Matthildur Haflidadóttir, Gardvangur.

Die Handschrift ist zittrig.

Der Brief enthält außerdem einen Ausdruck aus dem Internet. Ein kurzer Artikel, der von der Internetseite der amerikanischen Tageszeitung Los Angeles Times ausgedruckt wurde:

LA MAN MURDERED IN ICELAND

In der Nachricht geht es um den Mord an Donald Garber. Die isländischen Medien werden zitiert, wo und wie die Leiche gefunden wurde. Und es wird über den Lebenslauf des Opfers geschrieben.

Jemand hat mit einem gelben Textmarker einen Absatz im Artikel angestrichen. Da wird berichtet, dass Donald Garber im Jahr 1998 wegen seiner Teilnahme an einem internationalen Kinderpornoring, dem Wonderland Club, festgenommen wurde, aber wegen guter Zusammenarbeit mit der Polizei in Los Angeles nicht verurteilt wurde.

Ich zeige Lísa Björk den Artikel.

»Ich kann mich dunkel erinnern, dass ich damals Nachrichten von diesem internationalen Kinderpornofall gehört habe«, sagt sie. »Weißt du, ob auch irgendwelche Isländer auch darin verwickelt waren?«

»Ich glaube nicht«, antworte ich.

»Der Mörder könnte die Leiche von Donald Garber möglicherweise deshalb auf diese ekelhafte Art verstümmelt haben, weil er ein Kinderschänder war«, fährt Lísa Björk fort. »Das erklärt allerdings nicht, an was diese Matthildur denkt.«

Später am Abend, als ich es mir schon unter meiner Decke gemütlich gemacht habe, denke ich erneut über Matthildurs Brief nach.

Bevor ich sterbe, muss ich meine Gewissheit bestätigt bekommen.

Gewissheit über was?

13. KAPITEL

Mittwoch

Die meisten Alten von Gardvangur liegen in ihren Betten. In langgestreckten niedrigen Gebäuden, die früher für Seeleute und Handwerker auf der Walz waren.

An diesem verlassenen Ort, weit außerhalb, warten Frauen und Männer tagein, tagaus darauf, dass der Tod zu einer Privataudienz vorbeikommt. Haben einen starken Medikamentencocktail intus, der ihnen helfen soll, die Bitterkeit des Lebens zu vergessen.

Matthildur ist erst zweiundsechzig Jahre alt. Aber die erbarmungslose Krankheit hat ganz offensichtlich ihr Bestes getan, um sie, lange bevor ihre Zeit gekommen wäre, umzubringen.

Der Krebs fragt nicht nach Jahreszahlen.

Ihr Gesicht ist grau und eingefallen. Ihre Gestalt abgemagert und gekrümmt. Mit kurzgeschnittenem Haar, das alle Farbschattierungen des Lebens schon längst verloren hat.

Ihr Zimmer ist klein und eng. Bett, Nachttisch, Kommode und Sessel passen so gerade hinein.

Ich stelle meine rotbraune Aktentasche auf dem Boden ab. Setze mich vorsichtig auf das gemachte Bett. Betrachte Matthildur eingehend. Wie sie da im Sessel sitzt.

Sie scheint kaum noch Kraft zu haben, um Gäste zu empfangen. Es ist nur eine Frage der Zeit, wann sie genötigt sein wird, den letzten Funken Leben in sich loszulassen.

Die Frage einer sehr kurzen Zeit.

»Wie lange bist du schon hier?«

»Ich bin vor drei Jahren hergekommen«, antwortet sie mit brüchiger Stimme. Und sieht mich aus müden grauen Augen an. »Ich habe neulich im Radio gehört, dass Frauen, die in solchen Pflegeheimen landen, etwa noch zwei Jahre leben, aber das ist ein sogenannter Durchschnittswert und hat offensichtlich in meinem Fall nichts zu sagen.«

Ich nicke.

»Mein Hausarzt war vorgestern hier. Er findet es schon interessant, wie gut es mir gelingt durchzuhalten. Er war überrascht, mich noch unter den Lebenden zu sehen, dachte, ich sei längst gestorben, aber ich habe ihm gesagt, und das sage ich auch dir jetzt, dass ich mich weigere, dem Sensenmann zu folgen, bis ich weiß, was aus meinem kleinen Jungen geworden ist. Wenn ich die Wahrheit zu hören bekomme, bin ich bereit, auf der anderen Seite wen auch immer zu treffen, aber bis dahin halte ich durch.«

»Dir ist es mit deinem Brief ganz unbestritten gelungen, meine Neugier zu wecken.«

»Ich danke dir für dein Kommen«, sagt Matthildur. »Um ehrlich zu sein, habe ich eher damit gerechnet, dass du mich nicht besuchen würdest, so wie die anderen, die ich um Hilfe gebeten habe.«

»Welche anderen?«

»Als ich vor dem letzten Wochenende diesen Artikel in die Hand bekam, habe ich sofort beim hiesigen Bezirksverwalter angerufen und dann auch bei der Polizei in Reykjavík, aber da wollte mir niemand zuhören. Die haben bestimmt gedacht, ich sei eine verkalkte alte Schachtel.«

»Warum interessierst du dich für Donald Garber?«

»In dieser amerikanischen Zeitung steht, dass er ein Kinderschänder war. Davon hatte ich noch nie etwas gehört.«

»Aber was hast du damit zu tun?«

»Ich kenne Donald von früher, als er noch auf der Base war.«

»Ach …?«

»Ja, wir hatten in dem Winter, in dem mein Kalli verunglückt ist, eine Beziehung.«

»Kalli?«

Sie steht langsam auf. Schlurft mit gebeugtem Rücken zum Nachttisch. Öffnet die oberste Schublade. Nimmt einen großen braunen Umschlag heraus.

»Kalli war mein einziger Sohn«, antwortet Matthildur.

Sie lässt sich wieder im Sessel nieder. Mit dem großen Umschlag auf dem Schoß.

»Er war erst neun Jahre alt, als er verschwand«, fügt sie hinzu.

»Dein Sohn Kalli? Wann ist er verschwunden?«

»Es war am 17. Februar. Er ging raus, um mit seinem Freund Kobbi zu spielen, die beiden Jungs waren immer zusammen, aber er kam nie wieder zu mir nach Hause zurück.«

»Was hat Donald Garber damit zu tun?«

»Kalli hat heute Geburtstag. An seinem Geburtstag zünde ich um halb zehn immer eine Kerze für ihn an. Mein Junge wäre heute vierzig geworden.«

»Wie?«

»Ja, es ist schon lange her, seit mein Kalli verschwunden ist«, sagt Matthildur und reicht mir den braunen Umschlag. »Hier kannst du alles nachlesen.«

Ich ziehe einen Stapel Papier aus dem Umschlag.

Ein Haufen vergilbter Artikel aus isländischen Tageszeitungen. Kopien von Nachrichten aus dem Jahr 1974. Auch zwei Briefe. Ein Exemplar der Zeitschrift Mannlíf. Und ein Foto von einem kleinen Jungen.

Er hat ein liebes Gesicht. Mit hellem Haar, das glatt an den

Wangen herunterfällt. Strahlend blaue Augen. Eine Stupsnase. Ein fröhliches Lächeln auf den Lippen.

Ich zeige Matthildur das Foto.

»Ist er das?«

»Ja, das ist mein Kalli.«

Ich überfliege schnell die Zeitungsartikel.

Zwei neun Jahre alte Jungen, Karl Illugason und Jakob Geirsson, gingen am Sonntag, den 17. Februar 1974, zusammen hinaus, um am Strand nördlich der Stadt zu spielen. An diesem Tag war leichter Schnee gefallen, und die Felsen, die an manchen Stellen hoch über die Strandbefestigung hinausragten, waren mit Glatteis überzogen.

Ein wenig später kam Jakob alleine nach Hause zurück, aber Karl spielte weiter zwischen den Felsen auf der Uferbefestigung am Meer. Als er gegen achtzehn Uhr noch nicht heimgekehrt war, begann Matthildur, sich nach dem Jungen umzuhören. Die offizielle Suche begann erst gegen Mitternacht.

Trotz der genauen Suche von Polizei und dem Suchdienst der Pfadfinder wurde nichts am Strand gefunden, das einen Hinweis darauf gab, was dem Jungen passiert sein könnte. Außer einem Käppi, das Karl am Tag, an dem er verschwand, aufgesetzt hatte. Es wurde am Strand entdeckt.

Ein paar Tage lang wurde bei Ebbe von morgens bis abends der Strand abgesucht, um die Leiche des Jungen zu finden. Aber ohne Erfolg.

Die Schwarzjacken in Keflavík sagten den Nachrichtengeiern, dass alles darauf hinweisen würde, der kleine Karl sei ins Meer gefallen und habe sich nicht alleine an Land retten können, weil in diesem Gebiet starker Wellengang herrsche und die Wellen kräftig gegen die Uferbefestigung krachten. Sie betonten, bei den Ermittlungen des Falles habe sich nichts herausgestellt, das darauf schließen ließe, dass das Verschwinden des Jungen von Menschenhand bewerkstelligt wurde. Alle

Gerüchte in diese Richtung wären daher völlig aus der Luft gegriffen.

»Du darfst meinen Umschlag mitnehmen, wenn du ihn mir wieder zurückbringst«, sagt Matthildur, als ich die ausgeschnittenen Artikel quergelesen habe.

»Was soll ich damit machen?«

»Ich muss wissen, was meinem Kalli passiert ist.«

»Mir scheint, daran besteht kein Zweifel«, antworte ich. »Gemäß diesen Artikeln ist er ins Meer gefallen und ertrunken.«

»Ich war nie so ganz einverstanden mit der Erklärung der Polizei«, sagt Matthildur. »Jetzt sagen sie da in dieser ausländischen Zeitung, dass Donald ein Kinderschänder gewesen ist. Ich finde, das lässt den ganzen Fall in neuem Licht erscheinen. Ich befürchte, Donald hat sich an meinem Kalli vergriffen.«

»Das wäre ein Fall für die Kripo, so etwas zu untersuchen.«

Matthildur hustet immer wieder in ein weißes Papiertaschentuch, das sie sich dicht vor den Mund hält. Ihr ausgemergelter Körper wird von der Anstrengung geschüttelt.

»Die Polizei will mir nicht helfen, sie sagen, dass es an der Sache an sich sowieso nichts ändert. Deshalb habe ich mich an dich gewandt.«

»Ich habe keine Zeit übrig, mich um noch einen Fall zu kümmern«, antworte ich. »Wie du siehst, ist meine Schwangerschaft schon weit fortgeschritten, und ich muss auf mich aufpassen.«

»Diese Männer wissen nicht, wie es für eine Mutter ist, ihr Kind zu verlieren und jahrelang in der Ungewissheit zu leben, was wirklich passiert ist«, sagt Matthildur und schaut mir mit bittendem Blick direkt in die Augen. »Du wirst jetzt Mutter, und deshalb kannst du dich in meine Lage versetzen. Ich weiß, dass du viel besser verstehst als diese Männer, warum ich vor meinem Tod wissen muss, was mit Kalli passiert ist.«

Ganz instinktiv gucke ich hinunter auf meinen Babybauch. Höre dabei Matthildurs schwere, rasselnde Atemzüge.

Verdammt, was bin ich doch rührselig geworden.

»Hast du den Artikel aus der Los Angeles Times im Internet gefunden?«, frage ich schließlich nach kurzer Pause.

»Nein, nein, ich habe keine Ahnung von Computern. Jemand hat ihn mir mit der Post geschickt.«

»Jemand, den du kennst?«

»Ich weiß es nicht, im Brief lag kein Anschreiben, und auf dem Kuvert stand auch kein Absender. Im Umschlag war nichts anderes als diese ausländische Nachricht.«

»Wie merkwürdig.«

»Das finde ich auch.«

»Hast du den Abschnitt über den Wonderland Club mit gelbem Stift markiert?«

»Nein, nein, das Blatt wurde mir so geschickt.«

»Dann wollte wohl jemand ganz sicher sein, dass du die Stelle mit den Kinderpornos liest?«

»Ja, der, der mir den Artikel geschickt hat, hat diese Stelle extra angestrichen.«

»Fällt dir jemand ein?«

»Nein, aber ich werde mich bei diesem herzensguten Menschen nie genug bedanken können, wenn dieser Artikel dazu führt, dass die Wahrheit endlich ans Licht kommt.«

Hmm.

»Ich lasse mir die Sache in den nächsten Tagen durch den Kopf gehen«, antworte ich schließlich. »Aber mehr will ich nicht versprechen.«

»Herzlichen Dank«, sagt Matthildur. Sie beugt sich im Sessel vor und drückt mir beide Hände. »Ganz, ganz herzlichen Dank, meine Liebe.«

Ich schiebe den Umschlag in meine Aktentasche. Verabschiede mich von Matthildur. Gehe so schnell ich kann die langen Gänge des Pflegeheims entlang. Beeile mich, aus diesem Wartesaal des Todes hinauszukommen.

Draußen ist es weiß und kalt. Der Frost hat in den letzten Tagen nicht nachgelassen, obwohl es nicht mehr lange bis zum ersten Sommertag dauert.

Der helle Schnee ruht auf dem Flachland und kleidet die Berge hinter dem weiten Faxaflói in den weißen Umhang des Winters.

»Kälte ist der Atem des Todes.«

Sagt Mama.

14. KAPITEL

Die Heizung im Silberpfeil schnurrt gemütlich. Wie ein verschmustes Kätzchen. Vertreibt die Kälte aus dem Auto, die dem pfeifenden Nordwind folgt.

Will denn der Frühling gar nicht kommen?

Ich versuche, es mir hinter dem Steuer bequem zu machen. Habe mir wieder einmal den Sitz weiter nach hinten geschoben. Damit das Lenkrad nicht ständig an meinen Babybauch stößt.

Nachdem ich an Njardvík vorbeigefahren bin, gebe ich kräftig Gas. Erlaube dem Motor, sich auf dem grauschwarzen Asphalt der Reykjanesbraut richtig auszutoben.

Über zweihundert deutsche Pferdestärken.

Wrummm!

Alle Zeitungen haben heute Morgen darüber berichtet, dass Andri Ólafur Sveinsson zu Untersuchungshaft verurteilt worden ist. In einigen wurde im gleichen Artikel auch sein abenteuerlicher Erfolg in der Geschäftswelt in Erinnerung gebracht. Ohne jedoch meine Kenntnisse wesentlich zu vertiefen.

Eine typische Überschrift:

MILLIARDÄR DES MORDES VERDÄCHTIGT

Natürlich habe ich erwartet, dass die Medien den Reichtum meines Klienten als Aufhänger nutzen würden. Zumal nicht jeden Tag einer der wohlhabendsten Männer des Landes wegen eines widerwärtigen Mordes angeklagt wird. Und in Einzelhaft hinter den starken Gittern von Litla-Hraun verschwindet.

In den Nachrichten der Zeitungen wird die enge wirtschaftliche Verbindung zwischen Andri Ólafur und Donald Garber betont. Dass sie beide jahrzehntelang umstrittenen Waffenhandel betrieben und oft bei solchen Geschäften zusammengearbeitet haben. Informanten, deren Namen geheim gehalten werden, sagen aus, dass die Polizei den finanziellen Kontakten der beiden auf den Grund gehen will. Dort fände sich wahrscheinlich das Motiv für den Mord.

Diese Schlussfolgerung könnte sich als richtig herausstellen. Wenn mein Klient überhaupt schuldig ist. Allerdings geht es bei den meisten Tötungsdelikten vor allem um Geld.

Wer hätte ansonsten das größte Interesse an Donalds Tod?

Die Erben, von denen ich immer noch nicht weiß, ob es welche gibt? Geschäftspartner wie Andri Ólafur? Oder ein unbekannter Konkurrent?

Ich brauche eine Antwort auf diese Schlüsselfrage.

Ich werde mir wesentlich genauere Informationen über das Leben und die Karriere von Donald Garber beschaffen müssen. Direkt aus den USA.

Aber natürlich könnte das Motiv für den Mord auf der Midnesheidi auch ein völlig anderes sein. Die Verstümmelung der Leiche deutet nämlich darauf hin, dass ziemlich starke Gefühle im Spiel waren.

Eifersucht?

Hass oder Rachegelüste?

Nichts ist ausgeschlossen. Schon gar nicht, dass mein Klient unschuldig ist.

Mein Handy beginnt in der Tasche zu singen, als mein Silberpfeil über die Kreuzung rauscht, wo es nach Grindavík geht.

Ich werfe einen Blick auf das Display. Es ist Máki.

Der Nachrichtengeier sucht immer noch Stoff für einen neuen Artikel über Baldvin Sigurlinnason.

»Sigurjóna will mir nicht sagen, warum sie das Frauenhaus verlassen hat«, sagt er. »Kannst du mir etwas berichten?«

»Aus mir kriegst du momentan nichts heraus, was Sigurjóna betrifft.«

»Ist der Fall gestorben?«

»*No comment.*«

»Na ja, dann ist es ja wohl klar, dass Sigurlinni an ein paar Strippen gezogen hat«, stichelt er und lacht. »So wie er es immer tut.«

Máki fährt eine Weile in der Gangart fort. Hofft, dass ich mich aufrege. Und mich einen Moment vergesse. Damit ich einen Kommentar fallen lasse, den er in seinem Nachrichtenblog veröffentlichen kann.

Ein altbekannter Trick von ihm, der manchmal wahrscheinlich sogar den erwarteten Erfolg bringt. Obwohl er bei mir schon seit langem nicht mehr zieht.

Schließlich nervt mich sein Bohren, und ich beschließe, Máki auf andere Bahnen zu lenken. Auf nützlichere Bahnen für mich und meinen Klienten.

»Es ist schon merkwürdig zu sehen, wie es der ausländischen Presse immer wieder gelingt, die isländischen Medien rechts zu überholen«, sage ich.

»Uns überholen?«, fragt er. »Inwiefern?«

»Mit Artikeln über den Mord in Rockville.«

»Wer klaut uns einen Scoop über was?«

»Das hast du nicht von mir.«

»Aber selbstverständlich.«

»Geh ins Internet, und guck mal in die Los Angeles Times.«

»Wozu?«

»Recherchier mal, was sie über Donald Garber geschrieben haben.«

»Was haben sie denn über ihn geschrieben?«

»Erinnerst du dich an den Wonderland-Fall?«

»Wonderland?«

»Wonderland Club. 1998.«

Dem Nachrichtengeier geht ungeheuer schnell ein Licht auf.

»Hör mal«, sagt er fieberhaft, »war das nicht eine Gruppe von Widerlingen, die Kinderpornos im Netz gesammelt haben?«

»Könnte sein.«

»Willst du mir sagen, dass Donald Garber bei dieser Razzia einkassiert wurde? Ist er mit Kinderpornos auf seinem Computer erwischt worden?«

»Lies mal die Los Angeles Times.«

»Tschü-hüüs!«

Er beendet in Windeseile das Gespräch.

Bingo.

Wenn ich Máki richtig kenne, hat der Nachrichtenblog morgen früh einen reißerischen Aufmacher über Donald Garber und seine perversen Freunde im Wonderland Club.

Ich habe gestern Abend die Geschichte dieses Falles überflogen. Mit Hilfe von ausländischen Internetmedien, die einiges Interessantes zu diesem internationalen Kinderpornoring zu sagen hatten.

Nach Ermittlungen, die viele Monate dauerten, wurde 1998 eine konzertierte Aktion gegen die Perversen im Internetclub gestartet. Goldjungs auf der ganzen Welt machten zeitgleich Razzien in Australien, Belgien, Deutschland, Finnland, Frankreich, Großbritannien, Italien, Norwegen, Österreich, Portugal, Schweden und den Vereinigten Staaten. Haben hundertsieben Kinderschänder festgenommen. Siebenhundertfünfzigtausend Pornofotos von Kindern einkassiert. Und tausendachthundert digitale Videos mit sexuellem Missbrauch von Kindern in jedem Alter.

Die etwa tausendzweihundert Opfer auf den Bildern stammten aus allen möglichen Ländern. Das Jüngste gerade einmal ein paar Monate alt.

Verdammte Perversenschweine.

Der Wonderland Club war im Internet gut versteckt. Nur Mitglieder wussten von seiner Existenz. Die Zugangsbedingungen waren sogar noch strenger als bei den Freimaurern. Niemand durfte beitreten, es sei denn ein Mitglied hatte ihn in den Club eingeladen. Jedes neue Mitglied musste zehntausend Pornobilder von Kindern beisteuern.

Dieser Club war daher nur für geübte Kinderschänder gedacht.

Wenn Máki seine Hausaufgaben erledigt, erfährt es das ganze Land morgen durch die Medien, dass Donald Garber nicht nur ein Waffenschieber, sondern auch ein Perverser war. Ohne dass die Berichterstattung direkt auf mich zurückzuführen ist.

Das müsste sich für meinen Klienten gut machen. Könnte sogar die Goldjungs dazu verleiten, für einen Moment darüber nachzudenken, ob eventuell etwas anderes als ein Gerangel um Kronen und Öre hinter dem Mord an Donald steckt.

Natürlich haben auch Kinderschänder wie jeder andere das Recht auf den Schutz des Gesetzes. Sie sind unschuldig, bis die Schuld bewiesen ist.

Aber wenn Donald Garber in den Wonderland Club eintreten durfte, musste er jahrelang Kinderpornos gesammelt haben. Besaß bestimmt zigtausend Fotos.

Klare Sache.

Mir fällt ja nicht im Traum ein, mir Sorgen um die Reputation eines solchen Mannes zu machen. Auch wenn er mittlerweile selbst ein Opfer geworden ist. Und durch Mörderhand zu Tode kam.

»Für manche Sünden taugt kein Radiergummi.«

Sagt Mama.

15. KAPITEL

Im Büro lese ich mir das Material genauer durch, das Matthildur Haflidadóttir mir mitgegeben hat. Darunter befindet sich auch ein Interview mit der Zeitschrift Mannlíf aus dem Jahr 1994. Als zwanzig Jahre vergangen waren, seit ihr Sohn verschwunden ist.

»Ich habe in diesen ganzen Jahren darauf gewartet, dass mein Kalli gefunden wird. Das Erste, was ich an jedem Morgen denke, wenn ich aufwache, ist, ob dies der Tag sein wird, an dem Gott ihn mir wieder zurückgibt. Ich denke jeden Tag an ihn«, sagt sie im Interview.

Matthildur hat nie losgelassen. Ist nie über ihren Verlust hinweggekommen. Auch nicht über die Schuldgefühle, die sie quälen.

»Ich hatte den Kindern versprochen, mit ihnen an diesem Sonntag nach Reykjavík zu fahren«, sagt sie, »aber am Morgen wurde mein Vater krank, und daher habe ich den Ausflug um eine Woche verschoben. Es war meine Entscheidung; die Kinder wollten fahren, und mein Vater sagte, es wäre seinetwegen in Ordnung, doch ich wollte ihn nicht alleine zurücklassen. Wenn ich an meinem Plan festgehalten hätte, in die Stadt zu fahren, wäre mein Kalli noch am Leben, da bin ich sicher. Er verschwand, weil ich die falsche Entscheidung getroffen habe. Das ist und wird auch immer mein schweres Kreuz bleiben.«

Der Artikel berichtet Genaueres von Kallis und Kobbis Spiel an der Felsküste nördlich von Keflavík. Die beiden Jungs waren es gewöhnt, auf die Felsbrocken zu klettern, an denen sich die kalten Wellen den ganzen Tag lang brachen. Aber am meisten Spaß machte es ihnen, zwischen den großen Steinen am Strand herumzuspringen. Solche Felsensprünge waren schon seit langem eine Art Wettstreit zwischen den beiden. Derjenige, der als Erster am Strand war, versuchte immer, den schwierigsten Weg auf das Meer zu finden. Der Sieg bestand darin, am weitesten zu kommen, ohne von den Steinen ins Meer zu fallen.

Ganz offensichtlich ein gefährliches Spiel.

Nicht zuletzt, wenn Glatteis war. So wie an diesem Tag.

Warum Jakob gegen Mittag mit diesem Spiel aufhörte, ist aus dem Bericht des Magazins nicht ersichtlich. Vielleicht hatte er schon zu oft gegen seinen Freund verloren.

Ihre Wege trennten sich. Jakob ging zu sich nach Hause. Karl spielte weiter am Strand. Und verschwand.

Matthildur beschreibt ihre Angst und Furcht an diesem verhängnisvollen Tag. Ihr wurde erst gegen Abend bewusst, dass Kalli den ganzen Tag nicht nach Hause gekommen war. Da rief sie zu Hause bei Jakob an, der sagte, er habe seinen Freund seit Mittag nicht mehr gesehen. Und rief auch andere Freunde und Bekannte in der Kleinstadt an. Aber niemand hatte ihren Sohn bemerkt.

Gegen neun Uhr abends meldete sie sich telefonisch bei den Schwarzjacken in Keflavík, die ihr sagten, sie solle ganz ruhig bleiben, der Junge würde sich bestimmt wieder einfinden.

Als sich Kalli bis elf Uhr an diesem Abend nicht gemeldet hatte, hielt sie nichts mehr. Sie ging mit Jakob zur Polizeiwache, überzeugt davon, dass ihrem Jungen etwas passiert war.

Nach einem ausführlichen Gespräch auf der Wache zogen zwei Schwarzjacken los, um Kalli am Strand zu suchen. Aber sie fanden ihn nirgendwo. Zumal man am Felsenstrand in dieser dunklen Winternacht kaum die eigene Hand vor den Augen erkennen konnte.

Trotzdem suchten die Schwarzjacken eine ganze Stunde lang. Sie riefen Kalli, ohne eine Antwort zu erhalten.

Der Rettungsdienst der Pfadfinder trat am nächsten Morgen zur Suche an, sobald es hell wurde.

Gegen Mittag entdeckten die Pfadfinder ein Käppi, das Kalli zu Weihnachten bekommen hatte. Es lag zwischen riesigen Felsen am Strand. Nur knapp über dem Meeresspiegel.

Das Käppi war leicht am Emblem vorne auf der Stirnseite zu erkennen. Der Buchstabe »A« war hervorgehoben. Rot.

A wie für Angels. Engel.

So hieß ein Baseballverein in Los Angeles.

»Ich habe jeden Tag an der Suche teilgenommen, und nachts lag ich wach«, sagt Matthildur. »Ich konnte tagelang nicht schlafen. Schließlich rief mein Vater einen Arzt an, der mir eine Spritze gab. Daraufhin schlief ich zum ersten Mal, seit mein Kalli verschwunden war. Am fünften Tag. Als ich wieder aufwachte, hatten sie aufgehört zu suchen. Sie sagten, es hätte keinen Sinn, die Suche fortzusetzen; ich müsste wie andere auch, die ihre Angehörigen an das Meer verlieren, darauf warten, dass der Meeresgott Aegir seine Beute wieder am Strand freigibt.«

Aber das Warten wurde lang.

»Ich weiß, manche sagen, dass ich nach dem Verlust meines Kalli wunderlich geworden bin«, sagt Matthildur. »Sie verstehen nicht, weshalb ich immer noch auf mein Kind warte, ich kann doch nicht anders, und ich hoffe weiter, dass er gefunden wird. Als die organisierte Suche nach ein paar Tagen eingestellt wurde, wollte unser Gemeindepfarrer einen Gedenkgottesdienst in der Kirche halten, aber ich sagte ihm, das komme nicht in Frage, bevor ich meinen Jungen gesehen hätte. Pfarrer

David hat mir immer gesagt, ich soll nach vorne gucken, aber ich konnte nicht vergessen und kann es immer noch nicht.«

Pfarrer David?

In der Zeitschrift steht auch ein Interview mit der Schwarzjacke, die die Suche geleitet hat.

Njördur Njardarson sagt, dass er nicht daran zweifle, was sich an diesem kalten Sonntag im Jahr 1974 abgespielt haben muss.

»Karl Illugason hat am Strand gespielt, wo er zwischen großen Felsen umhergesprungen ist, die nach einigen Tagen Frost vereist waren. Dort am Strand herrscht starker Wellengang, und die Meeresströmung weiter draußen ist sehr stark. Der Junge wird auf dem Glatteis abgerutscht und ins Meer gefallen sein. Wahrscheinlich wurde er beim Sturz auf den Kopf ohnmächtig und ist dann ertrunken, vermutlich in der Nähe der Stelle, an der wir sein Käppi gefunden haben. Dieser Unfall war ein richtiges Trauerspiel, nicht nur für die Familie, sondern für alle Bewohner der Stadt. Dieses schlimme Ereignis hat uns alle sehr mitgenommen.«

»Warum wurde die Leiche des Jungen nie an Land gespült?«

»Die wahrscheinlichste Erklärung lautet, dass die Leiche auf dem Meeresboden festgeklemmt ist und nie loskam«, antwortet Njördur. »In diesem Landesteil dauert es oft lange Zeit, bis die Leichen Ertrunkener angespült werden. Ich erinnere mich an einen Fall, wo die Leiche eines Seemannes mehr als zwei Jahre später gefunden wurde, nachdem er ertrunken war. Und manche tauchen nie wieder auf, leider.«

Die Briefe in Matthildurs Umschlag sind beide vom Bezirksverwalter in Keflavík. Der ältere stammt vom Herbst 1974. Der andere ist 1975 geschrieben worden.

In beiden Fällen handelt es sich um eine Antwort auf eine schriftliche Anfrage, die Matthildur zum Amt geschickt hatte.

Dort wird kurz angebunden wiederholt, dass das Amt keine weitere Veranlassung sehe, das Verschwinden von Karl Illugason zu untersuchen.

Ich schiebe die Papiere wieder in den Briefumschlag. Lege ihn vor mich auf den Schreibtisch. Lehne mich in meinem Sessel zurück. Gehe im Geiste noch mal die Kernpunkte der Gespräche durch.

Da findet sich nichts, was mich überraschen würde.

Der Fall ist sicher traurig. Aber ganz einfach. Und längst zu den Akten gelegt.

Trotzdem fällt es mir schwer, ihn einfach so abzulehnen. Wahrscheinlich, weil Matthildurs bittender Blick nicht aus meinem Gedächtnis verschwinden will. Mir keine Ruhe gibt.

Zum Henker!

Ist es denkbar, dass Donald Garber etwas mit dem Verschwinden des kleinen Kalli zu tun hatte? War er an diesem Tag in Keflavík?

In keinem der Interviews mit Matthildur oder Njördur wird ein amerikanischer Soldat erwähnt. Aber sein Name könnte natürlich in den Unterlagen des Falles zu finden sein. Die sich wahrscheinlich immer noch irgendwo in den Archivschränken in Keflavík befinden.

Ich wende mich meinem Computer zu. Schreibe eine kurze Mail an den Bezirksverwalter in Reykjanesbaer. Verlange im Namen von Matthildur Haflidadóttir Einsicht in alle Akten, die das Verschwinden von Karl Illugason am 17. Februar 1974 und die Suche nach ihm betreffen.

Wird ein erneuter Blick in die alten Dokumente ein anderes Licht auf den Fall werfen?

Wahrscheinlich nicht.

Trotzdem geht es mir irgendwie besser, als ich die E-Mail abgeschickt habe. Es ist mir gelungen, mein Gewissen zu beruhigen. Wenigstens für eine Weile.

16. KAPITEL

Donnerstag

Man sieht es Sigurjóna äußerlich nicht mehr an, dass sie nach Strich und Faden verdroschen wurde.

Ihr Gesicht ist sorgfältig geschminkt, um die Wunden zu verstecken, die Baldvin Sigurlinnason ihr vor knapp zwei Wochen zugefügt hat.

Sie trägt einen schwarzen langen Rock, der ihr bis zu den Knöcheln reicht. Der dicke Kragen ihres hellblauen Pullovers umschmeichelt den Hals. Und die blauen Flecken von den gewalttätigen Griffen ihres Ehemannes.

Trotzdem ist sie ständig auf der Hut. Mit einem Gemisch aus Furcht und Wachsamkeit im Blick. Wir setzen uns in die Küche, wo Sigurjóna ganz offensichtlich die Morgenzeitungen durchgeblättert hat, als ich zu Besuch kam.

»Wie geht es dir?«

»Ich habe keine Schmerzen mehr«, antwortet sie. »Manchmal habe ich sogar das Gefühl, das alles muss ein schlechter Traum oder Albtraum gewesen sein.«

»Das war leider kein Traum.«

»Nein, ich weiß.«

»Am wichtigsten ist es jetzt zu verhindern, dass er wieder auf dich losgeht.«

Sie nickt und schiebt mir eine Tasse mit dampfendem Kaffee zu.

»Wie Fanney dir mit Sicherheit gesagt hat, wird häusliche Gewalt aller Erfahrung nach immer stärker, wie eine ansteigende Flutwelle. Die Gewalt steigert sich mit jedem neuen Übergriff.«

Ich öffne die Aktentasche. Hole ausgefüllte Anträge heraus.

»Du musst diese Papiere unterschreiben, um offiziell die Trennung von Bett und Tisch einzureichen. Das ist der erste Schritt.«

Sigurjóna nimmt die Unterlagen zur Hand, ohne sie zu lesen.

»Ich weiß nicht, ob ich es jetzt tun will«, sagt sie.

»Das ist nur der Anfang«, antworte ich. »Eine formelle und endgültige Scheidung ist ungefähr ein Jahr lang auf dem Weg durch die Instanzen. Du hast genug Zeit, später davon Abstand zu nehmen, wenn du es für richtig hälst, die Scheidung abzublasen.«

»Ich weiß, ich habe im Frauenhaus darum gebeten, aber jetzt bin ich mir nicht mehr so sicher, dass es gut von mir war, mich von Baldvin zu trennen.«

»Was hat sich geändert?«

»Ich darf mit den Kindern hier sein und werde in Ruhe gelassen«, antwortet Sigurjóna. »Baldvin kommt nur mit meiner Erlaubnis nach Hause.«

»Du kannst doch kaum erwarten, dass das für immer so bleibt?«

»Doch, ich glaube schon.«

»Glaubst du wirklich, was Baldvin sagt?«

»Vielleicht nicht ganz, aber ich vertraue den Worten meines Schwiegervaters.«

»Garantiert Sigurlinni für seinen Sohn?«

»Ja, er hat es mir versprochen.«

»Und was musstest du als Gegenleistung bringen?«

Sigurjóna weicht meinem Blick aus. Ihr Blick ist unsicher.

»Er hat mich darum gebeten, die Klage zurückzuziehen und es noch einmal zu versuchen. Er will alles dafür tun, damit die Familie zusammenbleibt.«

»Du bist schlecht beraten, die Klage in der jetzigen Situation zurückzuziehen«, sage ich entschieden. »Besonders wenn man bedenkt, was später passieren kann.«

»Ich muss auch an meine Kinder denken, sie vermissen ihren Vater.«

»Hat Baldvin hier schon einmal vorbeigeschaut, nachdem du wieder nach Hause gezogen bist?«

»Ich habe ihm erlaubt, vorgestern Abend kurz zu Besuch zu kommen, um mit den Kindern zu spielen.«

Sie wirft mir einen schnellen Blick zu.

»Ich will mich nicht unter Druck setzen lassen, um etwas zu tun, von dem ich nicht weiß, ob ich es wirklich möchte«, fügt sie hinzu und hebt die Stimme. »Ich will es einfach nicht.«

»Ich mache nur das, worum du mich gebeten hast«, antworte ich ruhig. »Was du in der Sache unternimmst, ist ganz allein deine Entscheidung, nicht meine.«

»Ich überlege mir die Sache noch.«

»In Ordnung. Hast du die Schlösser austauschen lassen?«

Sigurjóna schüttelt den Kopf.

»Mama, ich habe immer noch solche Bauchschmerzen.«

Ihr sieben Jahre alter Sohn steht in der Küchentür. Sein bunter Schlafanzug ist mit Tierbildern aus einem Disney-Abenteuer bedruckt.

»Komm mal her, Sigurlinni«, sagt sie und streckt die Hand aus.

Der Junge heißt also nach seinem Großvater. Dem Landeszentralbankdirektor.

Er ist blass. Mit verstrubbeltem Haar, als wäre er gerade aufgewacht. Hält sich mit beiden Händen den Bauch.

Ich schließe meine Aktentasche und erhebe mich.

Sigurlinni geht schnell an mir vorbei zu seiner Mutter, die ihn auf den Schoß nimmt. Er betrachtet mich mit seinen dunklen Augen. Oder besser gesagt, meinen Babybauch.

Ich versuche, freundlich zu sein.

»Erinnerst du dich, als deine Mama mit deiner kleinen Schwester schwanger war?«, frage ich und lege meine linke Hand auf meinen Kugelbauch.

Er schüttelt den Kopf. Dickköpfig.

»Da hatte sie auch so einen Babybauch«, fahre ich fort und lächle.

»Weiß ich«, antwortet er und starrt mich böse an. »Das hab ich auf Fotos von Mama gesehen.«

»Ja, natürlich.«

»Wie machen Lesben eigentlich Kinder?«, fragt er.

»Sigurlinni!«, ruft seine Mutter. »Das fragt man doch nicht!«

Ich schminke mir mein Lächeln schlagartig ab.

»Was für einen Blödsinn Kinder von sich geben«, sagt Sigurjóna entschuldigend.

»In diesem Alter plappern sie gerne das nach, was sie von Erwachsenen hören.«

»Papa sagt, du bist eine Lesbe«, redet der Junge weiter. »Er sagt auch, es ist nur deine Schuld, dass er nicht bei uns schlafen darf.«

»Was für ein Schwachsinn«, sage ich und blicke dem Jungen kalt in die Augen. »Dein Papa darf nicht bei euch zu Hause sein, weil er ganz furchtbar böse zu deiner Mama war.«

Sigurjóna tut dieser Wortwechsel leid.

»Entschuldige«, sagt sie und bringt mich zur Tür. »Ich wusste nicht, dass Baldvin so mit den Kindern redet.«

»Du lässt mich wissen, wenn du eine Entscheidung getroffen hast«, antworte ich. »Und pass in den nächsten Tagen gut auf dich auf. Du weißt selber, dass die Gefahr nicht vorbei ist.«

»Entschuldige«, wiederholt sie.

»Du musst dich nicht für das entschuldigen, was dein Mann verbockt hat«, antworte ich und halte mir den weichen warmen Kragen des Pelzmantels direkt an den Hals. »Das sollte er selber tun.«

Der feindliche Blick vom kleinen Sigurlinni folgt mir im Gedächtnis bis hinaus zum Silberhengst, der auf dem Parkplatz auf mich wartet. Seine Worte erinnern mich an die traurige Tatsache, dass Kinder manchmal noch unverblümter und erbarmungsloser sind als die Erwachsenen.

Trotzdem kann ich es dem Jungen kaum verdenken, wenn er seinem Vater zuhört.

»Niemand kennt seinen Vater völlig.«

Sagt Mama.

17. KAPITEL

Die hohen dunkelgrauen Gitterpfosten, die das Gefängnis Litla-Hraun umgeben, erheben sich gegen den wolkenlosen Himmel im Süden. Das tiefe Meer jenseits des Strandes liegt in der Windstille spiegelglatt, so weit das Auge reicht.

Andri Ólafur Sveinsson ist in völliger Isolationshaft. Er darf nicht einmal die täglichen Nachrichten verfolgen. Darf kein Fernsehen gucken oder Radio hören. Und ebenfalls keine Zeitungen lesen.

Kurz bevor ich mit meinem Benz nach Osten über die spiegelglatte Hellisheidi brausen wollte, bekam ich einen Anruf vom blasierten Bjarni. Er hatte eine Nachricht aus dem Ausland erhalten. Eine E-Mail, die er nicht verstand.

»Ich weiß, dass Andri Ólafur auf eine Meldung von diesem Mann wartet«, sagt Bjarni. »Er hat allerdings vergessen, mir das richtige Passwort zu geben.«

»Passwort?«

»Ja, alle Kontakte zwischen mir und Andri Ólafur, die sich über das Internet abspielen, werden mit einem speziellen Programm codiert, aber das Passwort, das ich bisher benutzt habe, funktioniert nicht bei dieser Mail.«

»Von wem kommt die Mail?«

»Der Absender heißt Kenneth Miller. Kannst du für mich nachfragen, was Andri Ólafur damit machen will?«

Rund um das Gefängnis sind ein paar Zäune gezogen, die eng beieinanderstehen. Und einige Meter hoch sind. Bisher ist es jedenfalls nur sehr wenigen Gefängnisinsassen gelungen, von Litla-Hraun zu fliehen.

Zwei mürrische Wachen empfangen mich auf der Innenseite des großen Tores.

Sie begleiten mich bis in das kleine fensterlose Zimmer, dessen einzige Möbel ein kleiner Tisch und drei Stühle sind.

Ich muss eine ganze Weile auf meinen Klienten warten.

Andri Ólafur ist leicht bekleidet. Mit einer dunklen Hose. Einem weißen Hemd. Und schwarzen Pantoffeln. Trägt aber weder Krawatte noch einen Gürtel.

Natürlich nicht.

Die Wächter im Knast gehen kein Risiko ein. Zumal es sich nicht gut fürs Image macht, wenn es Untersuchungshäftlingen gelingt, sich das Leben zu nehmen.

»Was gibt's Neues?«, fragt er und setzt sich am Tisch mir gegenüber.

»Das Oberste Gericht hat leider das Urteil des Bezirksgerichts wegen Untersuchungshaft bestätigt«, antworte ich.

»Das war nicht anders zu erwarten.«

»Die Suche nach Karitas hat auch noch keinen Erfolg gehabt. Wir haben zwei Barkeeper gefunden, die sich daran erinnern, sie an diesem Abend bedient zu haben, aber ansonsten kannten sie sie nicht genauer. Sie sagen übereinstimmend aus, dass sie sie noch nie vorher gesehen haben. Sie hat auch nicht mit Karte bezahlt. Sondern immer cash.«

»Dann gibt es also auch keine Spur aufgrund der Quittungen?«

»Nein. Die Barkeeper erinnern sich vor allem an das lange rote Haar und den großen rosafarbenen Hut. Ich finde es nicht unwahrscheinlich, dass sie eine Perücke benutzt hat.«

Andri Ólafur nickt nachdenklich.

»Ich bin auch noch mal die Zeugenaussage deines Nachbarn durchgegangen, der gemeint hat, dich in der Mordnacht in deinem Jeep davonfahren gesehen zu haben. Seine Aussage ist dahingehend interessant, dass er nicht das Gesicht desjenigen gesehen hat, der am Steuer saß. Er nahm es als selbstverständlich hin, du wärst es, weil der Fahrer einen dunklen Wintermantel und einen Hut auf dem Kopf trug. Er sagt, er habe dich neulich ebenso gekleidet gesehen.«

»Ja, genau, ich hatte an dem Tag einen Wintermantel und einen Hut an«, antwortet Andri Ólafur. »Es wird immer deutlicher, wie sorgfältig geplant und durchdacht diese Verschwörung ist.«

»Wenn deine Aussage stimmt.«

Andri Ólafur richtet sich im Stuhl auf.

»Hast du etwas von Bjarni gehört?«, fragt er trocken.

»Er hat eine codierte E-Mail von Kenneth Miller bekommen.«

Andri Ólafur schließt für einen Moment die Augen. Sitzt unbeweglich. Als ob er meditieren würde.

Schließlich öffnet er wieder die Augen.

»Ist mein Laptop immer noch von der Polizei beschlagnahmt?«, fragt er.

»Ja.«

»Ken sollte diese Nachricht auch an eine meiner E-Mail-Adressen schicken. Ich möchte, dass du diese Post für mich liest.«

»Wie mache ich das?«

Andri Ólafur lehnt sich vor. Bedeutet mir, näher zu kommen. Bis sich unsere Wangen fast berühren.

»Ich habe einen anderen Laptop in Seltjarnarnes«, flüstert er mir ins Ohr. »Ich bewahre ihn im Werkzeugschrank in der Garage auf. Der letzte Schrank, oberste Schublade.«

»Warum flüsterst du?«

»Ich gehe davon aus, dass unser Gespräch abgehört wird.«

»Das Gespräch eines Anwalts mit seinem Klienten? Das ist illegal.«

Andri Ólafur lächelt zum ersten Mal. Überheblich.

»Isländer sind unglaublich blauäugig, was das angeht«, sagt er. »Im einundzwanzigsten Jahrhundert leben wir in einer Welt, in der die Machthaber nur nach Erfolg fragen. Die Methoden spielen keine Rolle, wenn der Erfolg erbracht wird. Deshalb belauschen und filmen sie alles nach Gutdünken.«

»Vielleicht.«

»Völlig klare Sache. Du brauchst jedenfalls ein Passwort.«

Ich reiche ihm ein kleines, gelbes Post-it. Und einen Stift.

»Kannst du es für mich aufschreiben?«

Er kritzelt ein paar Worte und schiebt das Blatt zu mir zurück. Auf dem Zettel steht in kleiner Schrift:

ULYSSES 138 14 1+2

»Was soll das heißen?«, frage ich.

»Buch, Seite, Zeile, Worte«, flüstert er. »Du findest das Buch auf meinem Nachttisch im oberen Stockwerk.«

»Wie komme ich in deine Wohnung?«

»Bjarni hat einen Schlüssel.«

»Aha.«

Andri Ólafur erklärt mir, was ich tun muss, um die E-Mail von Kenneth Miller zu finden und sie zu decodieren. Schritt für Schritt.

»Hast du das begriffen?«, fragt er schließlich.

»Ich kann das alles behalten«, antworte ich. »Aber ich verstehe das nicht ganz.«

»Du musst es nicht verstehen, nur ganz genau meinen Anweisungen folgen«, sagt Andri Ólafur.

Dann reißt er den beschrifteten Teil des gelben Zettelchens in klitzekleine Teile. Fast wie ein Reißwolf. Und schiebt sich die Konfetti in den Mund.

Verdammter Verfolgungswahn!

»Wer ist dieser Miller?«, frage ich.

»Ein guter alter Geschäftspartner, der mir noch einen Gefallen schuldet.«

»Ein Waffenbruder von Donald und dir?«

»Das kann man so sagen.«

»Warst du auch mit Donald im Wonderland Club?«

Andri Ólafur starrt mich an, ohne mit der Wimper zu zucken. Seine Miene ist undurchsichtig. Wie bei einem cleveren Pokerspieler. Wenn viel im Pott liegt.

»Was meinst du?«, fragt er schließlich.

Ich berichte ihm vom Artikel in der Los Angeles Times. Den Máki bis zum Äußersten für den Nachrichtenblog des Tages zu nutzen wusste. Schrieb einen langen Bericht über den Wonderland-Fall. Hat als Aufmacher der Internetseite Details über Donald Garbers Leben gebracht. Ein Bericht, den andere Medien schon zur Debatte aufgegriffen haben.

»Ich erinnere mich, dass Donald damals Probleme wegen dieses Falles bekam, obwohl es ihm irgendwie gelungen ist, halbwegs ungeschoren davonzukommen«, sagt Andri Ólafur.

»Ich fände es wichtig, diese Seite des Falles unter die Lupe zu nehmen.«

»Wie meinst du das?«

»Ist es nicht denkbar, dass die Verunstaltung von Donalds Leiche einfach nur eine schreckliche Rache für sexuellen Missbrauch war?«

Andri Ólafur denkt über die Frage eine Weile nach.

»Aber das erklärt noch nicht, warum versucht wird, die Schuld auf mich zu schieben«, antwortet er dann. »Ich habe immer sorgfältig darauf geachtet, mich nicht in Donalds Privatleben einzumischen.«

»Also warst du nicht mit ihm im Klub?«

»Natürlich nicht. Ich habe nie solche Neigungen gehabt.«

Er scheint es ehrlich zu meinen.

Aber das sagt natürlich gar nichts. Andri Ólafur Sveinsson kann mit Sicherheit ein sehr überzeugender Lügner sein, wenn er es brauchen kann.

»Auch nicht, als du jünger warst?«

»Nein, nie.«

»Und Donald? War er immer schon ein Kinderschänder?«

Andri Ólafur zuckt mit den Achseln.

»Auch als er hier bei der Army war?«

»Warum fragst du?«

»Ein neun Jahre alter Junge verschwand in Keflavík in dem Winter, den Donald auf der Midnesheidi stationiert war. Karl Illugason. Erinnerst du dich an ihn?«

Andri Ólafur runzelt die Stirn.

»War das nicht der Junge, der ins Meer fiel?«, fragt er.

»So hieß es.«

»Was ist mit ihm?«

»Donald war mit der Mutter des Jungen zu der Zeit zusammen. Hast du das gewusst?«

»Ach ja, genau, mit Matthildur.«

»Hat Donald dem Jungen etwas angetan?«

Andri Ólafur richtet sich im Stuhl auf.

»Ich verstehe, worauf du hinauswillst«, sagt er nach einer langen Pause. »Allerdings habe ich nie gehört, dass Donald mit dem Verschwinden des Jungen in Zusammenhang gebracht wurde. Hast du etwas in der Hand, das darauf hinweist?«

»Nein, leider. Du vielleicht?«

Er schüttelt den Kopf.

Aber er denkt eindeutig an etwas anderes. Als ob er in eine weit entfernte Vergangenheit eingetaucht wäre.

18. KAPITEL

Seltjarnarnes ist klein und flach. Hat Thórbergur Thórdarson* einmal gesagt.

Trotzdem stehen dort verdammt tolle Villen. Und sauteuer.

Unter anderem das Einfamilienhaus von Andri Ólafur Sveinsson. Das mindestens dreihundert Quadratmeter Grundfläche hat.

Ein relativ neuer schwarzer Audi steht auf dem Parkplatz vor dem Haus. Ganz eindeutig ein Hinweis darauf, dass jemand zu Besuch gekommen ist. Obwohl Andri Ólafur nicht zu Hause ist.

Die Goldjungs?

Ich benutze die Schlüssel, die der blasierte Bjarni bei sich gelagert hat, um die Haustür aufzuschließen. Gucke mich in der Diele um. Ohne jemanden zu sehen.

Da verpasse ich der Tür einen kräftigen Schubs. So dass sie mit einem lauten Krachen zufällt. Das sollte genügen, um sogar Lazarus aus seinem Tiefschlaf zu erwecken.

Ich höre sofort Schritte von der oberen Etage.

* Thórbergur Thórdarson (1888–1974): isländischer Schriftsteller. Hat u. a. ein Spottgedicht auf Seltjarnarnes verfasst, das hier zitiert wurde: Seltjarnarnes ist klein und flach / dort leben wenige, die einfältig sind / sehen weder Sommer noch Sonne / ihre Seele ist blind wie die eines Pfarrers auf der Kanzel.

»Hallo?«, rufe ich. »Wer ist hier in der Wohnung?«

Raggi erscheint auf der obersten Treppenstufe. In einem hellen Trenchcoat. Vorne offen.

»Was machst du denn hier?«, frage ich.

Der beleibte Goldjunge stöhnt schwer.

»Ich finde es natürlich sehr nett, dich zu treffen und so«, fahre ich fort, »aber ich dachte, die Hausdurchsuchung wurde am Montag abgeschlossen. Was hat sich geändert?«

»Nichts.«

Raggi watschelt die Treppe herunter.

»Warum seid ihr dann hier?«

Ein anderer Goldjunge taucht an der Treppe auf. Ein jugendlicher Knabe, den ich, soweit ich mich erinnere, noch nicht gesehen habe: Er ist dünn wie eine Bohnenstange. Durchtrainiert. Kurzhaarschnitt. Mit einem dunklen Anzug. Und einer himmelblauen Krawatte um den Hals. In der linken Hand trägt er eine dicke schwarze Aktentasche.

Ein öffentlicher Amtsschimmel mit höheren Weihen. Klare Sache.

»Willst du uns nicht vorstellen?«, frage ich.

»Tony ist bei der Kriminalpolizei der US Navy.«

»Und?«

»Donald Garber war ein amerikanischer Staatsbürger, und seine Leiche wurde in einem Gebiet gefunden, das lange zur Nato-Base auf dem Keflavíker Flughafen gehört hat. Sie haben bei den Ermittlungen Interessen zu wahren.«

»Seit wann untersteht Seltjarnarnes der Gerichtsbarkeit der amerikanischen Marine?«

»Es ist völlig unnötig, sich darüber aufzuregen«, antwortet Raggi bissig. »Wir fanden es selbstverständlich, Tony den Wohnsitz des Verdächtigen zu zeigen, das ist alles.«

»Hat er etwas aus der Wohnung mitgenommen?«, frage ich und zeige auf die schwarze Aktentasche.

»Nein«, sagt Raggi.

Ich betrachte den amerikanischen Goldjungen eingehend. Denke an Andri Ólafurs Worte.

»Oder hat er vielleicht etwas hinterlassen?«

Raggi setzt seine mir altbekannte, missbilligende Miene auf. Schüttelt tadelnd den Kopf. Trottet zur Haustür.

Der Ami folgt ihm.

Raggi dreht sich in der Tür noch einmal um.

»Und was machst du eigentlich hier?«, fragt er.

»Ich wurde beauftragt, nach dem Haus zu sehen, während mein Klient in Einzelhaft sitzt.«

»Dann viel Spaß. Wir sind hier fertig.«

Raggi marschiert mit schweren Schritten auf den gepflasterten Bürgersteig. Tony bleibt ihm dicht auf den Fersen.

»Tschü-hüüüs«, sage ich und schließe die Tür.

Natürlich überrascht es mich nicht, dass die Goldjungs ihren amerikanischen Kollegen erlauben, ganz nach Laune herumzuschnüffeln. Die Beziehung der isländischen Regierung zu den Amis war immer durch Unterwürfigkeit gekennzeichnet.

Hausherren und Knechte.

Als ich den Audi vom Haus wegfahren höre, gehe ich die Treppe hinauf und in das Büro in der oberen Etage. Wo ich meinen Klienten auch zum ersten Mal getroffen habe.

Alles scheint noch so, wie es war. Außer, dass der Schreibtisch völlig freigeräumt ist.

Ich setze mich in Andri Ólafurs gemütlichen Sessel und versuche eine Schublade nach der anderen zu öffnen. Einfach nur aus Neugier.

Sie sind nicht abgeschlossen. Und leer.

Was natürlich mein Gefühl bestätigt, das ich von Anfang an hatte: dass es sich eigentlich nicht um ein Büro handelt. Sondern nur um ein großes, helles Zimmer, das den Großteil des Jahres über unbenutzt ist. Wie auch das ganze Haus.

Andri Ólafurs Schlafzimmer liegt auf der anderen Seite des Flurs.

Er hat ein Doppelbett. Darauf liegen zwei Bettdecken. Mit einem hellgrünen, einfarbigen Bettbezug. Und vier Kissen passend bezogen.

Er hat vergessen, das Bett zu machen.

Eine englischsprachige Ausgabe des *Ulysses* von James Joyce liegt auf dem einen Nachttisch.

Es ist eine Taschenbuchausgabe von Penguin. *The Corrected Text* steht unter dem Titel. Auf dem inneren Umschlag klebt ein Aufkleber, der besagt, dass das Buch am Bloomsday, dem 16. Juni 1986, gekauft wurde.

Und was ist daran so toll?

Ich stecke das Buch in meine rotbraune Aktenmappe. Gehe wieder die Treppe hinunter. Ganz bis in den Keller. Der sich neben der Garage befindet.

Öffne die Tür. Knipse das Deckenlicht an. Gucke mich um.

Ein schickes Motorrad steht mitten in der Garage. Schwarz, rot und silberfarben.

Ein Wahnsinnshengst auf zwei Rädern.

Einige weiße Schränke stehen eng nebeneinander an der Wand gegenüber der Tür. Jeder von ihnen hat fünf tiefe Schubladen. Alle geschlossen.

Der letzte Schrank. In der obersten Schublade. Hat Andri Ólafur gesagt.

Ich schließe die Tür hinter mir. Gehe schnell über den grau gestrichenen Steinboden zum letzten Schrank. Recke mich nach der obersten Schublade. Ziehe sie vorsichtig heraus.

Sie ist bis obenhin mit kleinen Plastikkugeln gefüllt. Wie sie manchmal benutzt werden, um zerbrechliche Gegenstände vor Stößen zu schützen.

Ich tauche mit meiner rechten Hand ins Kugelmeer. Bis ich den Laptop gefunden habe.

Er ist klein. Passt gut in meine Aktentasche.

Auf dem Weg nach Hause rufe ich meinen Cousin Sindri an. Bitte ihn, noch vor dem Abendessen bei mir im roten Reihenhaus vorbeizuschauen.

Mit Sicherheit werde ich seine Genialität brauchen, um die E-Mail von Kenneth Miller zu öffnen. Trotz Andri Ólafurs Anleitung.

Elektronische Geräte und Codierungsprogramme sind einfach nicht mein Fall. Aber mein Cousin Sindri ist ein Spezialist auf diesem Gebiet. Und meine verlässlichste Hilfstruppe. Zumal er alles weiß, was man nur irgend über Computer und anderes elektronische Spielzeug wissen kann.

»Es erleichtert das Leben ungemein, wenn man mit einem Technikfreak befreundet ist.«

Sagt Mama.

19. KAPITEL

Pfarrer David ereifert sich in meinem Besprechungszimmer. Geht schnell auf dem Teppichboden auf und ab. Breitet beide Arme aus. Und redet wie ein Wasserfall.

Lísa Björk sitzt in der Mitte des großen Konferenztisches und versucht ergebnislos, mehr als ein Wort einzuwerfen:

»Aber … was … meinst du …«

»Guten Tag, Pfarrer David«, rufe ich durch die geöffnete Tür. Um seinen Redeschwall zu bremsen. »Setz dich doch bitte.«

Der Gemeindepfarrer verliert bei der Störung den Faden.

Lísa Björk nutzt die Gelegenheit.

»Ja, setz dich hier neben mich«, sagt sie. »Wir müssen das Angebot des Bischofs Abschnitt für Abschnitt durchgehen.«

»Da gibt's nichts durchzugehen!«, donnert Pfarrer David und stützt sich mit beiden Händen auf den Konferenztisch. »Diese Forderung ist völlig unverschämt! Es wird von mir erwartet, dass ich aufgebe und mich auch noch erniedrigen lasse!«

»Darf ich mal sehen?«

Lísa Björk reicht mir den Brief, den Pfarrer David heute Morgen vom bischöflichen Ordinariat bekommen hat.

Der Brief beinhaltet Vorschläge des Bischofs zur Lösung der Konflikte in der Gemeinde von Seltjarnarnes. Sie bestehen aus drei Teilen:

Erstens: Pfarrer David soll ab nächstem Monat an einer besonderen Aufgabe in der Kanzlei des Bischofs arbeiten. Dabei wird er das gleiche Gehalt wie bisher erhalten.

Zweitens: Pfarrer David wird ab Beginn des kommenden Jahres als reisender Geistlicher für Isländer in Skandinavien eingesetzt, mit Dienstsitz in Kopenhagen, und wird diese Stelle zwei Jahre lang innehaben, bis er das allgemeine Pensionsalter erreicht hat, so dass ihm seine Rente aus der Rentenkasse der Angestellten des Öffentlichen Dienstes in voller Höhe zusteht.

Drittens: Pfarrer David kündigt seine Stelle in Seltjarnarnes mit sofortiger Wirkung.

»Dieses Angebot war doch vorhersehbar«, sage ich. »Eine neue Stelle mit unverändertem Lohn ist ein klassischer Weg des Ordinariats, um einen Konflikt dieser Art zu lösen.«

»Ich lasse mich doch nicht aus meinem Amt verjagen!«, antwortet Pfarrer David aufgebracht.

»Du kannst dieses Angebot natürlich ablehnen und weiterhin für deine Stelle innerhalb der Gemeinde kämpfen. Aber ist es nicht unwahrscheinlich, dass es dir gelingt, eine neue Mehrheit im Pfarrgemeinderat zu bilden? Eine neue Mehrheit, die den Brief an den Bischof dann widerruft?«

»Ich bin überzeugt, die Mehrheit meiner Gemeindemitglieder unterstützt mich in diesem Kampf.«

»Das ist eine ganz andere Sache. Aber ist es nicht eher aussichtslos, die Mehrheit des Gemeinderates dazu zu bekommen, eine Gemeindeversammlung zur Lage der Gemeinde einzuberufen?«

»Man kann ja immer hoffen.«

»Pfarrer David, du musst die Sache realistisch einschätzen.«

»Ich gebe zu, dass Hlédís die Mehrheit des Pfarrgemeinderates in der Hand hat, so wie es jetzt aussieht«, antwortet er.

Und setzt sich endlich an den Konferenztisch. »Meine Leute haben versucht, einen der drei Ratsmänner, die sie unterstützen, für mich zu gewinnen, aber es ist noch bei keinem gelungen.«

»Siehst du irgendeine andere Möglichkeit, die Gemeinde für dich zu mobilisieren?«

»Meine Leute haben davon gesprochen, eine Unterschriftensammlung in der Gemeinde zu beginnen. Es soll gefordert werden, sofort eine Gemeindeversammlung einzuberufen, um über die Tätigkeiten der Mehrheit im Gemeinderat zu informieren.«

»Diese Unterschriftensammlung muss so schnell wie möglich in die Tat umgesetzt und rechtzeitig vor dem Monatsende beendet werden«, sagt Lísa Björk.

»Haben deine Leute Kraft und Ausdauer dazu?«, frage ich.

»Ja, aber natürlich«, antwortet Pfarrer David. »Die Unterschriftensammlung kann am Wochenende beginnen.«

»Das klingt gut.«

»Im Hinblick darauf fände ich es sinnvoll, noch ein paar Tage mit der Antwort an den Bischof zu warten«, sagt Lísa Björk.

»Ich weise dieses abwegige Angebot hier und jetzt zurück«, antwortet Pfarrer David. »Ich werde mich nie im Leben damit abfinden, nach jahrzehntelangem, aufopferungsvollem Dienst im Hause Gottes einfach aufgeben zu müssen und erniedrigt zu werden.«

»Wäre es nicht klug, mit einer förmlichen Antwort ein oder zwei Wochen zu warten?«, frage ich. »Es gibt keinen Grund, kurzerhand alle Brücken hinter sich abzubrechen.«

»Ich überlasse euch die rechtlichen Finessen, aber ihr sollt wissen, dass mein Wille unverrückbar ist wie der große Felsen des Gottesreiches. Ich werde mich nie den ausgekochten Boten des Teufels beugen.«

Ich lächele unwillkürlich.

»Noch ist Luzifer nicht an dem Fall beteiligt«, antworte ich. »Zum Glück.«

Pfarrer David steht schnell auf.

»Wenn die Huren Babylons ihre Netze für die Diener Gottes auslegen, ist Satan nie weit entfernt«, ruft er. »Er ist überall am Werk, wo zielgerichtet gegen die Lehren Gottes und die Gebote von Jesus Christus gearbeitet wird. Gott der Allmächtige sagt: Du sollst nicht die Ehe brechen. Aber die Wurzel allen Übels in der Gemeinde ist reine Hurerei.«

»Kannst du beweisen, dass Hlédís und Pfarrer Róbert auf diese Art zusammen waren?«, fragt Lísa Björk.

»Ich weiß, dass die Hure meinen Pfarrer verführt hat«, antwortet Pfarrer David eifrig. »Sie haben beide den teuflischen Gelüsten des Fleisches nachgegeben und damit das heilige Eheversprechen, das Hlédís ihrem Mann im Angesicht Gottes in der Kirche gab, gebrochen. Das weiß ich in meinem Herzen.«

»Ja, aber …«

»Ich finde, es ist meine heilige Pflicht, meine Gemeindemitglieder wissen zu lassen, dass die Frau, die an die Spitze der Gemeinde aufgestiegen ist, mit einem Diener der Kirche gehurt hat.«

»Wenn du ein unwahres oder unbelegbares Gerücht dieser Art in die Welt setzt, kann es für dich unabsehbare Konsequenzen haben«, sagt Lísa Björk.

»Ich brauche keine weiteren Beweise. Gott wird mich hier genauso leiten, wie er es immer in meiner langen Laufbahn getan hat, in der ich mich für die Vermittlung des Glaubens an den einen wahren Gott den Allmächtigen und seinen Sohn Jesus Christus eingesetzt habe.«

Lísa Björk guckt weg.

Als Pfarrer David verschwunden ist, geht sie zur Kaffeemaschine. Bleibt dort eine Weile stehen, ohne dass sie sich Kaffee einschenkt.

»Was ist los?«, frage ich.

»Entschuldige«, antwortet Lísa Björk. »Es nervt mich nur so wahnsinnig, mir ständig dieses überhebliche Gottesgequatsche anhören zu müssen.«

»Glaubst du, Pfarrer David ist ein Heuchler?«

»Sie können egal was rechtfertigen, indem sie sagen, dass es Gottes Wille ist.«

»Egal was?«

Sie richtet sich mit einem Ruck auf. Dreht sich um.

»Entschuldige«, wiederholt sie. »Ich bin einfach nur müde.«

Ich schaue Lísa Björk fragend an. Aber sie sammelt ihre Unterlagen vom Konferenztisch ein, als wäre nichts geschehen.

»Stimmt das, was er sagt?«, frage ich nach einer Weile. »Mit Hlédís und Róbert?«

»Diejenigen, die Pfarrer David im Pfarrgemeinderat unterstützen, haben mir gegenüber behauptet, dass sie was miteinander haben«, antwortet sie. »Mehr weiß ich nicht.«

»Sind sie beide verheiratet?«

»Hlédís ist seit vier Jahren mit dem Büromanager von GAB verheiratet, und sie haben eine dreijährige Tochter. Róbert ist unverheiratet und kinderlos.«

»GAB?«, wiederhole ich. »Der Gewerbeaufsichtsbehörde?«

»Ja.«

»Wie heißt er?«

»Páll Andrésson.«

Páll Rattengesicht? Der Sandkastenfreund von Baldvin Sigurlinnason?

Kein Wunder, wenn Hlédís sich anderswo trösten lassen muss.

»Findest du es wahrscheinlich, dass die Anhänger von Pfarrer David die Geschichte an die Medien durchsickern lassen?«, frage ich, nachdem ich einen Moment nachgedacht habe.

»Die sind dazu imstande«, antwortet Lísa Björk.

»Das Helgarbladid bringt alles, was nach Sex riecht. Aber der Artikel würde natürlich umgehend auf Pfarrer David zurückgeführt. Oder mindestens auf seine Leute.«

»Das ist klar.«

»Wir müssen unsere Hände in Unschuld waschen können, falls wir in der Sache angesprochen werden. Verstehst du das?«

»Das sollte doch einfach sein, wenn wir mit der Sache nichts zu tun haben«, sagt sie.

»Es ist allerdings auch nicht zu verhehlen, dass eine öffentliche Berichterstattung über die Affäre von Hlédís und Pfarrer Róbert die Stellung unseres Klienten stärken könnte.«

»Vielleicht.«

»Der Bischof müsste eventuell seine Unterstützung von Hlédís revidieren, wenn sich diese Anklagen als richtig herausstellen. Sie müsste dann sogar von ihrem Vorsitz im Pfarrgemeinderat zurücktreten.«

Lísa Björk starrt mich an. Wachsam.

»Willst du, dass die Affäre im Helgarbladid erscheint?«

»Angriff ist die beste Verteidigung«, antworte ich. »Aber es darf keinesfalls auf uns zurückzuführen sein, dass wir die Nachricht der Presse zugespielt haben.«

»Verstehe.«

Natürlich. Lísa Björk ist nun mal ein cleveres Mädchen. Und unglaublich schnell von Begriff.

20. KAPITEL

Freitag

Hmmm!« Mein Cousin Sindri hält nicht damit hinterm Berg, dass ihm das Essen gut schmeckt.

Seine Essgewohnheiten haben sich entschieden verändert, nachdem er sich Hals über Kopf in die kleine Cora verliebte, die er zum ersten Mal in meinem Wohnzimmer getroffen hat. Die Liebe blühte sofort auf, wie kleine hübsche Butterblumen im Frühling.

Vorher hat er von Würstchen, Pizzen und Hamburgern gelebt. Jetzt kann er nicht genug von den stark gewürzten philippinischen Gerichten bekommen, die Cora für ihn kocht. Und manchmal auch für mich.

Corazon hat sich hervorragend gemacht, seit ich sie mitten in der Nacht halbnackt und weinend in der alten Reykjavíker Innenstadt aufgelesen hatte. In einem rosafarbenen Morgenmantel und Hausschuhen. Wie ein verletztes Tier auf der Flucht vor Sjonni. Dem Kriminellen mit Glatze, der sie mit falschen Versprechungen nach Island gelockt, sie in seinem Haus in der Weststadt eingeschlossen und Kerlen verkauft hatte, die für Sex bezahlen wollten. In dieser Nacht war es mir gelungen, sie aus den Klauen von Sjonni zu befreien. Mit der Zeit wurde Cora zu der kleinen Schwester, die ich nie gehabt habe.*

* siehe *Das ideale Verbrechen*, btb 2004.

Sie ist ungeheuer fleißig und intelligent. Hat sich schnell Isländisch angeeignet. Hat außerdem noch ein paar Kurse in Geschäfts- und Buchführung absolviert, damit sie sich besser um die finanzielle Seite der Computerfirma kümmern konnte, die sie und Sindri auf die Beine gestellt haben.

Manchmal scheint es, als wäre Cora vierundzwanzig Stunden am Tag in Aktion.

Trotzdem hat sie heute Nachmittag Zeit gefunden, um mit mir die Einkaufstour des Tages zu erledigen. Und mir beizubringen, wie man Lumpiang Sariwa und Pancit Canton nach den gleichen Rezepten kocht, die ihre Mutter früher benutzt hat, als sie noch zu Hause in Manila wohnte.

Bei mir beginnen die Wochenenden immer noch freitags gegen Mittag. Da lasse ich die endlose Suche des Alltags nach immer mehr Scheinchen und einer gewissen Art Gerechtigkeit einfach hinter mir.

Für einen Moment.

Aber ich muss nicht länger mein Büro schließen, um Ruhe für mein Freitagsmenü zu haben. Lísa Björk kümmert sich derweil um die laufenden Geschäfte, während ich es genieße, die Schlechtigkeit auszuschließen. Obwohl sie nie ganz aus meinem Hinterkopf verschwindet.

Mein Cousin Sindri hat gestern Abend nicht lange gebraucht, bis er die E-Mail von Kenneth Miller an Andri Ólafur Sveinsson abgerufen und entschlüsselt hatte. Er kannte sich mit dem Laptop und den Programmen aus, die die beiden benutzen, um ihre Korrespondenz unlesbar zu machen. Für ihn waren auch die Anleitungen meines Klienten leicht verständlich.

Aber ich stand noch genauso wie der Ochs vorm Berg, als Sindri mir die Nachricht ausgedruckt hatte:

UNCLE MEANS BUSINESS ABOUT PAKISTAN OPERATION. WANTED BOTH YOUR HEADS ON THE BLOCK. OMF WAS TRYING TO CUT A DEAL. UNCLE DEMANDED EVIDENCE AND TESTIMONY. NEGOTIATIONS WERE ONGOING AND SOME PROGRESS MADE. AGREEMENT CONSIDERED MORE LIKELY THAN NOT. DISCUSSIONS PROBABLY NOT TERMINATED BY UNCLE. AT LEAST NOT BY MY UNCLE. GENERAL FEELING IN THE WOODS SEEMS TO BE YOU MIGHT HAVE STOPPED THE TALKING. BUT MAYBE THAT'S ONLY COVER STORY. DISINFORMATION. WHO KNOWS. NOBODY TELLS THE TRUTH ANYMORE. NOT IF THEY CAN HELP IT.

Diese E-Mail erinnerte mich sofort an diese komischen russischen Puppen, wo die eine in der nächsten drinsteckt.

Eine verhüllte Nachricht in einer anderen.

Oh Mann!

Ich versuche, den Text zu verstehen. Und einen Zusammenhang zu finden.

Ein Onkel ist wütend wegen einer Operation in Pakistan.

Was für ein Onkel? Welche Operation?

Waren Andri Ólafur und Donald Garber in zwielichtige Geschäfte mit irgendwelchen Typen in Pakistan verstrickt?

OMF versuchte mit diesem Onkel zu verhandeln. Sagt Kenneth Miller.

Wer ist OMF?

Allgemeines Gefühl im Wald, dass du das Gerede gestoppt hast?

Was soll das heißen?

Undeutliche Hinweise. Aber keine Antworten.

Die müssen bis zu meinem nächsten Besuch im Knast warten.

Ich erlaube mir, zum Essen an einem australischen Rotwein zu nippen. Pinot Noir von Yarra Glen. Voller Geschmack und erfrischend.

»Hmmm!«

Cora fragt immer nach dem Kind. Sie hat einen unglaublichen Spaß daran, seine Bewegungen in mir zu fühlen. Jauchzt vor Freude, wenn sie spürt, wie es strampelt.

Trotzdem möchten sie und Sindri nicht sofort ein Kind bekommen.

»Vielleicht in zwei oder drei Jahren«, sagt Cora und guckt Sindri lachend an. Dem ist das peinlich. Errötet ein klein wenig. Lächelt verlegen. Aber sagt nichts.

Mein Cousin eben, der Gute.

Ich habe einfach keine Ruhe in mir, um still auf dem Sofa sitzen zu bleiben. Nachdem sie gegangen sind. Und der Rotwein leer ist.

Stakse im Wohnzimmer auf und ab. Schalte das Fernsehen an und wieder aus. Luge durch die Scheibe des Weinschranks, wo zwei Flaschen Jackie Daniel's warten. Gefüllt mit wunderbarem Feuerwasser made in Tennessee.

Lockende Träume. Voller Verheißungen von paradiesischem Leben im Himmelreich des alten Bacchus. Im Paradies des Genusses.

Aber ich widerstehe der Versuchung. Noch einmal.

Vorne im Flur betrachte ich mein Spiegelbild. Das einer blonden Frau Mitte dreißig. Mit einem kugelrunden Babybauch, der absteht wie das halbrunde Kuppeldach der Perlan.

Oh Mann!

Mein langes blondes Haar ist das Einzige, das von der Schwangerschaft nicht mitgenommen ist. Mein blonder Schatz fließt immer noch über die Schultern wie ein von der Sonne angestrahlter Wasserfall an einem heißen Sommertag.

Alles andere verändert sich. Sogar meine kleinen Brüste werden groß.

Ich habe Lust auf einen Eiswürfel.

Einen eiskalten, harten, glasklaren.

Habe gestern Abend zum ersten Mal dieses krankhafte Bedürfnis verspürt. Als ich keine Lust mehr auf Rosinen hatte. Da habe ich alle Eiswürfelformen im Tiefgefrierfach mit Wasser gefüllt. Seitdem lutsche ich auf kleinen Eisklümpchen herum, als wären es Bonbons.

Welch ein bescheuert-wunderbares Gefühl!

Ich eile in die Küche. Öffne den Gefrierschrank. Löse ein paar Eiswürfel in eine Glasschüssel. Gieße wieder neues Wasser in die Formen. Lege sie zurück in die Kälte.

Mit der Schale in der linken Hand klettere ich vorsichtig die Treppe hinunter. Öffne das Büro. Setze mich in den schwarzen Chefsessel. Schiebe mir den ersten Eiswürfel zwischen die Lippen.

»Hmmm!«

Wirklich idiotisch.

Stelle die Schale auf den Tisch. Betrachte Computer und Tisch, Akten und Aktenschränke und die relativ neuen schwarzen Ledersessel.

Das Büro ist unpersönlich. Könnte überall sein.

Ob sich daran etwas ändert, wenn das Kleine auf die Welt kommt? Ob ich dann wohl auch jede freie Fläche mit Fotos von ihm tapezieren werde? Wie eine normale Mutter?

Wer weiß.

Lísa Björk hat ein paar Umschläge auf meinen Tisch gelegt.

Ich lege einen nach dem anderen zur Seite. Ohne sie zu öffnen.

Der unterste Umschlag ist groß und braun. An mich adressiert. Aber er trägt kein Logo eines öffentlichen Amtes, Büros oder einer Firma.

Ich nehme das Papiermesser zur Hand. Schlitze den Brief auf. Schütte den Inhalt auf den Tisch.

Viele Computerausdrucke. Auf Englisch.

Abschnitte aus Berichten. Über Waffenverkäufe nach Afrika.

An zwei Stellen sind Namen mit gelbem Stift markiert.

Zwei Namen:

Donald Garber. Andri Ólafur Sveinsson.

Der Bericht handelt vom Kriegsgeschehen im Kongo. Dort sind seit 1994 vier Millionen Menschen durch Waffen umgekommen. Was die höchste Todesrate in einem Krieg seit dem Zweiten Weltkrieg ist. Die Opfer der Kriegsherren sind meistens Frauen und Kinder. Die Gewehre, Geschosse und Granaten kommen ausschließlich aus osteuropäischen Staaten. Aber durch die Vermittlung von westlichen Geschäftsleuten, die viel Erfahrung darin haben, solche Todesmaschinen in Kriegsgebiete zu schmuggeln.

Donald Garber und Andri Ólafur Sveinsson sind zwei der acht Waffenhändler, die in dem Bericht namentlich erwähnt werden.

Ganz zuunterst liegt ein Brief an mich. Eine Seite lang. Auf isländisch.

»Geschäftemacher des Todes bekommen, was ihnen zusteht«, steht ganz oben auf dem Blatt. Wie eine Überschrift für einen Leserbrief im Morgunbladid.

Ich überfliege den Text. Die groben Informationen:

»… Andri Ólafur und Donald waren wie ein zweiköpfiger Troll … Es geschieht ihnen recht, dass sie ihre blutige Karriere damit beendet haben, sich gegenseitig zu bekämpfen, wie die Trolle in den alten Märchen … Ihre Zusammenarbeit begann im Jahr 1973, als sie den Rauschgiftverkauf auf der Base am Keflavíker Flughafen übernommen haben … Donald kümmerte sich darum, das Hasch von der Base zu schmuggeln …

Andri Ólafur überwachte den Verkauf in Keflavík und dem Hauptstadtbereich ... Sie haben auch Tabak und Alkohol von der Base geschmuggelt ... Haben alles von den Amis geklaut, was nicht niet- und nagelfest war, und an die Isländer verkauft ... Andri Ólafur hat Donald 1975 in Los Angeles besucht ... Da begann ihre Zusammenarbeit mit dem Waffenschmuggel ... Sie sind weit herumgekommen auf ihrer langen und dreckigen Karriere ... Die beigelegten Ausdrucke geben einen kleinen Einblick in ihre Geschäftswelt ... Ein leuchtendes Beispiel dafür, wie die Geschäftemacher des Todes Mord und Totschlag auf der ganzen Welt anfachen.«

Keine Unterschrift.

Der Brief hat keinen Absender. Wie die Nachricht an Matthildur Haflidadóttir.

Ich lege die Seiten vor mir auf den Tisch.

Der Absender scheint die Geschäfte von Donald Garber und Andri Ólafur Sveinsson von der ersten Stunde an verfolgt zu haben.

Ganz eindeutig mit schlechten Absichten. Wenn er der Meinung ist, dass der grauenhafte Tod des einen und die Gefängnishaft des anderen ihre verdiente Strafe ist.

Warum dieser Hass?

Nur der geheimnisvolle Unbekannte kann diese Frage beantworten.

Dann muss man ihn ausfindig machen. Wie auch immer ich das anstelle.

»In der Dunkelheit findet man keine Schatten.«

Sagt Mama.

21. KAPITEL

Samstag

Andri Ólafur bleibt vor der geschlossenen Tür des Gesprächszimmers stehen. Wartet ab und beäugt mich mit seinen bräunlichen Pokeraugen. Wie eine Statue. In dunklen Hosen und einem weißen Hemd, aber mit offenem Ausschnitt.

»Willst du dich nicht setzen?«, frage ich.

Er deklamiert feierlich, wie ein Schauspieler auf der Bühne:

»Der Feige stirbt schon vielmal, eh er stirbt.«

»Was du nicht sagst ...«

»Sie haben mir erlaubt, ein Buch in der Zelle zu haben«, fährt er fort, ohne sich dem Tisch zu nähern, wo ich mich auf einem unbequemen Stuhl niedergelassen habe. »Ich habe mich für Julius Caesar entschieden, den habe ich früher schon einmal gelesen.«

»Waren das seine Worte?«

»Er spricht sie im Theaterstück des unsterblichen Dichters.«

»Ist Caesar dein Vorbild im Leben, oder was?«

»Stell dir mal diese unzähligen Kleingeister vor, die sich gegen ihn zusammengerottet haben. Caesar war über alles erhaben. Ihm war schon seit langem klar, dass der Tod kommt, wenn er kommt. Deshalb ist es unnötig, sich Sorgen wegen des Todes zu machen.«

»Glaubst du auch an das Schicksal?«

Andri Ólafur kommt langsam zum Tisch. Nimmt mir gegenüber Platz. Stützt die Ellenbogen auf die weiße Tischplatte. Guckt mir die ganze Zeit in die Augen.

»Es macht mir das Leben in diesem Rattenloch leichter, die Lebensweisheiten zu lesen, die Shakespeare Caesar in den Mund legt. Sätze, die mich an die einfache Tatsache erinnern, dass alles seine Zeit und seinen Platz hat, auch dies hier. Es kommt am meisten darauf an, seine Ruhe zu bewahren.«

»Hmm.«

»Die absolut unnötigste Branche der Welt ist das Ratgeberbusiness«, fährt Andri Ólafur im gleichen Ton fort. »Stell dir mal die ganze Zeit und das viele Geld vor, das die Leute bei Psychologen, Sozialarbeitern und wie sie sich nun alle nennen, hinausschmeißen! Dabei gibt es einen Rat, der in sämtlichen Situationen gilt. Nur zwei Worte könnten die Beratungsfuzzis auf einen Schlag arbeitslos machen.«

Er verstummt wieder. Wartet auf die unvermeidbare Frage.

»Welche zwei Worte?«, frage ich.

»Don't panic!«

»Diese Anweisung findest du kaum bei Shakespeare?«

»Die Botschaft ist die Gleiche, der alte Mann braucht nur mehr Worte als Douglas Adams, um sie auszudrücken.«

»Ich wusste gar nicht, dass du dich für Literatur interessierst.«

»Du kennst mich ja auch gar nicht.«

»Irgendein Namenloser hat großes Interesse, meine Unwissenheit auf dem Gebiet zu verringern.«

»Wie meinst du das?«

Ich berichte ihm vom anonymen Brief. Auch von der Anschuldigung, Drogen aus der Base am Keflavíker Flughafen geschmuggelt zu haben.

Andri Ólafur schüttelt den Kopf.

»Hast du in den achtziger Jahren gedealt?«, frage ich.

»Nein«, antwortet er brüsk.

»Dieser geheimnisvolle Unbekannte scheint einen guten Grund zu haben, um solche Geschichten über dich zu verbreiten. An wen denkst du dabei zuerst?«

»Mir fällt niemand Bestimmtes ein, der mich hasst«, antwortet er. »Außer ...«

»Außer wem?«

»Ach nein, ich weiß nicht mal, ob er noch lebt.«

»Wer?«

»Ein Polizist aus Keflavík hat in den frühen achtziger Jahren immer um mich herumgeschnüffelt. Er glaubte fest daran, dass ich Hasch verkaufen würde, und hat manchmal zu mir gesagt, wenn das Verhör beendet war: Irgendwann erwische ich dich, Kerl, da kannst du verdammt sicher sein. Aber es gelang ihm nie, mir etwas zu beweisen, aus dem einfachen Grund, dass es nichts zu beweisen gab.«

»War es also eine fixe Idee von dem Typen?«

»Ja, der hatte mich auf dem Kieker.«

»Wie heißt er?«

»Thórfinnur. Wir Jungs haben ihn immer Finni Veilchen genannt.«

»Warum?«

»Er hatte einen Blutschwamm im Gesicht. Wir fanden, er sah wie ein Veilchen aus.«

»Welche Jungs?«

»Wie?«

»Du hast gesagt ›wir Jungs‹.«

»In diesen Jahren bin ich viel mit Kjartan Karlsson und Hermann Jónatansson feiern gewesen; wir sind immer zusammen zu Tanzveranstaltungen aufs Land gefahren und auf Partys gegangen. Manchmal war auch noch Illugi mit dabei, Kjartans Bruder.«-

»Der Vater vom kleinen Kalli?«

»Ja, aber er hat sich von Matthildur getrennt und zog aufs Land.«

»Was ist aus deinen alten Kumpels geworden?«

»Kjartan ging zur Sportlehrerschule, glaube ich, aber Hemmi fuhr zur See. Ich habe die Jungs nicht mehr gesehen, seit ich in den achtziger Jahren ins Ausland gezogen bin.«

»Um Donald zu treffen?«

»Ja, danach bin ich nie wieder nach Keflavík zurückgekommen, es sei denn als Fluggast.«

Ich berichte Andri Ólafur von Kenneth Millers Mail. Die ich auswendig gelernt habe. Wie ein Schauspieler.

Andri Ólafur hört genau zu.

»Sagt uns diese Mail etwas über den Mordfall?«, frage ich.

Andri Ólafur befeuchtet sich die Lippen.

»Wenig. Sie bestätigt nur den Verdacht, den ich schon hatte«, antwortet er. »Donald hat versucht, sich Freiheit zu erkaufen, um eine Anklage in den USA zu vermeiden. Er war immer schlau genug, seine Haut zu retten.«

»Für was sollte er angeklagt werden?«

»Wir haben einem Kunden in Indien zehntausend Kalaschnikow-Gewehre und eine Menge anderer Schusswaffen verkauft, aber die Ware fiel in falsche Hände. Unsere Freunde vom amerikanischen Geheimdienst dachten, wir hätten sie wissentlich hinters Licht geführt, und misstrauten uns von da an total.«

»Ist das diese Pakistan-Geschichte, die in der E-Mail erwähnt wird?«

»Ja. Amerikanische Soldaten fanden ein paar Gewehre aus der Sendung bei einigen Taliban, die sie auf der Grenze zwischen Pakistan und Afghanistan in die Luft gesprengt haben.«

»OMF? Ist das Donald?«

»Our Mutual Friend.«

»Unser gemeinsamer Freund. Natürlich. Aber dieser Satz, dieses Gerücht, dass du das Gerede beendet hast: Ist damit gemeint, du hättest Donald ermordet?«

»Was sonst?«

»Wer da drüben meint das?«

»Wer in Amerika was meint, ist momentan nicht so wichtig, aber du musst trotzdem aufpassen, ob Ken mir weitere E-Mails schickt.«

»In Ordnung.«

Andri Ólafur starrt mich an.

»Ich habe seit unserem letzten Treffen viel gegrübelt«, sagt er nach einigem Schweigen.

»Gut.«

»Du hast die Möglichkeit erwähnt, die Misshandlung der Leiche und damit der Mord selbst könnten mit Ereignissen zu tun haben, die in der Zeit geschehen sind, als Donald seinen Wehrdienst auf Island absolviert hat. Das hat mich dazu gebracht, an längst vergangene Zeiten zurückzudenken.«

»Als der kleine Kalli verschwand?«

»Ich erinnere mich nicht an den Jungen selbst, aber an den Aufruhr, als er ins Meer fiel«, antwortet Andri Ólafur. »Ich habe selbst an der Suche teilgenommen, der ganze Ort war an dem Tag unterwegs.«

»Hältst du es für wahrscheinlich, dass Donald Kalli missbraucht hat?«

»Ich hatte immer den Verdacht, Donald könnte kleine Jungs begehren, aber zu der Zeit habe ich darüber leider nicht weiter nachgedacht. Ich selber habe nie gesehen, dass er Kinder missbraucht hat.«

»Aber es wäre möglich gewesen?«

»Da sich solche Vorfälle hauptsächlich hinter verschlossenen Türen abspielen, kann ich natürlich nichts ausschließen.«

Andri Ólafur steht auf.

»Ist das Leben ansonsten nicht wirklich unglaublich?«, fragt er breit grinsend.

»Inwiefern?«

»Ich werde gezwungen, Tag für Tag auf der faulen Haut zu liegen, Shakespeare zu lesen und an alte Zeiten zu denken, an die ich mich gar nicht erinnern will.«

»Warum nicht?«

»Weil mich das Erinnern an die Vergangenheit schonungslos darauf hinweist, wie lange es schon her ist, dass ich jung war.«

»Aha.«

»Stattdessen sollte ich in die Welt hinausgehen und etwas Sinnvolles unternehmen.«

»Etwas Sinnvolles?«, wiederhole ich. »Ist Waffenschieberei etwas Sinnvolles?«

»Worum geht es in der Menschheitsgeschichte?«, fragt er zurück.

»Dich juckt es ja förmlich, es mir zu sagen.«

»W hoch vier.«

»Was meinst du damit?«

»Weltruhm, Waffen, Weib und Wein.«

Dritte Woche

22. KAPITEL

Montag

Die Goldjungs schaffen es nicht, die Dateien meines Klienten zu öffnen. Auf ihrer Suche nach einem möglichen finanziellen Motiv des Mordes an Donald Garber.

Alle Files im Laptop, den sie bei der Hausdurchsuchung bei Andri Ólafur Sveinsson einkassiert haben, sind anständig codiert. Den Computerspezialisten bei der Kripo gelingt es nicht, das Passwort zu finden. Sie glauben allerdings auch, dass es hoffnungslos ist. Es sei denn, sie bekommen Hilfe von ihren Kollegen in den USA.

Sie haben es ebenfalls nicht geschafft, Informationen über die Buchhaltung von Andri Ólafurs Firmen in Luxemburg zu erhalten. Zumal es ihnen unmöglich war, den dortigen Behörden glaubhaft zu machen, Andri Ólafurs Firmenführung habe etwas mit dem Mord auf der Midnesheidi zu tun.

Daher sind die Goldjungs erst einmal schachmatt. Die Lieben. Und versuchen in ihrer Verzweiflung die sanfte Tour. Das ist noch nie passiert.

Raggi kam heute Morgen in mein Büro. Mit einem Bettelstab in der Hand.

»Wann soll das Baby kommen?«, fragte er. Und setzte sich in einen der neuen Lederstühle.

»Ende Mai.«

Aber höflicher Smalltalk gehört nicht zu den starken Seiten

des fetten Goldjungen. Deshalb kam er auch direkt zur Sache. Er wollte, dass ich Druck auf Andri Ólafur ausübe. Meinen Klienten dazu bewege, den Goldjungs Zugang zu den Dateien zu gestatten.

»Was bekommt er im Gegenzug?«

»Verdächtige, die sich bei einer Ermittlung von schwerwiegenden Verbrechen kooperativ zeigen, werden oft mit geringerer Strafe belohnt«, antwortete Raggi.

»Das ist aber nicht immer so.«

»Das ist aber die Regel.«

»Andri Ólafur hält an seiner Unschuld fest. Er erwartet, von jeglichem Verdacht befreit zu werden. Er sieht sich also nicht in einer Lage, in der er mit euch über etwas verhandeln müsste.«

»Du weißt es doch besser.«

»Ich kann nur gute Ratschläge geben. Die Entscheidung liegt beim Klienten.«

»Unschuldige verheimlichen keine Informationen, die für eine Ermittlung wichtig sein können.«

»Apropos Ermittlungen. Habt ihr Fingerabdrücke auf dem Messer gefunden?«

»Nein.«

»Bist du sicher, dass es die Tatwaffe ist?«

»Wir haben die Ergebnisse der DNA-Analyse der Blutflecken auf dem Messerblatt bekommen. Das Blut stammt von Donald Garber.«

»Wurde nichts anderes gefunden?«

»Was zum Beispiel?«

»Wenn mein Klient dieses Utensil jahrelang besessen hat, wie ihr ja anzunehmen scheint, wird er doch das Messer viele Male in der Hand gehabt haben.«

»Auf dem Messer haben wir keine anderen menschlichen Spuren gefunden als das Blut des Verstorbenen.«

Ich beugte mich über den Tisch. Schaute Raggi forschend an.

Warum hatte er in seiner Antwort die Worte »auf dem Messer« so betont?

»Habt ihr denn Spuren von anderen auf der Leiche gefunden?«, fragte ich.

Raggi zog eine Antwort in die Länge.

Die Stille wurde langsam ungemütlich. Für ihn.

»Wir haben Haare auf Donalds Anzug gefunden«, sagte er schließlich. »Aber sie könnten von einem Ober oder Verkäufer oder von wem auch immer sein, dem er nahe gekommen war, eventuell sogar bevor er nach Island geflogen ist.«

»Aber nicht von meinem Klienten?«

»Nein.«

»Wie sehen die Haare aus?«

»Die Spurensicherung hat uns mitgeteilt, dass sie wahrscheinlich von einer rothaarigen Frau stammen.«

»Aha!«

»Aber diese Haare könnten auch überhaupt nichts mit dem Mord zu tun haben. Donald könnte diese Frau in den Staaten getroffen haben, lange bevor er hierherkam.«

»Die Frau, die Andri Ólafur an diesem Abend reingelegt hat, war auch rothaarig.«

»Das behauptet er.«

»Barkeeper und Taxifahrer haben diese Beschreibung bestätigt.«

Raggi brummte etwas vor sich hin.

»Karitas könnte ganz leicht den Jeep meines Klienten an diesem Abend genommen haben, um Donald zu treffen und ihn zu ermorden.«

»Das sind nur Vermutungen von dir, an denen nichts dran ist.«

»Doch, sehr wahrscheinliche Vermutungen, finde ich.«

Raggi verzog das Gesicht. Ganz eindeutig unzufrieden damit, dass er mir mehr gesagt hat, als er es ursprünglich wollte.

»Habt ihr schon rausgefunden, wer an dem gleichen Wochenende wie Donald von Amerika nach Island geflogen ist?«

Raggi schüttelte den Kopf.

»Wollt ihr das noch machen?«

»Wir sehen keinen Grund, unsere wertvolle Zeit in solche Kinkerlitzchen zu investieren«, antwortete er. »Das vorhandene Beweismaterial gegen Andri Ólafur ist so eindeutig, dass der Fall schon fast als geklärt angesehen wird.«

»Warum zeigt ihr dann so viel Interesse an den Dateien in seinem Laptop?«

»Sie könnten erklären, warum Andri Ólafur den Mord begangen hat.«

»Nicht, wenn er unschuldig ist.«

Der dicke Goldjunge stöhnte genervt.

»Andri Ólafur betrachtet seine Unterlagen im Laptop als Privatsache«, betonte ich.

»Wenn er mit uns zusammenarbeiten würde, könnte es uns allen Zeit und Aufwand sparen.«

»Momentan hat mein Klient genug Zeit.«

»Darf ich das als endgültige Absage verstehen?«, fragte Raggi sauer.

»Ja.«

Er erhob sich gemächlich aus dem Sofa.

»Ich fand, es war immerhin einen Versuch wert zu verhandeln«, sagte er zum Abschluss. »Jetzt, wo er gescheitert ist, gehen wir mit dieser Forderung vor Gericht.«

»Dann sehen wir uns da.«

Natürlich hatte Raggi in einer Sache recht:

Das Beweismaterial scheint immer noch wasserdicht zu

sein; zu Ungunsten meines Klienten. Trotz dieser neuen Informationen über die roten Haare auf Donalds Kleidung.

Der Jeep. Die Reifenabdrücke. Das Messer. Die Aussage des Nachbarn.

Aber ist Andri Ólafur wirklich der dümmste Mörder der Welt?

Daran glaube ich nicht.

Nachmittags rufe ich beim Bezirksverwalter in Reykjanesbaer an. Um meinen Wunsch nach Akteneinsicht bezüglich des Verschwindens von Karl Illugason zu bekräftigen.

Der Knabe ist am Telefon ziemlich verlegen.

»Also, wir haben diese Akte immer noch nicht in unserem Archiv gefunden«, sagt er entschuldigend.

»Wie kann das sein?«

»Es ist schon so lange her, und die Archivierung der Fälle war in jenen Jahren wesentlich unvollkommener als heute.«

»Arbeitet jemand bei euch, der an den Ermittlungen 1974 teilgenommen hat?«

»Nein, das denke ich nicht, das ist ja schon über dreißig Jahre her.«

»Der Typ, der die Ermittlungen geleitet hat, dieser Njördur, wo ist er jetzt?«

»Njördur ist vor ein paar Jahren in Pension gegangen, aber er ist noch richtig fit. Reicht es dir vielleicht, wenn du mit ihm sprichst?«

»Nein, ich möchte die Originalunterlagen sehen.«

»Dann suchen wir weiter«, antwortet der Bezirksverwalter. »Wenn es diese Akte gibt, dann finden wir sie, ehm, aber das dauert seine Zeit.«

»Matthildur Haflidadóttir hat nicht mehr viel Zeit.«

»Wir tun unser Bestes.«

Oh Mann!

Wenn Mitarbeiter des öffentlichen Dienstes vorgeben, ihr

Bestes zu tun, dann besteht keine Hoffnung auf schnelle Ergebnisse.

Ich blättere im Telefonbuch.

Njördur Njardarson wohnt immer noch in Keflavík. Wenn er sich über mein Anliegen wundert, lässt er es sich nicht anmerken.

»Wie geht es Matthildur?«, fragt er mit seiner tiefen Bassstimme.

»Sie liegt im Sterben.«

»Ach ja, ist es so weit.«

»Weißt du vielleicht, warum der Bezirksverwalter die Akten über das Verschwinden von Karl Illugason und die Suche nach ihm nicht findet?«

»Als ich zum letztes Mal davon gehört habe, steckten manche Akten aus diesen Jahren noch immer in Umzugskartons.«

»Was für ein Umzug?«

»Das Archiv des Amtes wurde vor zwei Jahren in ein neues Gebäude verlegt.«

»Weißt du noch, welche Berichte es über diesen Fall geben sollte?«

»Nein, das weiß ich jetzt nicht mehr so genau, es ist ja auch schon so lange her, seit ich sie geschrieben habe.«

»Aber du hast doch sicher Protokolle von Verhören geschrieben?«

»Ja, natürlich, sie müssen irgendwo da sein.«

»Kannst du mir etwas über die Ermittlungen erzählen? Wenn ich bei dir vorbeischaue?«

»Ich bin nicht sicher, wie viel ich heute noch dazu beisteuern kann, aber du bist herzlich willkommen.«

»Heute Abend?«

»Ist es so dringend?«

»Für Matthildur ist es dringend.«

»Ich verstehe.«

Njördur schweigt einen Moment am Telefon. Dann schlägt er vor:

»Na ja, du kannst gerne zum Nachtkaffee vorbeikommen, nach den Nachrichten im Fernsehen.«

»Wunderbar!«

23. KAPITEL

Die alte Schwarzjacke überragt mich in der Tür.

Durchtrainierter Riese. Sicher zwei Meter groß. Wie ein Basketball-Freak.

»Komm, wir sprechen zusammen in der Küche«, sagt Njördur Njardarson und bedeutet mir mit einer Handbewegung, dass ich den Gang nach links gehen soll. »Ich habe Kaffee gekocht.«

Er wohnt im zweiten Stock eines hellgrünen Mehrfamilienhauses. Einen Steinwurf oberhalb des Keflavíker Hafens.

»Wohnst du hier alleine?«, frage ich.

»Ja, meine Frau Dóra ist vor zwei Jahren gestorben.«

Die Küche sieht antiquarisch aus. Die Einrichtung ist wirklich heruntergekommen. Aber die Aussicht über die momentan stille Bucht Faxaflói macht einen atemberaubenden Eindruck.

Njördur hat schon den Tisch gedeckt. Zwei Kaffeetassen. Kekse und Kleinur, das frittierte Schmalzgebäck.

»Wie ist es denn so, Pensionär zu sein?«, frage ich und nippe vorsichtig am Kaffee.

»Besser, als ich erwartet habe«, antwortet er und schnippt einen Kekskrümel aus seinem braun gemusterten Pullover. »Ich hatte schon immer andere Interessen neben dem Beruf, und deshalb bin ich den Tag über beschäftigt.«

»Welche Interessen?«

»Ich habe eine unheilbare Angelsucht«, antwortet Njördur mit einem Lächeln auf den Lippen. »Ich nutze die Wintermonate, um Fliegen zu basteln, die ich dann im Sommer auf meinen Angeltouren für Forellen benutze. Außerdem halte ich unser Sommerhaus im Thrastarskógur in Schuss.«

»Du hast also genug zu tun?«

»Ja, so könnte man es nennen.«

»Denkst du nicht mehr über Kriminalfälle nach?«

»Das würde ich nicht sagen. Ich verfolge sehr genau, was passiert, und gehe manchmal hinunter auf die Wache, um mit den jungen Männern einen Kaffee zu trinken.«

Sein Kaffee ist erträglich. Kann aber natürlich in keinster Weise mit einem Espresso mithalten.

»Kommen wir zum Verschwinden von Karl Illugason.«

»Was möchtest du wissen?«

»In einem Interview für eine Zeitschrift im Jahr 1974 sprichst du Gerüchte an, die wegen des Verschwindens des Jungen in Umlauf waren. Was waren das für Gerüchte?«

Njördur stellt seine Kaffeetasse ab.

»Ich weiß nicht, an was du dich aus der Zeit erinnern kannst …«

»An nichts«, falle ich ihm ins Wort. »Ich war vier Jahre alt.«

»Ach so, ja. Zu dieser Zeit waren die abwegigsten Gerüchte hier im Ort in Umlauf, besonders im Zusammenhang mit der Suche nach Geirfinnur Einarsson*. Er ist hier in Keflavík ein paar Monate vor Karl Illugason verschwunden, und manche sahen Mafia-Cliquen in jeder Ecke. Das war seit langem die beste Saison für Klatschgeschichten, an die ich mich erinnere. Die abwegigsten Geschichten gingen wie ein Lauffeuer durch

* siehe *Der falsche Mörder*, btb 2005.

den Ort, und das führte dazu, dass wir die unterschiedlichsten Behauptungen zum Verschwinden des Jungen überprüfen mussten, die sich alle bei näherer Betrachtung als purer Blödsinn entpuppten.«

»Zum Beispiel?«

Njördur blickt mich eingehend über seine runde Brille an.

»Wie gut weißt du Bescheid?«

»Matthildur hat mir Zeitungsartikel gegeben. Auch die Interviews von Mannlíf. Aber es fehlen noch die Originalakten.«

»Dann muss ich dir wahrscheinlich mehr über die Hintergründe erzählen.«

»Ja, unbedingt.«

»Matthildur wohnte bei ihrem Vater zu Hause, dem alten Haflidi. Sie hatte zwei Kinder, Karl und María …«

»María?«

»… María und Karl waren Zwillinge.«

»Matthildur hat sie nie erwähnt.«

»Illugi, der Vater der beiden, hat die Familie ein paar Jahre vor Karls Verschwinden verlassen. Wenn ich mich recht erinnere, heuerte er für eine Saison auf ein Boot der Westmännerinseln an und ist dort mit einer anderen Frau zusammengezogen. Matthildur hat auf der Base und in Rockville geputzt, um sich und die Kinder durchzubringen.«

»Da hat sie Donald Garber getroffen?«

»Ich weiß nicht, wo und unter welchen Umständen sie sich getroffen haben, aber sie waren zu der Zeit ein Paar, das ist richtig. Karl Illugason war oft mit Jakob Geirsson zusammen, einem Gleichaltrigen, der im Nachbarhaus wohnte. Sie spielten beide gemeinsam an dem Tag, als Karl verschwand. Sofort kamen unschöne Gerüchte auf, dass die Jungs aneinandergeraten wären, sich am Strand geprügelt hätten und Karl bewusstlos geworden und ins Meer gefallen wäre. Wir wussten es besser und sagten es laut und deutlich, aber das vermochte die Gerüchte über Jakobs vermeintliche Missetaten kaum niederzuschlagen.«

»Ihr wusstet es besser? Inwiefern?«

»Karl wurde am Strand gesehen, nachdem Jakob schon bei sich zu Hause angekommen war.«

»Wer hat ihn gesehen?«

Njördur seufzt.

»Es war ein junger, sehr dem Alkohol zugeneigter Mann, der Hermann Jónatansson hieß. Ihm wurde nachgesagt, ein Homosexueller zu sein, was zu der Zeit eine ganz schlimme Sache war. Die Kinder veräppelten ihn oft auf der Straße, liefen ihm hinterher und riefen ›Hemmi Homo‹ und anderes dieser Art. Aber egal. Hermann wachte an diesem Sonntag nach einer langen durchsoffenen Nacht gegen Mittag auf und ging draußen spazieren. Er traf Jakob, der da auf dem Heimweg war, und sah, dass Karl immer noch in den Felsen herumkletterte. Diese Tatsache wurde später zu einem neuen und noch übleren Gerücht.«

»Welchem?«

»Hermann hätte den Jungen vergewaltigt und ihn anschließend ertränkt.«

»Konntest du ihn von diesem Verdacht befreien?«

»Es gab nichts, was darauf hindeutete, dass Hermann dem Jungen zu nahe gekommen wäre, er sah ihn einfach nur aus der Ferne, aber uns ist es dennoch nicht gelungen, dieses Gerücht aus der Welt zu schaffen. Hemmi wurde nicht in Ruhe gelassen und musste am Ende aus dem Ort fliehen.«

»Gab es im Zusammenhang mit dem Verschwinden wirklich keine Gerüchte über Donald?«

»Ich kann mich nicht daran erinnern.«

»Hast du mit ihm gesprochen?«

»Ich habe ihn an dem Tag, an dem die offizielle Suche begann, bei Matthildur getroffen.«

»Und?«

»Wenn ich mich richtig erinnere, habe ich seine kurze Aussage protokolliert.«

»Glaubst du, er hat mit der Sache irgendetwas zu tun gehabt? Jetzt, wo du weißt, dass er ein Kinderschänder war?«

Njördur antwortet umgehend.

»Ich bin immer noch genauso überzeugt wie 1974, dass Karl Illugason ins Meer gefallen und ertrunken ist«, sagt er entschieden. »Das war ein Unfall und nichts anderes. Ich finde am schlimmsten, dass Aegir seine Beute immer noch nicht wieder ans Land gegeben hat, aber da können wir Menschen nichts machen.«

»Matthildur ist da anderer Ansicht.«

»Ich weiß«, antwortet Njördur. »Es war damals meine Aufgabe, ihr mitzuteilen, dass wir die Suche nach der Leiche eingestellt haben. Sie nahm es, gelinde gesagt, schlecht auf. Es war ein trauriger Augenblick, den ich nie vergessen werde.«

Ich bleibe beim Kaffee. Lasse Kekse und Kleinur liegen.

»Bist du ganz sicher, dass Donald nicht zum Verschwinden von Kalli beigetragen hat?«

»Es war bestimmt ein Unfall.«

»Wer von diesen Leuten lebt noch?«

»Der alte Haflidi, er ist schon fast neunzig, aber wohnt trotzdem noch in seinem Haus in der Sudurgata. María wohnt schon lange in der Stadt, in Seltjarnarnes, ganz nahe bei Pfarrer David, der Mutter und Tochter damals in den schwierigen Zeiten guten Beistand geleistet hat.«

»Was ist mit Hermann und Jakob?«

»Jakobs Vater starb ganz plötzlich, als der Junge zwölf oder dreizehn Jahre alt war. Jakob zog dann zu Verwandten nach Reykjavík.«

»Mit seiner Mutter?«

»Nein, sie verstarb nach langer schwerer Krankheit. Allerdings schon ein paar Jahre, bevor Karl Illugason im Meer ertrank.«

»Was ist mit Geir passiert?«

»Sein Auto kam bei Glatteis von der Straße ab und rutschte ins Hafenbecken, hier unten vor der Tür. Jakob wurde aus dem Wagen geschleudert und gerettet, aber Geir saß im Wrack fest. Er war gestorben, als wir ihn bergen wollten.«

»Uff!«

»Vor ein paar Jahren habe ich Hemmi in Reykjavík getroffen. Er sah richtig schlecht aus.«

»Inwiefern?“

»Ein eingefleischter Alkoholiker.«

»Was ist mit Andri Ólafur? Wie war er denn damals?«

»Tja, was soll ich dir sagen?«, antwortet Njördur und lächelt ein klein wenig. »Er war ein Draufgänger mit großer Klappe, der Junge, und immer mittendrin dabei, wo am meisten los war.«

»Einer von euren Leuten dachte, dass er Drogen verkauft.«

»Meinst du Thórfinnur?«

»Ja.«

»Es gingen Geschichten um.«

»War es also grundloses Gequatsche, oder was?«

»Andri wurde nie angeklagt.«

»Hatte Thórfinnur ihn unberechtigt auf dem Kieker?«

»Das kann ich nicht beurteilen.«

»Ich habe einen anonymen Brief von jemandem bekommen, der Andri Ólafur hasst. Könnte Thórfinnur ihn mir geschickt haben?«

»Ich habe Thórfinnur nicht gesehen, seit er vor acht oder zehn Jahren ins Nordland gezogen ist«, antwortet Njördur. »Es fällt mir nicht im Traum ein, ihm irgendetwas anzuhängen.«

»Mensch, bist du aber wachsam.«

»Ich habe mich immer an das Grundgesetz eines Rechtsstaates gehalten, das besagt, dass man den Angeklagten ihre Schuld vor Gericht beweisen muss, ansonsten sind sie unschuldig. So einfach ist das meines Erachtens.«

»Die Einfachheit wird völlig unterschätzt.«

Sagt Mama.

24. KAPITEL

Dienstag

Donald Garber hatte einige Eisen im Feuer.

Er hat in seiner Karriere mehrere Aktiengesellschaften gegründet. Manche schienen nur die eine Aufgabe zu haben: die Eigentumsverhältnisse anderer Betriebe zu vertuschen, über die dann die eigentlichen Geschäfte liefen. Kauf und Verkauf von Kriegsmaschinerie.

Donalds Eltern waren seine Miteigentümer in den meisten Aktiengesellschaften. Ebenso wie zwei Anwälte in Los Angeles. Es gab einige kleinere Anteileigner in New York. Und Andri Ólafur Sveinsson, der als Eigentümer von vierzig Prozent in zwei Firmen eingetragen ist.

Das erfahre ich aus einem vorläufigen Bericht von der *First Detective Agency*, einem Privatdetektiv in Los Angeles, der mich über den Lebenslauf des Amerikaners aufklärt, der sein Leben auf einem blutbesudelten Fundament in Rockville beendet hat.

Donald war noch mit anderen Sachen beschäftigt als mit Waffenschiebereien. Er besaß auch beträchtliche Anteile an Firmen, die in ganz anderen Branchen tätig waren. Darunter zum Beispiel HappinessFilm. Die Firma ist spezialisiert auf Pornofilme.

Seine Eltern flohen aus Deutschland, kurz bevor der Überfall auf Polen die Welt in Brand setzte. Die jungen Eheleute ließen sich in Los Angeles nieder, wo Donald 1950 geboren wurde.

Er war fünf Jahre bei den Marines. Beendigung des Wehrdienstes 1975.

Gemäß dem Bericht wurde gegen Donald ein paar Mal in seinem Leben polizeilich ermittelt. In zwei Fällen wegen Sexualverbrechen.

Beide Male wurde er nicht verurteilt.

Zum ersten Mal im Jahr 1973. Da hatte man ihn dafür angeklagt, Geschlechtsverkehr mit einem zehn Jahre alten Jungen gehabt zu haben. Auf der Insel Okinawa in Japan. Wo er seinen Wehrdienst ableistete.

Donald stritt alle Anschuldigungen ab. Am Ende der Ermittlungen wurde der Fall wegen fehlenden Beweismaterials eingestellt. Aber er wurde auf Verlangen der Verwaltung versetzt. In die Kälte geschickt. Nach Island.

Hat er das gleiche ekelhafte Spiel in Keflavík betrieben?

Ich betrachte eingehend zwei Fotos, die dem Bericht folgen: Das ältere wurde 1972 aufgenommen. Es zeigt einen großen, blonden, schlaksigen Kerl in Uniform. Die Haare sind kurz geschnitten. Blaue Augen. Lächelnde Lippen.

Verdammt gutaussehender Knabe.

Wundert mich nicht, dass Matthildur in ihn verliebt war.

Das andere Foto wurde wesentlich später gemacht, 1997, auf einer Straße in New York.

Donald sieht auch auf diesem Bild verdammt gut aus. Obwohl er fünfundzwanzig Jahre älter ist. Er hat praktisch gar nicht zugenommen. Und ist protzig gekleidet.

Genau wie die schlimmsten Ganoven.

Was sagt mir dieser neue Bericht über das Opfer auf der Midnesheidi?

Vor allem, dass Donald Garber ein attraktiver und reicher Kinderschänder war. Ein reiches, perverses Schwein.

Ein Wolf im Schafspelz.

Pfarrer David ist in einer Besprechung mit Lísa Björk.

Sie gehen den Entwurf eines Briefes an den Bischof von Island durch. In dem das Angebot, einen anderen Arbeitsplatz innerhalb der Staatskirche anzunehmen, abgelehnt wird.

Der Kirchenmann ist gut gelaunt. Und siegesgewiss.

Das Helgarbladid hat angebissen. Hat am Samstag aus der Perspektive der Liebe über den Kirchenkonflikt in Seltjarnarnes berichtet. Hat Fotos von Hlédís Ágrímsdóttir und Pfarrer Róbert veröffentlicht. Unter der Titelzeile:

NUR CHRISTLICHE NÄCHSTENLIEBE?

Im Artikel wurde behauptet, dass sich Gerüchte über eine geheime Beziehung zwischen dem jungen Pfarrer und der Vorsitzenden des Pfarrgemeinderates wie ein Lauffeuer in der Gemeinde verbreitet hätten. Keiner von beiden wollte sich zu der Sache äußern, als sie von der Zeitung um einen Kommentar gebeten wurden. Was den Gerüchten natürlich Flügel verleiht.

»Mir wurde heute Morgen mitgeteilt, dass es im bischöflichen Ordinariat brodelt«, sagt Pfarrer David. »Sie wissen nicht mehr, wie sie sich verhalten sollen.«

»Wie geht die Abstimmung im Internet voran?«

»Ganz hervorragend.«

»Die Mehrheit der Gemeindemitglieder hat bereits ihre Unterstützung für Pfarrer David bekundet«, fügt Lísa Björk hinzu. »Im Brief an den Bischof verlangen wir, das Ordinariat müsse dafür Sorge tragen, dass gemäß dem bezeugten Willen der Gemeindemitglieder gehandelt wird. Es ist Unfähigkeit, wenn man in dieser Situation stur der Mehrheit des Pfarrgemeinderates nachgibt.«

»Ist der Brief fertig?«

»Ja, und ich bin vollkommen zufrieden mit der Antwort«, sagt der Gemeindepfarrer.

»Komm noch kurz zu mir rein, bevor du fährst.«

Als Pfarrer David es sich in meinem Büro gemütlich gemacht hat, berichte ich ihm von Matthildur Haflidadóttirs Anliegen.

Er wusste es bereits.

»María hat mir neulich von Matthildurs neuem Versuch erzählt«, sagt er und rutscht im Ledersessel hin und her.

»Hast du immer noch Kontakt zu María?«

»Ich war Vertretungspfarrer in der Keflavíker Gemeinde, als ihr Bruder ins Meer fiel«, antwortet Pfarrer David. »María und ihre Mutter brauchten sehr viel seelische und geistliche Unterstützung. Allerdings muss man sagen, dass Matthildur sich nie wieder vollkommen erholt hat, leider, und María hat ihre Mutter mehr oder weniger jahrelang pflegen müssen. Ich habe es manchmal so formuliert: Als Matthildur ihren Sohn verloren hat, hat María ihre Mutter verloren.«

»Hast du die Familie kennengelernt, bevor Kalli verschwand?«

»Nur ein wenig. Matthildur ist nicht regelmäßig zur Kirche gegangen, aber die Geschwister waren oft im Kindergottesdienst.«

»Kanntest du Donald Garber?«

»Diesen Amerikaner, der ermordet wurde?«

»Ja.«

»Ich habe den Mann niemals getroffen.«

»Auch nicht, nachdem Karl Illugason verschwand?«

»Nein.«

Pfarrer David steht auf. Beginnt, auf und ab zu gehen.

»María hat mir erzählt, dass du den Amerikaner verdächtigst, Kalli missbraucht zu haben«, sagt er. »Bist du da ganz sicher?«

»Nein, aber ich untersuche die Möglichkeit«, antworte ich.

»Donald wurde verdächtigt, einen Jungen missbraucht zu haben, kurz bevor er nach Island kam.«

Pfarrer David bleibt ruckartig stehen.

»Was du nicht sagst!« Er ist Feuer und Flamme. »Hast du dafür Beweise?«

»Ja.«

»Dem Herrn sei Lob und Dank, er führt uns immer zur Wahrheit!«

Ich betrachte den Gemeindepfarrer verwundert.

»Mein ist die Rache, ich werde vergelten, sagt der Herr«, fährt er fort. »Gesegnet seien die heiligen Worte Gottes.«

»Also bist du der Meinung, dass Donald Garber das bekommen hat, was er verdiente?«

»Gott straft die Sünder dieser Welt, ganz besonders die, die unsere lieben Kinder schlecht behandeln, denn wie Jesus sagte: Der Kinder ist das Himmelreich.«

Ich kann nicht anders, ich muss einfach lächeln.

»Geht es nicht doch zu weit, Gott für den Mord in Rockville verantwortlich zu machen?«, frage ich verschmitzt.

»Bedenke, wir Menschen sind nur die Werkzeuge Gottes«, antwortet Pfarrer David. »Hier sehen wir wieder aufs Neue, dass seine Wege unergründlich sind, ja sie sind wahrhaftig unergründlich. Halleluja!«

25. KAPITEL

Versuche ich hier, den Wind zu fangen?

Mir ist es immer noch nicht gelungen, einen direkten Hinweis darauf zu finden, dass der Mord in Rockville mit dem Verschwinden von Karl Illugason zu tun hat.

Wahrscheinlich, weil es dazwischen gar keine Verbindung gibt.

Aber wenn Donald Garber den Jungen nie missbraucht hat und mit dem Verschwinden des kleinen Kalli nicht zusammenhängt, wurde der Mord kaum als Rache für alte Todsünden begangen. Und die grobschlächtige Verstümmelung der Leiche in Rockville war nur eine ekelhafte Inszenierung eines kaltblütigen Mörders.

Andri Ólafur Sveinsson?

Nichtsdestotrotz möchte ich weiter in der Geschichte graben.

Vor allem für Matthildur. Aber auch, um weiterhin zu versuchen, das Beweismaterial, das die Goldjungs um meinen Klienten aufgetürmt haben, zu entkräften. In der vagen Hoffnung, ihn aus dieser völlig hoffnungslosen Situation retten zu können.

Das Wohnhaus von Haflidi ist eine alte Holzhütte. Die zwischen anderen alten Häusern steht. Das Erdgeschoss und das Dach sind mit rotem Wellblech verkleidet.

Der Opa von Karl Illugason ist klein und schmächtig. Mit zerknittertem Gesicht. Fast wie ein Waschbrett.

Er hört bereits schlecht. Ist ja auch schon um die neunzig.

»Hast du gesagt, du bist Anwältin?«, fragt er mit hoher, dünner Stimme.

»Ja, ich arbeite für Matthildur, deine Tochter.«

Er schüttelt seinen kleinen grauhaarigen Kopf.

»Die jungen Mädchen von heute vernachlässigen die Hausarbeit«, murmelt er. »Ich weiß nicht, wo uns das noch hinführt.«

»Darf ich reinkommen und mit dir reden?«

»Wie?«

»Ich muss mit dir sprechen.«

»Ach so, na ja, dann komm schon herein.«

Es knarrt unter meinen Füßen, als ich über den alten Holzfußboden der Diele zum kleinen Wohnzimmer gehe.

Haflidi setzt sich ächzend in einen zerschlissenen Schaukelstuhl. Er greift nach einem Stapel Spielkarten, die auf einem kleinen Tisch vor dem Stuhl liegen.

Er legt gerade eine Königspatience.

Ich gucke mich in der kleinen Stube um.

Ein bunter Teppich auf dem Fußboden. Ein abgewetztes dreisitziges Sofa. Ein relativ neuer Fernseher. Ein dunkelbrauner, geschlossener Eichenschrank. Ein ausländischer Wandteppich mit dem Bild eines Rehs im Unterholz. Drei alte Fotografien. In kleinen Rahmen. Stehen auf einem schwarz angestrichenen Regal.

Ich gehe näher. Gucke mir die Bilder nacheinander an.

Eines davon zeigt eindeutig Matthildur in jüngeren Jahren. Wahrscheinlich ist sie Mitte dreißig. Hübsch und lächelnd. Auch wenn man ihr jetzt die Fröhlichkeit nicht mehr ansieht.

Dort steht auch ein Exemplar von Kallis Foto. Das Matthildur mir gezeigt hat. Als ich sie im Pflegeheim besucht habe.

Das dritte Foto ist wahrscheinlich das der Zwillingsschwester. María. Jedenfalls ähnelt das Gesicht dem von Kalli sehr. Nur das blonde Haar ist viel länger.

»Wohnst du hier alleine?«, frage ich.

»Wie?«

»Bist du alleine?«

»María kommt bei mir vorbei, wenn sie ihre Mutter besucht«, antwortet Haflidi und spielt weiter Patience. »Meine Matthildur ist mittlerweile nur noch Haut und Knochen, die Arme, sie kann sich nicht mehr selber helfen. Ja, ja, so ist das.«

Ein Gespräch mit Hindernissen.

Ich versuche, Haflidi dazu zu bekommen, mir zu berichten, was passiert ist, als sein Enkelsohn verschwand. Aber er will nicht darüber sprechen.

»Es gibt keinen Grund, immer wieder etwas zu bearbeiten, das längst vergangen ist«, sagt er und schüttelt den Kopf.

»Deine Tochter ist da anderer Meinung.«

»Ja, Matthildur ist wirklich abergläubisch. Sie findet sich einfach nicht ab mit etwas, das Gott beschlossen hat und der Mensch nicht ändern kann.«

»Sie möchte Gewissheit.«

»Ich habe es meiner Tochter mehrmals gesagt: Es ist für die Menschen nicht besser, sich zu sehr mit der Vergangenheit zu beschäftigen, als sich im Branntwein zu vertiefen. Beides bekommt den Menschen nur in angemessenen Dosen. Ja, das denk ich wohl.«

»Erinnerst du dich an Donald Garber?«

»Dona... was hast du gesagt?«

»Donald Garber? Dem Amerikaner, mit dem Matthildur früher mal zusammen war?«

Haflidi legt den Talon weg. Holt ein rotkariertes Taschentuch aus der Tasche seiner Strickweste. Schnäuzt sich herzhaft. Putzt seine Nase gründlich. Faltet das Taschentuch. Steckt es zurück in die Tasche.

»Ich weiß nichts über irgendeinen Ami«, sagt er schließlich mürrisch und konzentriert sich wieder auf seine Patience.

»Donald war mit Matthildur zusammen, als dein Enkelsohn verschwand.«

»Ich war immer dagegen, dass diese Amis sich hier in Island herumtreiben. Sie kamen im Schutz der Dunkelheit und haben unser Land zu einem verruchten amerikanischen Räubernest gemacht. Ich habe am ersten Protestmarsch gegen die Army im Jahr 1960 teilgenommen und bin stolz darauf! Warum können diese Leute nicht einfach bei sich zu Hause bleiben wie andere auch?«

»Sie gehen gerade.«

»Wie?«

»Das amerikanische Militär verlässt Island.«

»Ja, aber gehen sie denn wirklich zu sich nach Hause zurück?«, fragt Haflidi aufgebracht. »Ich glaube nicht. Jedenfalls scheint es in den Fernsehnachrichten, als wären sie damit beschäftigt, Leute auf der ganzen Welt umzubringen. Also so was aber auch! Und dann kommen unsere Politiker und jammern darüber, dass sie nicht mehr an der Army verdienen können. Pfui, so was, sag ich nur.«

»Erinnerst du dich an Donald Garber?«, wiederhole ich.

»Ich sag dir eins, meine Liebe: Wenn sich meine Matthildur früher mal mit einem Ami eingelassen hat, dann war sie schlau genug, dafür zu sorgen, dass ich diesen Halunken zu Hause nicht gesehen habe«, antwortet Haflidi.

»Aha.«

Ich betrachte ihn eine Weile. Den alten, grauhaarigen Mann mit den Spielkarten in der Hand. Mir wird bewusst, dass dieser Besuch ebenso sinnlos ist wie die Patiencen, die Haflidi Tag für Tag legt. Jahr für Jahr. Nur, um die Zeit totzuschlagen. Bis der Mann mit der Sense vor der Tür steht.

»Es ist traurig, wenn man sich selbst überlebt.«

Sagt Mama.

26. KAPITEL

María will nicht, dass ich sie besuche.

Bietet stattdessen an, nachmittags in meinem Büro vorbeizukommen. Bevor sie ihren Spätdienst in der Uniklinik antritt.

Ich erschrecke sehr, als Lísa Björk sie in mein Büro weist:

María hat rote Haare.

Das lange helle Haar, das ich auf dem Foto beim alten Hafliði gesehen habe, ist wunderschön rot geworden. Natürlich gefärbt. Es sei denn, sie verwendet eine Perücke.

Rotes Haar?

Natürlich fallen mir sofort die roten Haare ein, die die Goldjungs an Donald Garbers Leiche in Rockville gefunden haben. Und die rothaarige Frau, die Andri Ólafur Sveinsson in der Kaffibarinn abgeschleppt hat.

Ist Karitas aufgetaucht?

María ist süß. Klug. Sexy.

Das helle Kostüm sitzt wie angegossen über ihrer hochgewachsenen, durchtrainierten Figur.

Hmmm …

»Mama verschwendet nur deine Zeit«, sagt sie. Nachdem sie es sich im Ledersessel gemütlich gemacht hat.

»Warum glaubst du das?«

»Sie ist in allen Dingen immer ihrem Gefühl gefolgt. Sie handelt immer zuerst und denkt hinterher.«

»Manchmal ist das der beste Weg …«

»… um sich das Leben unnötig schwerzumachen«, fällt María mir ins Wort.

Ihr Blick ist ruhig und besonnen.

»Missfällt es dir, dass Matthildur mich angestellt hat?«

»Es ist Geld- und Zeitverschwendung.«

»Bist du sicher?«

»Alle außer meiner Mutter wissen, dass mein Bruder ertrunken ist.«

»Erinnerst du dich an Donald Garber?«

»Flüchtig.«

»Kam er oft zu euch zu Besuch?«

»Manchmal.«

»Und hat bei euch übernachtet?«

»Nein. Opa hätte das nie erlaubt.«

»Hast du Donald oft getroffen?«

»Ja, einige Male.«

»Bei euch zu Hause?«

»Er war manchmal bei Mama, wenn ich aus der Schule kam, aber ging immer, bevor Opa von der Arbeit kam. Wir haben ihn auch ab und zu oben in Rockville getroffen, als Mama da geputzt hat.«

»Seid ihr beiden mit Matthildur auf die Base gegangen?«

»Das kam schon vor.«

»Wie war Donald euch Kindern gegenüber?«

María zuckt die Achseln.

»War er jemals alleine mit dir oder deinem Bruder?«

»Ja, er hat uns manchmal Filme auf der Base gezeigt, während Mama gearbeitet hat. Er hat uns auch Süßigkeiten gegeben, grünen Kaugummi und so was.«

»Hast du ihn gemocht?«

»Nein.«

»Warum nicht?«

María zögert die Antwort hinaus. Tief im Inneren ist sie eindeutig aufgewühlt.

»Warum mochtest du Donald nicht?«, frage ich erneut.

»Meinst du, es war für mich als Kind einfach, überall gesagt zu bekommen, dass meine Mutter eine Amihure ist?«, fragt sie aufgebracht.

»Ich verstehe.«

»Nein, du musst das selbst erleben, um es zu verstehen.«

María bemüht sich, ihre Gefühle wieder unter Kontrolle zu bringen.

»Und dein Bruder Kalli, mochte er Donald auch nicht?«

»Das weiß ich nicht.«

»Hat Donald ihm das Käppi geschenkt, das am Strand gefunden wurde?«

»Die Baseball-Mütze?«

»Ja.«

María nickt.

»Waren Donald und Kalli irgendwann einmal zusammen alleine?«

»Woher soll ich das denn wissen?«, fragt María schnippisch.

»Erinnerst du dich an nichts, was darauf hindeuten könnte?«

»Jedenfalls nicht zu Hause in der Sudurgata«, antwortet sie nach reiflicher Überlegung. »Aber Kalli ging manchmal alleine mit Mama hoch nach Rockville.«

»War er dann bei Donald, während eure Mutter geputzt hat?«

»Das weiß ich nicht.«

»Aber könnte es sein?«

»Ja, davon gehe ich aus. Mama könnte sich daran erinnern.«

María schlägt ihre Beine übereinander.

»Merkwürdig, dass ich an diese Möglichkeit nicht schon früher gedacht habe«, sagt sie nachdenklich. »Obwohl es nicht an dem Sonntag gewesen sein kann, an dem Kalli ins Meer fiel, denn an dem Tag gingen wir nicht auf die Base.«

»Hat Kalli nie eine Bemerkung gemacht, dass sich etwas Unnormales bei Donald abgespielt hat?«

Sie schüttelt den Kopf.

»Nie?«

»Nein.«

»In Ordnung. Möchtest du einen Kaffee?«

Maria gelingt es langsam, ihre alten Erinnerungen, die in ihrem Inneren brodeln wie glühende Lava unter einem Gletscher, wieder in die Schranken zu weisen.

Hmm.

»Fährst du oft nach Keflavík?«, frage ich und stelle eine Kaffeetasse auf den Schreibtisch.

»Ich versuche, Mama und Opa an den Wochenenden zu besuchen, an denen ich keinen Dienst habe.«

»Warum hast du Pflege studiert?«

»Warum nicht?«

Ich schaue sie fragend an.

»Wahrscheinlich, weil Mama immer so krank war«, antwortet sie nach einigem Nachdenken. »Ich fand, ich müsste mehr wissen, um mich richtig um sie kümmern zu können.«

»Und dein Vater?«

»Den kenne ich nicht.«

»Ach?«

»Er hat uns verlassen, als ich fünf Jahre alt war«, sagt sie mit wachsender Aggressivität in der Stimme. »Warum sollte ich ihn kennen wollen?«

»Verwendest du manchmal den Namen Karitas?«

Die Frage scheint sie völlig zu verblüffen. Sie starrt mich an.

»Vor kurzem?«, füge ich hinzu.

»Mich hat noch nie jemand etwas derart Idiotisches gefragt«, antwortet sie schließlich überheblich. »Warum sollte ich den Namen wechseln?«

»Um so zu tun, als wärst du eine andere.«

»Ich bin stolz darauf, María zu heißen. Mama hat mich so getauft, damit ich wie die Mutter Jesu heiße. Mir würde nie im Leben einfallen, meinen Namen zu ändern.«

»Noch nicht mal, um inkognito zu sein?«

»Inkognito?«, wiederholt sie aufgebracht. »Warum sollte ich inkognito sein wollen? Ich habe selten etwas so Dummes gehört.«

»Manche nennen einen falschen Namen, wenn sie im Nachtleben unterwegs sind. Um Nachspiele von One-Night-Stands zu vermeiden.«

»Das habe ich noch nie getan.«

Ich lächele. Um die Sache ad acta zu legen.

Natürlich könnte Marías rotes Haar ein merkwürdiger Zufall sein.

»Zufälle sind Gottes Art von Humor.«

Sagt Mama.

27. KAPITEL

Mittwoch

Die Unterlagen von 1974 wurden gefunden.

Njördur Njardarson hatte recht. Die alte Schwarzjacke aus Keflavík.

Die Akte befand sich nach wie vor in einem Umzugskarton. Wie auch viele andere alte Unterlagen, die noch nicht ihren endgültigen Platz in den neuen Stahlschränken des Archivs bekommen haben.

Ich rausche auf meinem gehorsamen Silberhengst durch Hafnarfjördur. Auf dem Weg nach Keflavík, wo ich im Lesesaal des Archivs die Berichte einsehen kann.

Mein Handy klingelt, als ich gerade an den rot-weiß gestreiften Türmen des Aluminiumwerks in Straumsvík vorbeidüse. Hier plätschert das glühende Metall rund um die Uhr durch lange, geschlossene Rohrsysteme.

Es ist Fanney.

Sie bittet mich, bis zum Abend bei ihr vorbeizuschauen. Ich soll eine Frau mittleren Alters treffen, die rechtliche Hilfe braucht. Um sich aus einer gewalttätigen Partnerschaft zu lösen.

»Hast du etwas von Sigurjóna gehört?«, frage ich.

»Ja, erst gestern noch«, antwortet Fanney. »Die Familie hat sie davon überzeugt, dass sie versuchen soll, die Ehe zu retten.«

»Ich bleibe bei meiner Meinung. Ich halte Baldvin für einen brutalen Schläger.«

»Sigurjóna scheint sich selbst eingeredet zu haben, dass seine Gewaltausbrüche dem hochprozentigen Alkohol zuzuschreiben sind, und Sigurlinni hat ihr versprochen, dass Baldvin in Zukunft nur noch leichtprozentigen Wein trinken wird. Das soll das Problem lösen.«

»Wie leichtgläubig.«

»Sie wollen sogar versuchen, am Wochenende in einem Sommerhaus, das Sigurlinni irgendwo im Borgarfjördur besitzt, ihrer Ehe eine zweite Chance zu geben.«

»Sie fährt mit Baldvin alleine aufs Land?«

»Ja, und Sigurjóna klingt so, als würde sie sich wirklich auf das Wochenende freuen.«

»Hoffentlich erlebt sie keine Enttäuschung.«

»Ich kann in der Sache nichts weiter unternehmen«, antwortet Fanney. »Sie hört mir nicht einmal mehr zu.«

Nein, natürlich nicht.

Hoffnung und Glauben sind die Zwillinge des Selbstbetrugs. Der die wichtigste Voraussetzung für die Liebe ist. Gegen eine betörende Fata Morgana dieser Art helfen auch keine warnenden Worte. Nur die schmerzvolle Wirklichkeit der eigenen Erfahrung.

Leider.

Ein Bibliothekar mittleren Alters bringt mir einen Kaffee. Lässt mich ganz in Ruhe, um den Inhalt der grauen Akte durchzusehen.

Die Protokolle sind alle mit einer alten Schreibmaschine geschrieben.

Das älteste ist auf Montag, den 18. Februar 1974 datiert. Dem Tag nach Karl Illugasons Verschwinden. Da wird alles vom vorigen Abend über den Fall berichtet. Von Matthildurs Sorgen und was die Schwarzjacken unternommen haben.

Die Kleidung des Jungen wird beschrieben. Auch die Gegebenheiten am Strand, wo gegen Mitternacht eine grobe Suche stattgefunden hat.

Es gibt ein paar knappe Berichte von einigen Verhören. Außerdem einen täglichen Überblick, wann und wo nach dem Jungen gesucht wurde.

Ich lese alle Protokolle hintereinander, ohne auf etwas Neues zu stoßen – bis zu der Zeugenaussage von Donald Garber.

Njördur Njardarson hat den Amerikaner am Mittwoch, den 20. Februar 1974 verhört. In Matthildurs Wohnung.

Im Protokoll ist festgehalten worden, dass Donald an jenem Wochenende nicht in Keflavík war. Er sei mit Andri Ólafur Sveinsson auf einen Tanzabend aufs Land gefahren. Sie seien kurz nach Samstagmittag ins Südland aufgebrochen und erst am Sonntagabend nach Keflavík zurückgekehrt.

Ein paar Tage später wurde Hermann Jónatansson ein weiteres Mal verhört. Er soll genauer darlegen, wann er sich wo befunden hat, bevor und nachdem er Karl Illugason gegen ein Uhr mittags am Strand gesehen hat.

Hemmi sagt aus, dass er in der Nacht zum Sonntag gegen fünf Uhr morgens eingeschlafen ist. Nachdem er sich auf zwei Partys amüsiert hatte. Er sei gegen Mittag aufgewacht, dann hinausgegangen, um nach Alkohol zu fahnden, aber überall auf verschlossene Türen gestoßen.

In der Nähe der Slippanlage habe er Jakob Geirsson getroffen, der gerade auf dem Weg vom Strand auf die Straße war. Hemmi sah, wie Karl Illugason zwischen den Felsen spielte. Kurz darauf traf Hermann Jónatansson schließlich auf einen barmherzigen Samariter:

Donald Garber.

Hermann sagt aus, dass er Donald auf der Hafnargata in Keflavík gegen zwei Uhr getroffen hat. Der Ami sei in seinem Auto unterwegs gewesen, einem neuwertigen Ford Falcon, und habe ihm zwei Biere gegeben, um dem Kater entgegenzuwirken.

Unter Hermanns Aussage wurde mit kräftiger Handschrift geschrieben:

»Es ist nicht möglich, Donald Garber noch einmal zu verhören, da er zurück in die USA gefahren ist. Aber Andri Ólafur Sveinsson bestätigt, dass Donald mit ihm an diesem Wochenende einen Ausflug ins Südland unternommen hat. Donald kann daher nicht zu der Zeit in Keflavík gewesen sein, als Hermann ihn angeblich getroffen hat.«

Unterschrieben von NN: Njördur Njardarson.

Interessant.

Irgendwer hat gelogen. Das steht fest.

War Donald Garber wirklich an diesem Tag in Keflavík, wie Hemmi es bei diesem Verhör behauptet? Hat er vielleicht in seinem Auto in der Hafnargata gewartet, bis der kleine Kalli die Uferbefestigung heraufkam?

Denkbar. Aber nur, wenn Andri Ólafur beim Verhör im Februar 1974 eiskalt gelogen und Donald Garber ein falsches Alibi gegeben hat.

Sollte er das getan haben, stellen sich plötzlich viele Fragen. Wobei manche direkt mit dem Mord in Rockville in Verbindung stehen.

Die Frage des Motivs. Und was Ursache und was die Folgen sind.

Ich muss mich mit Hemmi unterhalten. Wenn er noch lebt. Bevor ich ins Südland fahre und eine eindeutige Antwort von meinem Klienten einfordere.

Aber zuerst möchte ich noch mal bei dem passionierten Angler einkehren. Der alten Schwarzjacke, die die Ermittlungen zum Verschwinden von Karl Illugason geleitet hat.

28. KAPITEL

Njördur Njardarson brät sich gerade einen halben Schellfisch. Und kocht Kartoffeln.

»Früher bin ich immer hinunter zum Hafen gegangen, wenn die Boote anlegten, und habe mir frischen Schellfisch oder Dorsch zum Kochen besorgt«, sagt er. »Aber das ist lange vorbei, so wie das meiste von dem, was früher gut war.«

»Ich habe deine Berichte über das Verschwinden von Karl Illugason gelesen«, sage ich und setze mich an den Küchentisch. »Manches hat mich wirklich überrascht.«

Die alte Schwarzjacke stellt die Platte unter der grauschwarzen Bratpfanne klein.

»Die Akte ist dann also aufgetaucht«, sagt er und setzt sich mir gegenüber. »War sie immer noch in einem Umzugskarton?«

»Ja.«

»Hab ich's mir doch gedacht.«

»Ich fand es interessant, die Zeugenaussage von Hermann Jónatansson zu lesen. Er sagt aus, dass er an dem Tag, an dem Kalli verschwand, Donald Garber gegen zwei Uhr in der Hafnargata getroffen hat«, fahre ich fort. »Und deine Randbemerkung, Donald sei ein paar Tage später außer Landes geflohen.«

»Geflohen?«, wiederholt Njördur. »Das habe ich nie gesagt.«

»Nicht wörtlich. Sinngemäß. Du hast auf einem Protokoll handschriftlich vermerkt, dass du Donald noch einmal verhören wolltest, aber da hatte er das Land bereits verlassen.«

»Das stimmt, ich wollte noch einmal mit Donald sprechen, aber nicht, weil ich ihn wegen irgendetwas verdächtigen würde. Ganz im Gegenteil fand ich den Bericht von Hermann, die beiden hätten sich in der Hafnargata getroffen, relativ unwahrscheinlich, und ich wollte, dass Donald diese Aussage widerlegt. Es stellte sich auch durch andere Kanäle heraus, dass der Amerikaner sich mit einem Kameraden an diesem Wochenende auf dem Land vergnügt hat und daher niemanden zur selben Zeit in der Hafnargata getroffen haben kann.«

»Bist du davon überzeugt, dass Hermann gelogen hat?«

»Ja, aber ich glaube, er hat es nicht wissentlich getan. Ich konnte mir das nur so erklären, dass Hermann den Tag verwechselt hat. Er war schon seit zwei Wochen mehr oder weniger besoffen, und sein Zeitgefühl war nicht ganz in Ordnung.«

»Aber weshalb hast du dann Hemmis Behauptung geglaubt, dass er den kleinen Kalli am Strand hat spielen sehen?«

»Weil Jakob sich daran erinnert hat, Hermann an diesem Sonntag nicht weit von der Slippanlage gesehen zu haben. Hemmi war daher tatsächlich in dieser Gegend unterwegs, als Jakob wieder nach Hause ging.«

Die Kartoffeln haben angefangen, im Topf auf dem Herd zu tanzen.

»Fandest du es wirklich nicht merkwürdig, dass Donald so ohne Vorwarnung das Land verlassen hat?«

»Männer, die Angehörige einer Armee sind, müssen selbstverständlich dahin ziehen, wohin sie geschickt werden, ob es ihnen nun gefällt oder nicht.«

»Mir wurde gesagt, Donald war nur gerade sieben Monate hier stationiert. Und die normale Aufenthaltsdauer von Soldaten auf dem Keflavíker Flughafen betrug zwei Jahre.«

Njördur nickt. Mit nachdenklicher Miene.

»Weißt du, warum Donald so schnell aus dem Land geschickt wurde?«

»Nein, das weiß ich nicht hundertprozentig.«

»Aber …?«

»Die Zeiten damals, wie soll ich sagen … waren angespannt«, sagt er.

»Inwiefern?«

»Die Regierung hatte es sich als Ziel in ihr Programm geschrieben, dass die amerikanische Armee das Land verlassen sollte. Dieses Thema war ein heißes Eisen, ob man nun für oder gegen die Army war, und alles, was mit der Base zu tun hatte, stand unter strengster Beobachtung, von Politikern und den Medien.«

»Wie hängt das mit dem Verschwinden von Karl Illugason zusammen?«

Njördur räuspert sich.

»Was ich dir jetzt sage, bleibt unter uns, das musst du mir versprechen.«

»Warum?«

»Es geht um etwas, was ich öffentlich weder bestätigen kann noch will.«

»In Ordnung.«

»Dieses kurze Protokoll von Donald Garber habe ich zu Hause bei Matthildur aufgenommen, ein paar Tage nachdem der Junge verschwunden war. Seine Vorgesetzten auf der Base wussten von dem Protokoll, er hat sie angerufen, um herauszufinden, ob er unsere Fragen überhaupt beantworten dürfte. Am nächsten Tag bekam ich einen merkwürdigen Anruf von einem nahen politischen Mitarbeiter des Außenministers. Er befahl mir im Namen des Ministers, keine weiteren Versuche zu unternehmen, amerikanische Soldaten in die Suche nach dem Jungen hineinzuziehen.«

»Wirklich?«

»Ich nahm es eher gelassen auf, sagte etwas in der Art – wenn ich mich richtig erinnere –, dass die Polizei in Keflavík nicht dem Außenministerium untersteht, aber als ich zwei Tage später noch einmal mit Donald Garber sprechen wollte, war er bereits außer Landes.«

»Es war also eine politische Entscheidung?«

»Was glaubst du?«

»Welcher politische Schurke hat dich angerufen?«

»Lassen wir das«, antwortet Njördur. »Es bringt dir nichts, mit ihm über diesen Fall zu sprechen.«

»Das kann schon sein, aber ich würde schon gern wissen, ob dieser Knabe 1974 wusste, dass Donald ein Kinderschänder war.«

»Nein, nein, der Wonderland Club ist doch erst viel später aufgeflogen.«

»Donald war sein ganzes Leben lang ein verdammter Perverser.«

Njördur beugt sich über den Tisch. Starrt mich an.

»Im Spätsommer 1973«, fahre ich fort, »wurde er auf Verlangen der japanischen Regierung aus Okinawa wegversetzt. Nur sieben Monate bevor Karl Illugason verschwand.«

»Warum?«, fragt er.

»Er stand unter Verdacht, einen zehn Jahre alten Jungen vergewaltigt zu haben.«

Die alte Schwarzjacke wird bleich.

»Konnte das bewiesen werden?«

»Es gab keine Zeugen. Es stand Aussage gegen Aussage. Der Fall kam nie vor Gericht. Stattdessen wurde Donald aus Okinawa versetzt. Und nach Island geschickt.«

»Ich wusste nicht, dass dieser Mann so eine Geschichte hatte.«

»Nein, aber Donalds Vorgesetzte auf dem Keflavíker Flughafen hatten natürlich alle Informationen über den Okinawa-Fall in ihren Akten. Es kann kein Zufall sein, dass Donald überstürzt aus dem Land geschickt wurde, nachdem er in einem Verhör bei dir gelandet ist.«

Njördur steht auf. Geht zum Herd. Stellt die Platte unter den Kartoffeln ab. Dreht sich um. Schaut aus dem Fenster.

Er ist sichtlich erschrocken.

»Ich brauche ein oder zwei Tage, um das zu verdauen«, sagt er schließlich.

29. KAPITEL

Ich schalte das Handy wieder ein. Sobald ich auf dem asphaltierten Parkplatz vor dem Hochhaus stehe.

Das Mobiltelefon hat viele Nachrichten für mich gespeichert.

Manche sind wirklich unbedeutend. Andere können ein wenig warten. Aber ein paar wenige scheinen dringend zu sein. Darunter eine SMS von Lísa Björk:

»Bin bei der Polizei.«

Eine halbe Stunde später hat sie mir eine noch kürzere Nachricht geschickt:

»Ruf an.«

Lísa Björk geht sofort dran.

»Was ist los?«, frage ich.

»Hlédís Ásgrímsdóttir hat Pfarrer David bei der Reykjavíker Polizei angezeigt.«

»Weswegen?«

»Sie beschuldigt ihn, Kinderpornos zu besitzen.«

»Kinderpornos?«, wiederhole ich verwundert.

»Soweit ich weiß, gibt Hlédís an, ein oder mehrere pornographische Fotos auf einem Computer entdeckt zu haben, den nur Pfarrer David in seinem Büro im Gemeindehaus benutzt hat. Die Polizei hat den Computer gestern früh zur näheren Untersuchung erhalten. Er hat mich gegen zehn Uhr heute Vormittag angerufen, als eine Gruppe Polizisten zu einer Hausdurchsuchung kam. Sie haben den PC und alle CDs beschlagnahmt, die sie in der Wohnung gefunden haben.«

»Wo ist Pfarrer David jetzt?«

»Wir sind zusammen auf der Polizeiwache und warten auf ein offizielles Verhör.«

»Wie hat er auf diese Anschuldigungen reagiert?«

»Er wiederholt hartnäckig, dass es sich um unverschämte Nachstellungen von Hlédís handelt.«

»Gibt er zu, dass er diese angeblichen Fotos besitzt?«

»Bisher hat er sich um eine direkte Antwort gedrückt.«

»Das klingt nicht gut.«

»Ich kann momentan von Pfarrer David keine eindeutige Antwort bekommen, weil er so ungeheuer aufgebracht ist.«

»Versuch es trotzdem, bis das Verhör beginnt. Und halt mich auf dem Laufenden. Ich werde heute Nachmittag wieder im Büro sein.«

Auf dem Weg nach Reykjavík durchdenke ich genauer diese neue und unerwartete Wendung, die der Kirchenkonflikt in Seltjarnarnes genommen hat.

Es ist zu erwarten, dass Hlédís es nicht einfach dabei belässt, Pfarrer David bei den Schwarzjacken anzuzeigen. Sie wird diese Anschuldigungen wahrscheinlich auch bei der ersten Gelegenheit an die Medien weitergeben. Um sich an Pfarrer David zu rächen. Zumal in dieser christlichen Gemeinde nichts anderes als wilder Haß zu walten scheint.

Ich schiebe es auf, Bjarnis Nachrichten zu beantworten, bis ich nach Hause gekommen bin. Mir einen kochend heißen, tiefschwarzen Espresso gebraut habe. Und es mir in meinem schwarzen Chefsessel bequem gemacht habe.

Er ist besorgt.

»Was ist los?«, frage ich.

»Die Staatspolizei hat nach einem Urteil des Bezirksrichters alle Buchhaltungsunterlagen mitgenommen, die Andri Ólafur Sveinssons Finanzen und Steuererklärungen betreffen und sich in unserer Obhut befinden«, antwortet er mit tiefer Stimme. »Sie sind hier heute Morgen mit einer ganzen Mannschaft eingefallen und haben alles konfisziert.«

»Aus welchem Grund?«

»Weil sie diese Unterlagen unbedingt wegen der aktuellen Ermittlungen am Mord an Donald Garber bräuchten. Ich habe protestiert und werde Klage einreichen, um dieses Urteil anzufechten, aber in der Zwischenzeit liegen die Dokumente natürlich in ihren Händen. Ich fände es wichtig, dass Andri Ólafur so schnell wie möglich von diesem unerwarteten Schachzug der Polizei erfährt.«

»Was für Unterlagen befanden sich bei dir?«

»Vor allem Buchführungsakten, die die Steuer von Andri Ólafur und seiner Firmen betreffen. Ehrlich gesagt ist mir völlig unklar, inwiefern diese Papiere zu den Ermittlungen des Mordfalles beitragen können. Das gilt auch für die E-Mails.«

»Welche E-Mails?«

»Sie haben Kopien von allen Mails gezogen, die Andri Ólafur und ich uns gegenseitig geschickt haben.«

»Ist die Post nicht codiert?«

»Ja, schon, doch der Richter hat verlangt, dass ich die Passwörter abgebe.«

»Also können sie alle Mails lesen, die ihr euch geschickt habt?«

»Ja, so wie es jetzt aussieht, aber ich bereite eine Klage vor, um den Schaden zu begrenzen.«

»Hattest du irgendwelche Unterlagen, die auf eine Auseinandersetzung zwischen Andri Ólafur und Donald Garber hinweisen?«

»Nein, ich kann behaupten, dass keine einzige Akte erklären könnte, warum dieser Mord begangen wurde.«

»Warum gehen sie so weit?«

»Das übersteigt mein Verständnis.«

»Ist dieser Aktionismus vielleicht ein Zeichen von Verzweiflung? Oder steckt etwas anderes dahinter?«

»Zum Beispiel?«

»Die US-Regierung untersucht den neuesten Waffenverkauf von Donald und Andri Ólafur nach Pakistan.«

»Ja, das weiß ich, aber nichts in diesen Unterlagen wirft ein Licht auf dieses Geschäft.«

»Bist du sicher?«

»Ja, es muss auf die eine oder andere Art mit dem Mord zu tun haben, obwohl ich nicht ganz den Zusammenhang sehe«, sagt der blasierte Bjarni. »Ich dachte eigentlich, sie hätten genug Beweismaterial gegen Andri Ólafur.«

»Sie brauchen allerdings immer noch einen nachvollziehbaren Anlass«, antworte ich. »Warum soll Andri Ólafur Donald Garber ermordet und misshandelt haben? ›Einfach so‹ ist keine besonders überzeugende Begründung in einem Mordfall.«

Ich gehe langsam und vorsichtig die Treppe hoch. Ins Schlafzimmer, wo mir ein wunderbarer Parfümgeruch entgegenschlägt. Mein Lieblingsduft von Dior:

Pure Poison.

Den Laptop, den ich letzte Woche aus dem Haus meines Klienten geholt habe, habe ich in meinem Kleiderschrank versteckt. Unter weicher Unterwäsche, in Rosa, Rot, Schwarz und Lila.

Aber momentan kann ich mit dem Gerät nichts anfangen. Andri Ólafur Sveinsson hat keine neue E-Mail aus den sonnigen, südlichen Gefilden in Florida bekommen.

Ist das ein gutes Zeichen?

Wer weiß.

Manche behaupten immer, dass keine Nachrichten gute

Nachrichten sind. Was natürlich ein dümmlicher Optimismus ist. Wie eine Art Aberglauben.

»Keine Neuigkeiten sind einfach nur keine Neuigkeiten.«

Sagt Mama.

30. KAPITEL

Matthildur atmet schwerfällig. Ihre knochigen Hände liegen verkrampft auf der weißen Bettdecke.

Ich setze mich auf das Bett neben ihre Füße.

»Die Pflegerinnen haben wahrscheinlich heute Morgen gedacht, dass ich endlich meinen Geist aufgebe«, flüstert sie. »Aber hier bin ich immer noch.«

María, ihre Tochter, kam kurz vor Mittag nach Gardvangur, um bei ihrer Mutter zu sein, wenn sie stirbt.

Sie rief mich nachmittags an.

»Mama bittet darum, dich zu treffen«, sagte María.

Ich ließ mich darauf ein, gegen Abend wieder nach Sudurnes zu fahren. Obwohl ich nach einem langen und anstrengenden Tag verdammt müde war.

»Sie kann jeden Augenblick sterben«, sagte María, als sie mich im Eingangsbereich des Pflegeheims empfing. »Sie quält sich sehr, aber passive Sterbehilfe lehnt sie ab.«

»Passive Sterbehilfe? Ist das nicht eine organisierte, langsame Hinrichtung?«

»Nein, das ist ein menschenwürdiger Weg, um es Leuten zu ermöglichen, ohne unnötige Schmerzen zu sterben«, antwortete María. »Aber Mama will lieber diese Schmerzen ertragen als aufgeben, und nichts, was ich ihr gesagt habe, kann sie dazu bringen, ihre Meinung zu ändern.«

Matthildur ist bleich und schwach. Die Stimme ist nur ein Flüstern. Trotzdem scheint sie bei vollem Bewusstsein zu sein. Und fragt umgehend nach ihrem Sohn.

»Ich habe noch keine neuen Beweise gefunden«, antworte ich und beuge mich zu ihr hinunter. »Aber je länger ich mich mit dem Fall beschäftige, desto mehr Fragen stellen sich.«

»Erzähl mir alles.«

Ich berichte Matthildur von den neuen Informationen über Donald Garber. Von seiner vermeintlichen Tat an dem Jungen in Okinawa. Von den gegensätzlichen Behauptungen der Zeugen, wo Donald an dem Sonntag war, an dem ihr Sohn verschwand. Von den verdächtigen Reaktionen der isländischen und amerikanischen Regierung, die Donald schnellstens aus dem Land geschafft haben.

»Ich finde, diese drei Punkte geben Anlass für tiefere Nachforschungen«, sage ich. »Aber die können natürlich dauern.«

»Wussten sie die ganze Zeit, dass Donald ein Kinderschänder war?«, fragt sie.

»Seine Vorgesetzten wussten es zweifellos.«

»Donald hat manchmal angeboten, auf Kalli aufzupassen, als ich oben in Rockville geputzt habe. Ich habe ihm meinen Jungen anvertraut. Der Herr vergebe mir.«

Ich warte einen Moment. Aber dann versuche ich doch, Matthildurs Gedächtnis zu beanspruchen.

»Erinnerst du dich, ob du Donald am Tag, an dem Kalli verschwand, getroffen hast?«

»Ich glaube nicht. Papa war das ganze Wochenende lang krank, und Donald durfte nie zu uns zu Besuch kommen, wenn Papa zu Hause war. Er war sehr gegen die Stationierung der Army.«

»Trotzdem war Donald einige Tage später bei dir?«

»Da muss Papa draußen gewesen sein. Er hat Kalli gesucht, obwohl er krank war.«

Matthildur hustet immer wieder. Ihr ausgemergelter Körper zittert dabei wie Herbstlaub im Wind.

María beruhigt ihre Mutter leise.

Sie stützt ihren Kopf und ihre Schultern. Setzt sie im Bett auf. Gibt ihr zu trinken, als der Husten abklingt.

»Jetzt ist auch Zeit für deine Schlaftabletten«, sagt María.

Matthildur schließt die Augen. Schluckt die Tabletten.

María hilft ihr, sich auf den Rücken zu legen. Deckt sie vorsichtig zu. Zieht die Bettdecke bis unter das Kinn.

»Besteht Hoffnung?«, flüstert Matthildur.

»Der nächste Schritt besteht darin herauszufinden, ob Donald am Tag, an dem Kalli verschwand, in Keflavík in der Hafnargata war oder nicht«, antworte ich. »Wie es weitergeht, hängt von dem Ergebnis ab.«

»Danke, dass du es versuchst.«

Ich warte auf María. Auf dem langen, leeren Gang.

»Sie ist eingeschlafen«, sagt sie. »Hast du schon gegessen?«

»Nein, noch nicht.«

»Ich wollte zum Restaurant Ráin.«

Das Ráin liegt am Ende der Hafnargata in Keflavík. Gleich neben den alten Duus-Häusern. Wo darum gerungen wird, die Geschichte wieder lebendig werden zu lassen. Für die Touristen.

In der Bar sind viele Leute. Aber kaum jemand im Speisesaal. Daher bekommen wir auch sofort einen Tisch an einem Fenster, von dem aus man das Meer sehen kann.

»Kalli hat da, hinter der Bucht, am Strand gespielt«, sagt María.

»Direkt unterhalb der Wohnhäuser?«

»Zu der Zeit gab es noch keine Gebäude oben auf dem Berg, diese Wohnhäuser wurden alle wesentlich später gebaut.«

Ich bin völlig ausgehungert. Stopfe einen Salat mit Feta in

mich hinein. Bevor ich mich über das weiche Rinderfilet mit vorzüglicher Rotweinsauce hermache.

Zwischendurch zerbeiße ich kristallklare Eiswürfel, als wären es Bonbons.

»Lecker.«

»Vielen Dank, dass du Mama besuchst«, sagt María. »Ich war nicht sicher, ob ich dich anrufen sollte.«

»Es ist auch für mich eine Herzensangelegenheit, diesen Fall zu lösen.«

»Wie kommt das?«

»War der Tod deines Bruders ein Unfall oder nicht? Das ist die Frage. Die Antwort lautet nur dann ja, wenn ich alles andere ausschließen kann.«

»Was brauchst du dafür vor allem?«

»Ich muss mich davon überzeugen, dass Donalds Alibi für diesen Sonntag wasserdicht war.«

»Zweifelst du wirklich daran?«

»Ich weiß es nicht so genau. Hoffentlich klärt es sich, wenn ich mit mehreren Zeugen rede. Vor allem aber mit Andri Ólafur und seinen früheren Saufkumpels. Hermann und Kjartan.«

»Von Hemmi kannst du nicht viel erwarten, er lebt als Obdachloser in Reykjavík, aber mein Onkel Kjartan wohnt in Mosfellsbaer.«

»Was macht er da?«

»Kjartan unterrichtet seit langem Sport in der Grundschule. Außerdem ist er Fußballtrainer für die jüngeren Gruppen und Pfadfinderleiter.«

»Ein ganz Sozialer, was?«

María zuckt mit den Schultern.

»Du warst neun Jahre alt, als Kalli verschwand. Welche Erinnerungen hast du an den Tag?«

»Sehr wenige«, antwortet sie. »Wir hatten vor, zu dritt nach

Reykjavík zu fahren, aber Mama hat den Ausflug verschoben, weil Opa mit Grippe im Bett lag.«

»Was hast du stattdessen getan?«

»Ich erinnere mich, dass Mama sich nach Kalli umgehört hat und in alle Richtungen telefoniert hat. Sie hat sich den Polizisten gegenüber wahnsinnig aufgeregt, denn sie sahen keinen Anlass, sofort nach Kalli zu suchen.«

»Hast du an dem Tag nicht draußen gespielt?«

»Nein, ich glaube nicht.«

»Kam dich niemand besuchen?«

»Ich wollte lieber alleine sein.«

»War Jakob wirklich der beste Freund deines Bruders?«

»Ja, Kalli und Kobbi waren immer zusammen, auch in der Schule.«

»Wo ist er jetzt?«

»Nach dem Unfall ist er zu seiner Tante nach Reykjavík gezogen.«

»Als sein Vater starb?«

»Ja.«

»Kanntest du seinen Vater?«

María nickt. Und schüttelt sich. Ihr scheint kalt zu sein. Obwohl es im Speisesaal wirklich heiß ist.

»Was hat der Typ gearbeitet?«

»Geir war bei der Feuerwehr auf dem Keflavíker Flugplatz.«

»Wie war er denn so?«

María schweigt eine gute Weile. Als ob sie es schwierig fände, die Frage zu beantworten. Schließlich faucht sie angeekelt:

»Er war ein totaler Widerling.«

31. KAPITEL

María ist bedrückt.

Meine Fragen haben scheinbar sehr empfindliche Saiten in ihrem Inneren berührt. Alte Gespenster der Vergangenheit wachgerufen. Bittere Erinnerungen, die immer noch bange Ahnungen und Wut entfachen.

Trotzdem zögert María, ihren Kommentar über Geir genauer zu erklären.

»Ich möchte jetzt nicht weiter darüber sprechen«, sagt sie entschieden. Als ich versuche, sie auszuquetschen.

»Aber du kannst mir doch nicht einfach sagen, dass Jakob Geirssons Vater ein Widerling war, ohne es mir genauer zu erklären«, sage ich.

»Jetzt ist weder der richtige Ort noch der richtige Moment dafür.«

»Wo denn dann?«

Sie zuckt wieder mit den Schultern. Als wäre das nicht ihr Problem.

Nachdem ich meine Überredungskünste großzügig einsetzen musste, stimmt sie zu, das Gespräch im Hause ihres Großvaters Haflidi an der Sudurgata fortzuführen.

Es ist nicht weit.

Ich parke meinen Silberhengst vor der Hauswand.

Die alten Holzhäuser sehen aus wie kleine Hütten im Vergleich zu den großen Betonhäusern, die um sie herum erbaut wurden.

»Wo wohnte Jakob?«, frage ich.

»Da«, antwortet María und deutet mit ihrem Kinn die Richtung an.

Das Haus ist heruntergekommen.

An vielen Stellen kann man in der weißen Mauer Risse erkennen. In beiden Stockwerken. Manche der Wellblechplatten auf dem Dach sind schon rot vor Rost. Am meisten aber rings um den dunkelgrauen Schornstein, der sich aus der Mitte des Dachgeschosses erhebt. Und am südlichen Giebel.

Hier und da fehlen auch ein paar Latten am Zaun, der den Garten begrenzt.

»Wohnt da jetzt jemand?«

»Sie vermietet das Haus«, antwortet María.

»Wer?«

»Gunnvör, Kobbis Tante, das Haus ist immer noch ihr Eigentum.«

María führt mich in Haflidis verlassenes Wohnzimmer. Die abgenutzten Spielkarten liegen auf einem Stapel auf dem Couchtisch.

»Setz dich schon mal, während ich zu Opa reinschaue«, sagt María.

Ich platziere mich im alten Sofa. Lehne mich zurück. Strecke meine Beine. Schiebe beide Hände unter meine hellrosa Rüschenbluse. Streiche mir langsam über die gespannte Haut meines Babybauches.

María steht schon wieder in der Tür. Sie guckt mich an. Schweigend. Mit einem Glänzen in den blauen Augen.

»Opa ist eingeschlafen«, sagt sie leise.

Ich streichele mir weiter über meinen Kugelbauch.

Schließlich kommt sie energisch in das Wohnzimmer. Setzt sich neben mich.

»Du bist bestimmt müde«, sagt sie.

»Das kann ich nicht verleugnen.«

»Ist es ein Junge oder ein Mädchen?«

»Ich weiß es nicht.«

»Jungs treten mehr.«

»Bist du sicher?«

Ich ziehe meine blassrosa Bluse hoch.

»Willst du mal fühlen, was da los ist?«, frage ich.

María legt ihre rechte Handfläche fest auf den Bauch. Und bekommt zum Lohn gleich einen kräftigen Tritt.

Wir lachen beide. Ganz automatisch.

Sie guckt mir in die Augen, ohne die Hand wegzuziehen.

»Das wird bestimmt ein Junge«, sagt sie.

Ich fühle, wie das Kleine wieder unter ihren Fingern strampelt.

»Hmmm.«

»Gefällt dir das?«

»Ja.«

Ihre weichen, heißen Finger wecken bei mir starke Gefühle. Schließlich hat mich in den letzten Monaten niemand berührt. Außer ich mich selbst. Und die keimfreien Hebammen.

»In meinem alten Zimmer ist das Bett frisch bezogen, wenn du dich ausruhen möchtest, bevor du wieder in die Stadt fährst«, schlägt María vor.

»Dann schlafe ich mit Sicherheit ein.«

»Das ist meinetwegen schon okay.«

In dem engen Zimmer ist nur Platz für ein Bett und einen kleinen Schrank. Vom Fenster aus kann man in den Garten sehen. Der völlig verwildert ist.

»Jetzt wäre eine heiße Dusche genau das Richtige«, sage ich.

»Vorne haben wir eine«, antwortet María.

Ich folge ihr in ein kleines Badezimmer. Neben der Küche.

Eine weiße Badewanne mit Dusche. Eine weiße Toilette. Ein weißes Handwaschbecken. Stahlgraue Mischbatterie. Spiegel über dem Waschbecken. Auf einem weißen Wandschrank.

Ich setze mich auf die Klobrille. Ziehe meine rotbraunen kniehohen Stiefel aus.

María nimmt meine Kleidung nach und nach entgegen. Die Rüschenbluse. Den BH. Den Lederrock. Die Unterhose. Die Socken.

»Deine Kleidung liegt im Schlafzimmer«, sagt sie. Und verschwindet.

Ich spüre, wie das heiße Wasser meine Muskeln in Schultern und Rücken weichknetet. Die Schmerzen lindert, die gegen Abend immer stärker werden.

Wunderbar!

María kommt mit einem großen roten Handtuch ins Bad. Legt es gefaltet auf das Waschbecken.

»Ich habe vergessen, Seife mitzunehmen«, sage ich und trete unter dem Duschstrahl hervor.

Sie öffnet den Schrank über dem Waschbecken, holt eine Flasche Duschgel und reicht sie mir.

Mit Rosenduft.

Ich verteile die Seife sorgfältig auf meine schweren Brüste. Und auf meinen hervorgewölbten Babybauch von allen Seiten. Und zwischen die Oberschenkel.

María beobachtet mich die ganze Zeit.

»Könntest du mir bitte den Rücken einseifen?«, frage ich und reiche ihr die Flasche.

Sie verreibt den Schaum gründlich über Schultern und Rücken. Lendenwirbelsäule. Pobacken. Oberschenkel. Waden.

Ihre kräftigen Handgriffe machen mich wahnsinnig.

Ich habe Lust auf mehr. Und mehr. Als wäre ich eine ausgehungerte Löwin.

Zum Henker!

Ich erlaube meiner Lust, die Führung zu übernehmen. Kann nicht anders.

Drehe mich um. Reiße Marías rechte Hand zu mir. Schiebe ihre Finger an meinem Bauch hinunter. Zwischen meine Schamlippen.

Ground Zero.

María zögert. Aber nur einen kurzen Moment.

»Aha!«

Ihre Finger erregen mich noch mehr. Bis auf der ganzen Welt nichts wichtiger ist als dieses eine wahre ekstatische Gefühl.

Ich schnappe nach Luft, als sie ihre Hand zurückzieht. Ohne Vorwarnung.

»Mach weiter!«, rufe ich.

María zieht sich aus. Ohne ein Wort zu sagen.

Die Haare auf ihrem Venushügel sind blond und lockig.

Sie steigt zu mir in die Badewanne. Einfach unwiderstehlich in ihrer Nacktheit. Sie schiebt mich zurück unter die heiße Dusche. Beginnt wieder auf den Lustnerven meines Körpers zu spielen.

Ich umarme sie kräftig.

Fasse mit der einen Hand um ihren Hals. Mit der anderen reiße ich an ihren Haaren. Presse meinen Unterbauch gegen ihre Finger. Bis die Bombe explodiert.

»Aha!«

Ein wahnsinniger Orgasmus durchströmt mich. Von Kopf bis Fuß.

Wow!

Ich nehme an, meine lauten Seufzer der Begierde müssen bis in den Himmel zu hören sein.

32. KAPITEL

Donnerstag

Ich erwache erholt an Körper und Geist.

Bleibe noch eine Weile unter der Bettdecke liegen. Nackt. Mit einem Wohlgefühl im Körper.

María erinnerte mich an einen Vulkan, der aussieht, als würde er schlafen. Bis alles außer Rand und Band gerät. Innerhalb eines Augenblicks.

Sie hat sich unter der Dusche in einen energiegeladenen Ausbruch verwandelt. Aber wurde hinterher zu einem weinenden Nervenbündel. Nachdem ich ihr den Gefallen erwidert habe.

Ich habe María erlaubt, sich in meinen Armen auszuheulen. Unter der Bettdecke im kleinen Schlafzimmer. Bin schnell dahintergekommen, dass sie recht hatte:

Geir war ein Widerling. Von der schlimmsten Sorte.

Er war immer freundlich zu allen Kindern des Viertels. Besonders aber zu den Zwillingen im Nachbarhaus. Karl und María.

Manchmal hat er sie abends zu sich nach Hause eingeladen. Hoch in die Dachwohnung.

Da hat er ihnen Limonade und Süßigkeiten gegeben. Hat mit ihnen gespielt. Hat lustige Schallplatten aufgelegt. Hat ihnen Bilder von Kunstwerken in großen Büchern gezeigt. Bilder von Göttern und Engeln. Von nackten Engeln.

»So sind alle im Himmel«, sagte er.

Er hat auch Fotos von ihnen gemacht. Mit schwarzweißen Filmen, die er selbst entwickeln und auf Papier vergrößern konnte.

Geir hat ihnen die Fotos gezeigt. Hat sie mit den Kunstwerken im Buch verglichen. Nahm sie auf seinen Schoß und sagte: »Ihr seid meine Engel.«

Manchmal war Kobbi beim Engelspiel mit dabei. Anstelle von Kalli.

Da wurde alles anders.

»Jetzt ist Jakob der Engel Gabríel, der zur Jungfrau María kommt«, sagte Geir. »Aber erst muss ich sicher sein, dass du wie die Mutter Jesu unberührt bist.«

Er wies María an, sich aufs Sofa zu legen. Setzte sich neben ihre Beine. Schob ihre Oberschenkel auseinander. Öffnete sie mit seinen Fingern.

Sie hatte Angst. Doch sie zeigte es nicht. Weil Geir bisher immer so nett zu ihr gewesen war. Außerdem war sie auch wie ein Engel.

Der Missbrauch steigerte sich in den nächsten Wochen.

Eines Abends befahl er Kobbi, ihr zu zeigen, was Gottes Bote mit der Jungfrau María gemacht hatte. Aber Jakob konnte es nicht.

Da hat es Geir selbst getan.

Es war schmerzhaft. Ekelhaft. Und gar nicht göttlich.

María begann lauthals zu weinen.

Geir versuchte sie zu trösten, doch nichts half.

Da drohte er ihr. Auch mit Gottes Strafe. Wenn sie jemals jemandem davon erzählen würde, was sie zusammen gemacht haben.

María rannte nach Hause. Gequält von Angst und Ekel. Die sie sorgfältig in den tiefsten Windungen des Gehirns versteckt hielt.

Sie nahm nie wieder am Engelspiel teil. Ging nie wieder Jakob und Geir besuchen. Aber sie hat auch nie jemandem etwas erzählt. Noch nicht mal ihrem Bruder.

Das Geheimnis hat in ihr jahrzehntelang geschmort. Wie bösartiges, vergiftetes Magma, das auf gar keinen Fall an die Oberfläche entwischen durfte. Aber irgendwann musste es dazu kommen.

Alle Bande geben irgendwann nach.

María fand Trost im Glauben. Unter der Supervision von Pfarrer David. Allerdings fand sie nicht die Vergebung der Sünden.

Sie glaubt tatsächlich felsenfest daran, dass Gott die Menschen für alle Sünden bestraft. Manche noch in diesem Leben. Andere im nächsten.

»Als ich gehört habe, dass Geir im Hafen ertrunken ist, wusste ich, es war Gottes Werk«, sagte sie. »Ich bin zum Gebet auf die Knie gefallen und habe ihm von ganzem Herzen dafür gedankt, dass er diesen gottlosen Sünder für den Missbrauch an mir bestraft hat.«

Ich persönlich halte nicht viel von Bestrafungen höherer Mächte. Zumal es die Rolle des weltlichen Gerichtes ist, Verdächtige zu verurteilen oder freizusprechen.

Allerdings misslingt dies manchmal. Manche Kriminelle der schlimmsten Sorte müssen nie ihre Taten vor Gericht verantworten. Weil das System seine Fehler hat. Unvollkommen ist. So wie die Idee von einem gerechten Gott.

Ich jedenfalls kann jetzt nicht länger liegenbleiben.

Ich mache mich im Bad zurecht. Ziehe mich an.

María ist in der Küche.

Sie trägt einen Jogginganzug mit gelben Streifen. Hat weiße Sportschuhe an. Und eine bunte Strickmütze auf dem Kopf.

»Skyr, Joghurt und Saft sind im Kühlschrank, wenn du willst«, sagt María, ohne mein Lächeln zu erwidern.

»Warst du joggen?«

»Nein, ich bin gerade auf dem Weg nach draußen, um laufen zu gehen.«

»Wo ist dein Großvater?«

»Opa spaziert jeden Morgen an den Landesteg hinunter.«

Ich gehe lächelnd zu ihr. Streiche ihre roten Haare von der Wange.

»Du warst super heute Nacht«, sage ich.

María weicht mir aus. Geht in Richtung Küchentür.

»Musst du denn unbedingt jetzt los?«, frage ich.

»Ja, ich muss.«

»Wann treffe ich dich wieder?«

»Gott will das nicht.«

»Was will er nicht?«

»Das, was wir heute Nacht gemacht haben.«

»Das ist ihm doch wahrscheinlich ziemlich egal.«

»Nein, das, was wir gemacht haben, ist Sünde, das steht in der Bibel.«

»So ein Blödsinn.«

»Das ist gegen Gottes Willen.«

»Dieser Kerl mit dem langen Bart hat sicher ganz andere Sorgen, als sich darum zu kümmern, ob wir Spaß daran hatten, miteinander zu schlafen«, antworte ich und lächle schwach. »Kriege, Massenmorde, Hungersnöte, Epidemien, Erdbeben, Vulkanausbrüche, Tornados.«

María guckt mich traurig an. Als hätte ich ihren besten Freund schwer gekränkt.

»Du musst die Haustür kräftig zuziehen«, sagt sie nach kurzem Schweigen. Und eilt aus dem Haus. Um in der Kälte durch die Straßen des Ortes zu laufen.

Ich erkunde die Auswahl im Kühlschrank. Schütte mich mit Apfelsaft zu. Und einem Kaffeejoghurt.

Ich habe schon wieder Lust auf erfrischende Eiswürfel. Sogar noch mehr Lust als auf meinen alten Freund aus Tennessee. Jackie Daniel's.

Aber ich finde keine Eiswürfel. Im Gefrierfach herrscht gähnende Leere.

»So'n Mist!«

Auf dem Weg nach draußen gucke ich nochmal ins Wohnzimmer. Und öffne einfach mal den braunen Eichenschrank auf gut Glück. Ich sehe nichts Interessantes. Außer ein paar Fotos. Darunter ein relativ neues Bild von María. Das geschossen wurde, nachdem sie ihr langes Haar rot gefärbt hatte.

Ich nehme das Foto einfach mit. Ohne um Erlaubnis zu fragen.

Setze mich in meinen wunderbaren Silberhengst, der mich vor dem Haus erwartet. Rausche Richtung Reykjavík ab. Lege einen kurzen Stopp an einem Schnellimbiss ein. Dort bekomme ich einen großen Pappbecher voll mit wunderbaren Eiswürfeln.

»Lecker!«

33. KAPITEL

Hermann Jónatansson lebt auf der Straße.

»Er übernachtet oft hier, aber nicht immer«, gibt mir ein Mitarbeiter Auskunft, der in einer Unterkunft für Obdachlose der Hauptstadt arbeitet. »Allerdings machen wir über Tag zu, und dann sind diese Unglücksraben unterwegs in der Stadt.«

»Wo kann man Hemmi denn am wahrscheinlichsten treffen?«

»Mir wurde gesagt, dass er gerne runter zum Grandi in die Weststadt geht, um von seinen alten Schiffskameraden eine Flasche zu schnorren.«

Grandi ist ein beliebtes Viertel mit Kleinindustrie in der Weststadt. Es besteht aus einer Landaufschüttung bis zur Örfirisey, die einmal eine Insel war. Aber jetzt eine Art Landzunge ist.

Ich setze Lísa Björk auf die Arche an. Um nach Hemmi zu suchen. Während ich mich um dringendere Aufgaben kümmere. Gute Zinsen für das Stellasparschwein einheimsen.

Ihr gelingt es unglaublich schnell, den Knaben aufzutreiben.

»Sie haben ihn aus dem Grandakaffi rausgeschmissen«, sagt sie.

»Ich dachte, die schicken nie jemanden weg?«

»Er ist dreckig und cholerisch, den kann man kaum irgendwo vorzeigen.«

»Bearbeite ihn, dass er mit dir ins Büro kommt.«

Eine halbe Stunde später ruft Lísa Björk auf meinem Handy an.

»Hermann ist im Besprechungszimmer«, verkündet sie.

Er sieht sogar noch schlimmer aus, als ich es mir aufgrund der Beschreibung ausgemalt hatte. Wirkt für einen Mann zwischen fünfzig und sechzig wesentlich älter. Rötliches Gesicht nach langem Alkoholmissbrauch.

Auf der rechten Wange hat er eine hässliche Narbe. Alt und verwachsen. Wahrscheinlich von einem Messer.

»Ich habe versprochen, ihn zu bezahlen«, sagt Lísa Björk. »Das war der einzige Weg.«

Hemmi trocknet sich seine Nase mit seinem Handrücken ab, als ich hereinkomme. Er hat seinen dunkelblauen Wintermantel ausgezogen und ihn auf den Konferenztisch gelegt. Seine Jeans ist dreckig. Die braunen Winterschuhe auch.

»Was krieg ich dafür, dass ich hier aufgetaucht bin?«, fragt er mit rauer Stimme.

»Das stellt sich heraus, wenn wir miteinander gesprochen haben.«

»Worüber willst du mit mir sprechen?«

»Keflavík, Sonntag, 17. Februar 1974. Über den Tag, an dem Karl Illugason verschwand.«

Hermann guckt mich verständnislos an. Räuspert sich ein paar Mal.

»Warum denn dieser alte Fall?«, fragt er.

»Ich muss alles wissen, was sich an dem Tag abgespielt hat.«

»Warum?«, wiederholt er.

»Für Matthildur.«

Er verstummt eine Weile.

»Ich kann dir nichts Neues sagen«, meint er schließlich.

»Man weiß nie, was zum Vorschein kommt, während wir uns unterhalten.«

»Ich habe keine Lust, über diese Keflavík-Meute zu reden«, sagt er und schüttelt seinen verstrubbelten Kopf. »Die haben mich nie in Ruhe gelassen.«

»Du musstest aus dem Ort fliehen, nicht wahr?«

»Ich will jetzt nicht daran denken müssen.«

»Fangen wir doch mal von vorne an«, sage ich. »Erinnerst du dich, wann du an dem Sonntag das Haus verlassen hast?«

»Ich erinnere mich an gar nichts, wenn ich trocken bin.«

Als Hemmi nicht nachgibt, schicke ich Lísa Björk in den ersten Stock. Um eine volle Flasche Jackie Daniel's zu holen. Den Edelalk aus Tennessee.

Ich schraube den Verschluss ab. Rieche den wunderbaren Duft meines langjährigen, besten Freundes. Aber ich widerstehe der Versuchung. Wieder einmal.

»Du kriegst jetzt nur einen Schluck«, sage ich.

Er reißt Jackie Daniel's an sich. Hält die Flasche mit beiden Händen fest. Trinkt direkt vom Hals. Einen Riesenschluck.

Danach schleckt er sich die Lippen ab. Damit auch ja kein Tropfen verlorengeht.

»Lecker, nicht wahr?«, frage ich lächelnd. »Wenn du mir alles beantwortest, was ich wissen will, darfst du die Flasche behalten.«

Hermann scheint mit sich zu ringen.

Aber nur einen kurzen Moment.

Sein Bericht stimmt in allen wesentlichen Punkten mit der Zeugenaussage überein, die er 1974 zu Protokoll gegeben hat und die von Njördur Njardarson unterschrieben wurde.

Er hatte einen gewaltigen Kater, als er Jakob Geirsson einen Steinwurf von den Duus-Häusern entfernt traf. Hat gesehen, wie Karl Illugason in den Felsen spielte. Und hat Donald Garber auf der Hafnargata getroffen.

»Bist du sicher, dass du Donald an diesem Sonntag getroffen hast?«

»Ja.«

»Was hat Donald in der Hafnargata gemacht?«

»Er saß hinterm Steuer von seinem Ford und hat auf jemanden gewartet.«

»Auf wen?«

»Es stand mir nicht zu, danach zu fragen.«

»Warum nicht?«

»Ich habe das bekommen, was ich brauchte, und eilte wieder nach Hause.«

»Meinst du die Biere?«

Hermann beäugt den Jackie Daniel's.

»Okay«, sage ich. »Nimm dir noch einen.«

Ich warte ungeduldig darauf, dass er die Flasche wieder hinstellt.

»Die Biere, ja«, sagt er und grinst. »Donald war immer mit allem gut ausgerüstet.«

»Wie meinst du das?«

»Weißt du es nicht?«

»Was?«

»Wenn man Hasch haben wollte, ging man zu Donald oder Andri.«

»Haben sie dir Hasch verkauft?«

»Wenn ich Kohle hatte.«

»Hast du an diesem Tag Hasch von Donald bekommen?«

»Ja, er hat mir ein paar Gramm gegeben.«

»Warum hast du das beim Verhör nicht gesagt?«

»Bist du wahnsinnig?«

Ich glotze den Kerl an.

»Die Bullen hätten nur mich durchsucht, angezeigt und bestraft«, sagt er. »Sie haben sowieso nie etwas von dem, was ich gesagt habe, geglaubt, waren der Meinung, ich würde immer lügen.«

»Bist du sicher, dass Andri Ólafur auch Hasch verkauft hat?«

»Ja, sicher, aber Andri hat sich nie direkt beim Dealen erwischen lassen.«

»Wie hat er es denn sonst angestellt?«

»Er hatte immer irgendwelche Verteiler, Jungs, die Hasch geraucht haben und die Klappe halten konnten, wenn sie erwischt wurden.«

Es gelingt mir nicht, weitere nützliche Sachen aus Hermann herauszuziehen. Obwohl ich weiterhin nachbohre.

Schließlich gebe ich auf. Frage ihn eher aus Spaß als im Ernst:

»War es nicht ungeheuer schwierig, 1974 als Homo in Keflavík zu leben?«

»Ich war nie ein Homo«, antwortet er brüsk, »das war nur eine gehässige Lüge und sonst nichts.«

»Wirklich?«

»Ich hatte einen guten Freund, mit dem ich in diesen Jahren immer zusammen war. Wir haben nichts miteinander gehabt, aber das Gerücht wurde geboren, und alle glaubten es.«

»Gab es vielleicht gar keine Homos im ganzen Ort?«, frage ich amüsiert.

»Doch doch, aber niemand hat über sie geredet, die hatten alle noch kein Coming-out.«

»Woher weißt du das?«

»Manche glaubten dem Gerücht und haben mich angemacht.«

»Ach! Und wer?«

»Willst du eine Namensliste oder was?«

»Unbedingt!«

Hermann genehmigt sich noch einen Schluck direkt vom Hals. Leckt sich nachdenklich die Lippen.

»Ich erinnere mich an einen, der auf der Base bei der Feuerwehr war«, sagt er.

»Geir?«

»Ja, woher weißt du das?«

»Erinnerst du dich an andere?«

»Nein«, antwortet Hermann und steht auf. »Ich habe mehr als genug für eine Flasche gequatscht.«

Er schiebt sich den Jackie in eine Innentasche der dunkelblauen Winterjacke. Knöpft sie zu. Geht ruhig zur Tür.

Lísa Björk öffnet sofort das Fenster unseres Besprechungszimmers.

»Ich hoffe, dass sein Gestank nicht immer noch in meinem Auto hängt«, sagt sie. Als ob der Bodensatz der Gesellschaft nicht mit einem Anliegen zu uns kommen dürfte. Zu uns feinen Leuten.

Mit der Meinung steht sie nicht alleine da.

»Ich möchte nur mit feinen Säufern zu tun haben.«

Sagt Mama.

34. KAPITEL

Pfarrer David ist außer sich.

»Ein Journalist von der DV hat ihn eben angerufen«, sagt Lísa Björk. »Sie wollen in der Wochenendausgabe einen Artikel über seine Anklage bringen. Er ist durchgedreht und hat einfach den Hörer aufgeknallt.«

»Was nicht gerade das Allersinnvollste in seiner Situation ist.«

»Ich weiß«, antwortet sie, »aber ich komme mit Pfarrer David einfach nicht klar, wenn er so die Wände hochgeht.«

»Wir müssen den Guten auf jeden Fall beruhigen. Versuch mal, ihn dazu zu bewegen, bei uns vorbeizukommen.«

Lísa Björk hat mir bereits ausführlich vom neuesten Stand der Dinge bezüglich der Klage bei den Schwarzjacken in Reykjavík berichtet. Sie haben die vorläufige Untersuchung des Gemeindecomputers beendet. Haben zum Glück nur ein Foto gefunden, das man als pornographisch bezeichnen kann. Das Foto, auf das Hlédís in ihrer Klage hingewiesen hat.

Pfarrer David hat bei einem Verhör erklärt, dass er dieses Foto in einer E-Mail von einem anonymen Absender erhalten habe. Er habe die Mail wie auch alle andere Post an die Pfarrstelle gelesen und den Anhang geöffnet. Das war alles.

Für die Schwarzjacken war es ein Kinderspiel, die Mail zu finden, die der Pfarrer meinte. Der Computer hat den Empfang der Nachricht am 21. März um 09:22 vormittags registriert.

Allerdings gelang es ihnen nicht zu ermitteln, von welchem Computer aus die Nachricht verschickt wurde. Der Absender hat ein Programm verwendet, das Namen und IP-Nummer verbirgt. Daher konnte man diese Spur nicht verfolgen.

Lísa Björk ruft erneut an.

»Pfarrer David kommt gegen vier Uhr«, sagt sie.

Ich bin immer noch dabei, die neuen Informationen, die ich zum Verschwinden von Karl Illugason erhalten habe, abzuwägen und einzuschätzen. Und über das Alibi von Donald Garber nachzudenken.

Die Aussage von Hermann Jónatansson ist zugegebenermaßen nicht neu. Der Penner von Keflavík hat einfach nur das wiederholt, was er vor über dreißig Jahren auch schon gesagt hat.

Aber er beharrt auf seiner Geschichte. Nach all den Jahren. Was der Aussage natürlich mehr Gewicht verleiht.

Nur ein Mann weiß ganz sicher, ob Hemmis Darstellung falsch ist:

Andri Ólafur Sveinsson.

Ich habe schon ein Treffen mit ihm am Wochenende vorbereitet. Im Knast. In der Hoffnung, dass er mir endlich die ganze Wahrheit sagt.

Was nützt es ihm schon zu lügen? In seiner Lage eh nichts.

Marías bitterer Bericht vom Engelspiel im Nachbarhaus verfolgt mich.

Verständlicherweise.

María hat verhängnisvolle Erfahrungen gemacht. Die sie für ihr ganzes Leben gezeichnet haben.

Ihre Beschreibungen deuten ebenfalls darauf hin, dass Kalli missbraucht wurde.

Nur nicht von Donald.

María konnte mir nur ihre eigenen Erfahrungen berichten. Sie sagte, sie habe ihren Bruder nie gefragt, was sich im Hause des Nachbarn abgespielt hat, nachdem sie dort nicht mehr hinging.

Dieses perverse Schwein wird wohl sein ekelhaftes Spiel mit den beiden Jungen weitergetrieben haben. Mit Kalli und Kobbi. Etwas anderes wäre äußerst unwahrscheinlich.

Viele Fragen blinken wie helle Sterne in meinem Kopf auf.

Wie konnte es sein, dass Karl Illugason und Jakob Geirsson an diesem verhängnisvollen Sonntagmorgen immer noch beste Freunde waren? Trotz des Missbrauchs?

Kalli kann diese Frage nicht mehr beantworten. Geir auch nicht.

Jakob Geirsson ist daher der Einzige, der die Antwort kennt.

Ich nehme mir vor, ihn so schnell wie möglich ausfindig zu machen.

Pfarrer David ist nervös. Hlédís' Anzeige scheint ihn völlig überrascht zu haben. Und hat ihn schwer getroffen.

»Sie kennt mich doch schon ihr ganzes Leben lang, seit sie ein kleines, unschuldiges Mädchen war«, sagt er. »Sie weiß, dass ich immer Wert darauf gelegt habe und es als unsere Pflicht betrachte, Kinder vor Missbrauch und Gewalt zu schützen. Außerdem unterstütze ich von ganzem Herzen das Frauenhaus und Stígamót, den Verein zur Hilfe für Vergewaltigungsopfer. Wie konnte sie mich nur verdächtigen, ein Kinderschänder zu sein?«

»Ich gehe davon aus, dass sie sich für den ihr entstandenen Schaden rächen will, nachdem das Wochenendblatt über ihre Beziehung zu Pfarrer Róbert berichtet hat«, meint Lísa Björk.

Pfarrer David springt auf.

»Hlédís meint vielleicht, dass es ihrem Seitensprung Vorteile bringt, wenn sie sich derart erniedrigt, mich durch ein Pornobild angreifbar zu machen«, sagt er aufgebracht. »Aber das ist ein fatales Missverständnis, es wird nämlich ihrer beider Todesstoß sein.«

»Wir wollen uns auf das konzentrieren, was wirklich wichtig ist«, sage ich.

»Die Ermittlungen der Polizei haben bereits gezeigt, dass Hlédís' Anschuldigungen gegenüber Pfarrer David aus der Luft gegriffen sind«, sagt Lísa Björk. »Er trägt keine rechtliche Verantwortung für den Inhalt einer E-Mail, die ihm gesandt wurde.«

»Aber ein Bericht in der Presse über die Anzeige kann deinen Ruf völlig ruinieren«, antworte ich und fixiere den Gemeindepfarrer. »Obwohl du unschuldig bist.«

Pfarrer David bleibt ruckartig stehen. Guckt Lísa Björk und mich abwechselnd an.

»Was schlagt ihr vor? Was soll ich als Nächstes tun?«

»Der erste Schritt ist, die DV dazu zu bewegen, den Artikel über die Anzeige nicht zu veröffentlichen. Lísa Björk muss den Herausgeber auf den Fakt hinweisen, dass durch die Untersuchung der Schwarzjacken die Klage bereits gegenstandslos geworden ist. Daher wäre es von Seiten der Zeitung äußerst unverantwortlich, den Artikel zu veröffentlichen. Wenn sie es trotzdem tun, wirst du dein Recht vor Gericht einklagen müssen.«

»Denkst du, der Herausgeber geht darauf ein?«

»Wahrscheinlich nicht, aber natürlich kann man es versuchen. Es stärkt auch später deine Lage. Falls wir eine Verleumdungsklage einreichen.«

»Ich rufe ihn mal schnell an«, sagt Lísa Björk und steht auf.

»Wenn der Herausgeber deine Bitte abschlägt, müssen wir

eine Gegendarstellung schreiben, in der du deine Sicht der Sache schilderst. Und dafür sorgen, dass sie an einer gut sichtbaren Stelle mit dem Artikel am Wochenende veröffentlicht wird.«

Pfarrer David seufzt müde.

»Es ist wirklich unglaublich: Auf meine alten Tage lande ich in solch einem Sündenpfuhl.«

»Sollten dich schlechte Zeiten nicht im Glauben stärken?«, frage ich und lächle seicht.

»Recht hast du, Hiob hat Gott auch nicht für seine Schicksalsschläge beschuldigt, und das werde ich ebenfalls nicht tun«, antwortet der Gemeindepfarrer. »Gott der Allmächtige ist in aller Menschen Werk und daher auch in diesem.«

Lísa Björk kommt zurück ins Besprechungszimmer.

»Sie wollen den Artikel trotz meines Einspruchs veröffentlichen«, sagt sie.

Wir gehen die Hauptpunkte von Pfarrer Davids Gegendarstellung durch. Sie ist kurz und knapp. Er spricht klar aus, was er von der Klägerin und der Zeitung hält.

Ich bleibe noch einen Moment in Lísa Björks Büro. Nachdem der Pfarrer uns verlassen hat. Während sie dem Redakteur der DV eine E-Mail schickt.

»Ist es möglich, dass Hlédís selbst das Foto an Pfarrer David geschickt hat?«, frage ich. »Um ihm etwas anzuhängen?«

»In diesem Fall kann man wohl nichts ausschließen, finde ich«, antwortet sie. »Diese Gemeinde ist eine Schlangengrube, wo sich alle gegenseitig entweder hassen oder beneiden.«

»Ist die Lage schlimmer, als du gedacht hast?«

»Ich habe nie große Erwartungen gehabt.«

»Warum nicht?«

Lísa Björk zögert.

»Vielleicht erzähle ich dir davon später mal«, antwortet sie schließlich.

»In Ordnung. Dieses Foto in der E-Mail. Wie sieht es aus?«

»Widerlich.«

Lísa Björk steht auf, öffnet einen der Aktenschränke, holt eine blaue Plastikmappe heraus und reicht sie mir.

Eine schwarzweiße Kopie des Fotos liegt ganz hinten in der Mappe.

Ein Junge sitzt auf dem Schoß eines erwachsenen Mannes. Beide sind nackt. Der Erwachsene hat seine eine Hand auf dem Geschlecht des Jungen.

Ich bin geschockt.

Obwohl die Kopie grobkörnig ist, sind die Gesichter der beiden deutlich erkennbar:

Karl Illugason. Und Donald Garber.

35. KAPITEL

Freitag

Die merkwürdigsten Verschwörungstheorien kreisen bis spätnachts in meinem Kopf umher. Wie wirbelnde Satelliten.

Gestern Abend war ich schon drauf und dran, sofort zu Pfarrer David nach Hause zu düsen. Eine Erklärung zu verlangen. Antworten aus ihm herauszuquetschen.

Aber es gelang mir, meine Aggression zu zügeln. Den Fall kühl zu durchdenken.

Das Foto im Computer von Pfarrer David stellt zwei Dinge völlig klar:

Erstens, dass Donald Garber Karl Illugason sexuell missbraucht hat. So wie Geir.

Zweitens, dass Pfarrer David den Beweis für den Missbrauch erhalten hat, bevor Donald zwei Wochen später in Rockville umgebracht wurde.

Lísa Björk hat in der blauen Mappe auch eine Kopie der E-Mail abgeheftet, die mit dem Foto geschickt wurde. Da zitiert jemand den alten Jahve. Wenn ich mich an meine Sonntagsschulzeit richtig erinnere, stammt der Text aus dem 2. Buch Mose:

Leben um Leben, Auge um Auge, Zahn um Zahn, Hand um Hand, Fuß um Fuß, Wunde um Wunde.

Ganz eindeutig die Aufforderung zu erbarmungsloser Rache.

Die Fragen schwirrten mir den ganzen gestrigen Abend im Kopf herum:

Wer hat das Foto geschossen? Wo wurde es aufgenommen? Wer hat es die ganzen Jahre besessen? Wer hat das Foto gesendet? Warum jetzt und nicht vor vielen Jahren?

Und warum an Pfarrer David? War er der einzige Empfänger? Oder haben noch andere eine ähnliche Mail bekommen? María zum Beispiel? Ohne mir davon etwas zu sagen?

Wie hat Pfarrer David reagiert, als er das abartige Foto von Kalli und Donald sah? Wohl kaum, indem er den Ami umgebracht hat.

Natürlich ist auch das denkbar. Pfarrer sind genauso verdächtig wie alle anderen, eine Straftat dieser Größenordnung zu begehen.

Aber er könnte auch jemand anderem das Foto gezeigt haben. Jemandem, der Rache geübt hat. Der im Fundament eines Gebäudes in Rockville Taten hat sprechen lassen.

Die Goldjungs haben wahrscheinlich immer noch keine Ahnung, dass sich dieses Pornobild von Donald Garber und Karl Illugason in den Akten der Schwarzjacken der Hauptstadt befindet. Weil es ein Beweis in einer Ermittlung zu einem ganz anderen Verbrechen ist. Einer Ermittlung, die von ganz anderen Leuten geleitet wird.

Früher oder später muss ich den fetten Raggi auf das Bild aufmerksam machen. Zumal es dazu beitragen sollte, einen Aspekt in der Verteidigung meines Klienten zu stärken: dass er in eine Falle gelockt wurde.

Es sei denn, Andri Ólafur selbst hat das Foto geschickt?

Uff!

Wenn ich den Goldjungs von diesem Bild erzähle, stürzen sie sich umgehend auf Pfarrer David. Außer, ich weigere mich darzulegen, wie das Foto in meine Hände gelangt ist. Was auch nicht gerade von Vorteil wäre.

Aber der Pfarrer ist ein Klient meiner Anwaltskanzlei, auch wenn es um eine andere Sache geht. Ich habe nicht die Erlaubnis, ihm noch weitere Schwierigkeiten zu bescheren.

Deshalb muss ich mich vorsichtig bewegen.

Kurz bevor ich eingeschlafen bin, habe ich beschlossen, dass ich noch ein paar Tage die Klappe halten würde. Bis ich selbst der Wahrheit einige Schritte näher gekommen wäre.

Kjartan Karlsson trainiert eine große Kindergruppe in Handball, als ich frühmorgens zu ihm in die Sporthalle in Mosfellsbaer hineinschaue.

»Spielt mal weiter«, ruft er. Und winkt mir zu, ihm in ein kleines Büro zu folgen. Von dort aus kann man das Spiel durch ein Glasfenster verfolgen.

In dem Kabuff befindet sich ein kleiner Tisch. Einige Stühle. Eine grüne Tafel an der Wand. Ein paar weiße Kreidestücke, um damit zu schreiben.

Marías Onkel ist ein sonnenbankgebräunter Wikinger. Blond. Blauäugig. Mit knackigen Muskeln von jahrelangem Training.

Unglaublich, dass dieser gutaussehende Kerl schon sechzig Jahre zählt.

»Ich finde es wirklich traurig, wie es um Matthildur steht«, sagt er und schüttelt den Kopf. »Weißt du, früher war ich in sie verknallt, aber sie hat sich in meinen Bruder verliebt …«

»Der sie mit den Zwillingen hat sitzen lassen«, schiebe ich ein.

»Ja, Illugi hat eine neue Liebe auf den Westmännern gefunden.«

»Wohnt er dort immer noch?«

»Ja, ich besuche ihn immer, wenn im Herjólfsdalur Volksfest ist.«

»Warst du in Keflavík, als dein Neffe verschwand?«

»Ja, ich habe auch an der Suche nach Kalli teilgenommen.

Wir haben eine ganze Woche lang bei Ebbe den Strand abgesucht, ohne den Jungen zu finden. Das war ein entsetzlicher Unfall.«

»Bist du sicher, dass es ein Unfall war?«

»Soweit ich weiß, hat niemand daran gezweifelt.«

»Hattest du nie den Verdacht, dass Kalli sexuell missbraucht wurde?«

»Nein«, antwortet Kjartan. »Aber María hat mir von Matthildurs neuesten Befürchtungen berichtet.«

»Wann?«

»Ich habe die beiden letztes Wochenende besucht.«

»Hast du mit ihnen Kontakt gehalten?«

»Ja. María nahm es sich sehr zu Herzen, als Illugi die Familie verlassen hat, und ich habe mehr schlecht als recht versucht, das Verhalten meines Bruders etwas auszubügeln. Seitdem sind María und ich gut befreundet und telefonieren regelmäßig miteinander.«

»Wusstest du, dass Geir ein Kinderschänder war?«

Kjartan starrt mich an.

»Geir, der Vater von Jakob?«, füge ich als Erklärung hinzu.

Er schüttelt den Kopf.

»Bist du ganz sicher?«

»Ja.«

»Und Donald Garber?«

Kjartan setzt sich auf einen der Stühle. Mit dem Rücken zum Glasfenster.

»Es hat mich sehr überrascht, als ich in den Nachrichten sah, dass Donald wegen des Besitzes von Kinderpornos verhaftet wurde«, antwortet er. »Ich habe Donald zwar nur flüchtig kennengelernt, aber ich hatte immer den Eindruck, dass er auf Frauen stand.«

»War er nicht mit Matthildur zusammen?«

»Doch, aber sie war nicht die Einzige, die seinem Charme

erlag. Ich wusste, dass Donald noch mit mindestens einer anderen Frau angebandelt hatte.«

Ich setze mich Kjartan gegenüber. Öffne meine rotbraune Aktentasche.

»Er war auch ein Kinderschänder«, sage ich. »Wie man auf diesem Bild deutlich erkennen kann.«

Kjartan betrachtet die Kopie. Er ist ganz eindeutig entsetzt.

»Was für eine Ungeheuerlichkeit«, sagt er und schiebt das Foto von sich.

»Wer könnte dieses Foto gemacht haben?«

»Ich weiß es nicht«, antwortet er. »Ich finde es am wahrscheinlichsten, dass einer von den Amis das geschossen hat.«

»Warum glaubst du das?«

»Nun, das Foto stammt aus Rockville.«

»Woher weißt du das?«, frage ich gespannt.

»Ich erinnere mich an diese Umgebung.«

Ich grabsche nach der Kopie. Betrachte das Foto eingehend. Nicht Donald oder Kalli, sondern den Hintergrund.

Sie sitzen auf einem dunklen Ledersofa. Neben einer Reihe von Schränken, die aus Metall zu sein scheinen. Auf einem davon stehen ein paar Sixpacks Bier. Aber an der Wand hinter dem Sofa hängen drei große Bilder mit nackten Frauen. Wahrscheinlich aus dem Playboy. Und ein paar undeutliche Abzeichen, die ich nicht kenne.

»War das Donalds Zimmer in Rockville?«, frage ich.

»Nein, aber Donald hatte Zugang zu den unterirdischen Bunkern«, antwortet Kjartan. »Er hat sich einen geheimen Platz in einer Abstellkammer eingerichtet.«

»Bunker?«

»In Rockville wurden unterirdische Lager für Waffen und Nahrungsmittel gebaut. Das war eine Sicherheitsmaßnahme, falls die Russen die Radarstation angreifen würden. Der Bunker bestand aus einem langen Gang mit winzigen Zimmern zu beiden Seiten.«

»Durftest du dort hinunter?«

»Ja, ganz oft«, sagt Kjartan. »Andri Ólafur und ich waren an Wochenenden oft nachts unterwegs, und wenn wir Alkohol brauchten, haben wir einfach Donald angerufen. Meistens hat er uns gesagt, wir sollen bei ihm in Rockville vorbeischauen, und dort haben wir so manche Bierflasche gemeinsam gekillt.«

»Warum hatte Donald Zugang zu geheimen Waffenlagern?«

»Weißt du das nicht?«

»Dann würde ich nicht fragen.«

»Offiziell kümmerte sich Donald um die Freizeitgestaltung in Rockville, aber das war nur ein Vorwand. Er war eigentlich beim ONI angestellt.«

»ONI? Was ist das?«

»Office of Naval Intelligence. Er war ein Spion.«

36. KAPITEL

Samstag

Endlich wird es langsam wärmer.

Das Glatteis auf der Landstraße, die über die Hellisheidi führt, ist weggetaut. Wo sich hellgraue Dampfsäulen aus Bohrlöchern und Heißwasserseen bis in den Himmel erstrecken.

Trotzdem sind Kuhlen und Senken an den Bergwänden immer noch mit Schnee gefüllt.

Ich erlaube meinem Silberhengst, sich auf dem trockenen Asphalt auszutoben. Bis in den Süden zum Staatshotel mit Vollpension inklusive Ausblick über die felsige Küste.

Eine ganze Woche ist vergangen, seit ich das letzte Mal mit Andri Ólafur Sveinsson gesprochen habe.

Die Einzelhaft scheint keinen sichtbaren Einfluss auf meinen Klienten gehabt zu haben. Wobei er auch ein Genie ist, was das Verbergen von Gefühlen angeht.

Der Mann mit der Eisenmaske.

»Ich hätte genauso gut in ein Kloster eintreten können«, sagt er grinsend. »Ich habe nichts anderes zu tun als meinen Geist zu erbauen und die Seele zu stärken. Das Leben außerhalb der Mauern wird langsam unwirklich, wie ein alter Traum.«

»Du willst aber doch so ein Mönchsleben nicht die nächsten zehn, zwölf Jahre leben, oder?«

»Nein«, antwortet er. Und setzt sich an den Tisch. »Was gibt's Neues?«

Ich berichte ihm zuerst von der Razzia in der Anwaltskanzlei des blasierten Bjarni und seiner Kompagnons.

»Bjarni hat alles versucht, um den Hausdurchsuchungsbeschluss abzuschmettern, aber er konnte nicht dagegen angehen. Sie bekommen also genügend Zeit, um sich den ganzen Stapel durchzusehen.«

»Dieser Vorgang ist mir völlig unverständlich«, antwortet er. »In diesen Unterlagen befindet sich nichts, was mit dem Mord auf irgendeine Art in Verbindung gebracht werden kann.«

»Auch nicht in den E-Mails?«

»Nein.«

»Vielleicht etwas anderes, das Einzelheiten über deine und Donalds Geschäfte preisgibt? Zum Beispiel über diese Pakistangeschichte, in der die Amis ermitteln?«

»Nein, Bjarni hatte nur Unterlagen, die meine Steuererklärungen betreffen.«

Ich öffne meine rotbraune Aktentasche. Lege das Foto von María auf den Tisch. Das Bild, das ich aus Haflidis Haus in Keflavík habe mitgehen lassen. Ohne um Erlaubnis zu bitten.

»Ist das Karitas?«, frage ich.

Andri Ólafur betrachtet eingehend das Gesicht.

»Die Frisur ist ähnlich«, antwortet er schließlich. »Aber die Augen waren ganz bestimmt nicht blau, ich erinnere mich, dass sie braun waren.«

»Die Augenfarbe kann man mit Kontaktlinsen ändern.«

»Ja, natürlich. Heutzutage kann man seinen ganzen Körper verändern.“

»Kannst du ausschließen, dass es sich um Karitas handelt?«

»Nein, das kann ich nicht«, sagt Andri Ólafur. »Aber ich kann auch nicht mit Sicherheit sagen, dass es die richtige Frau ist.«

Er guckt mich an und fragt:

»Wer ist das?«

»María Illugadóttir. Die Zwillingsschwester vom kleinen Kalli, der verschwand.«

Er betrachtet wieder das Foto. Schüttelt den Kopf. Und fügt hinzu: »Ich müsste sie ganz sehen, um sicher sagen zu können, ob sie es ist oder nicht.«

»Das lässt sich nicht so bald arrangieren.«

»Das ist mir klar.«

»Ich suche immer noch nach Erklärungen für den Mord an Donald in der Vergangenheit«, sage ich und schiebe das Foto von María wieder in die Aktentasche. »Ich habe einiges herausgefunden, was meinen Verdacht bestärkt. Zum Beispiel das hier.«

Ich reiche ihm die Kopie des Pornofotos, das an Pfarrer David geschickt wurde. Das Foto von Donald Garber mit Karl Illugason.

Andri Ólafur betrachtet sie eingehend. Ohne die Miene zu verziehen.

»Woher hast du dieses Bild?«, fragt er schließlich.

»Hast du es schon mal gesehen?«

»Was spielt das für eine Rolle?«

»Eine verdammt wichtige. Wenn ich dir auch nur ein einziges Wort glauben soll.«

Er lässt das Foto direkt in meine Aktentasche fallen. Lehnt sich in seinem Stuhl zurück. Guckt mir geradeheraus in die Augen. Fasst einen Entschluss.

»In Ordnung«, sagt er.

»Was?«

»Ich habe solche Fotos schon mal gesehen.«

»Wo?«

»In New York, bei Donald zu Hause. Ich habe ab und zu bei ihm übernachtet, und einmal, als er betrunken war, hat er mir Fotos aus seiner Sammlung gezeigt.«

»Und darunter war dieses Foto?«

»Ja, er hatte ein paar von der Sorte.«

»Hast du eins mitgenommen?«

»Nein, ganz und gar nicht. Ich interessiere mich weder für Kinderpornos noch Homosexualität.«

»Weißt du, wer der Junge auf dem Foto ist?«

»Donald hat es mir gesagt.«

»Du hast also die ganze Zeit gewusst, dass Donald Garber Karl Illugason sexuell missbraucht hat?«

»Ich wusste es erst, als Donald mir die Fotos gezeigt hat«, antwortet Andri Ólafur. »Zwei oder drei Jahre, bevor er in dieser Wonderland-Affäre landete, wahrscheinlich Sommer 1995.«

»Hat er dir erzählt, was er mit Kalli gemacht hat?«

»Ich habe mir die Details nicht angehört. Donald hat vor allem damit angegeben, wie geschickt er darin war, die Jungen um den Finger zu wickeln.«

Andri Ólafur steht auf. Geht im Gesprächszimmer auf und ab.

»Hat Donald dir gesagt, was er an dem Tag getan hat, an dem Kalli verschwand?«

»Nein.«

»Aber trotzdem warst du bereit, für ihn zu lügen. Warum hast du das getan?«

Er bleibt stehen. Abrupt. Fixiert mich mit scharfem Blick.

»Wie meinst du das?«

»Du hast ihm für den Sonntag, den 17. Februar 1974, ein Alibi gegeben.«

Bei Andri Ólafur fällt der Groschen.

»Ach so, das. Aber das hatte doch mit dem Verschwinden des Jungen nichts zu tun.«

»Haha, guter Witz.«

»Nein, wieso? Pass auf«, fährt er fort und setzt sich wieder an den Tisch. »An dem Wochenende bin ich ins Südland auf einen Dorfball in der Aratunga gefahren. Donald hatte Matthildur gesagt, er würde mit mir fahren, aber er hat das nur vorgeschoben, um vor ihr zu verheimlichen, dass er bei einem anderen Mädchen in Innri-Njardvík übernachten wollte.«

»Aber du hast bei einem Verhör seine Lüge bestätigt?«

»Ja, das hab ich wohl getan.«

»Dann ist die Aussage von Hermann Jónatansson richtig. Donald war am Sonntag, an dem Kalli verschwand, gegen Mittag in der Hafnargata.«

»Davon weiß ich nichts.«

»Wahrscheinlich hat er auch in anderen Dingen recht.«

»Zum Beispiel?«

»Dass Donald ihm an diesem Tag Hasch im Auto verkauft hat.«

»Das ist nicht ausgeschlossen.«

»Und dass du in diesen Jahren auch Hasch verkauft hast.«

»Hat das etwas mit dem Fall zu tun?«

»Hoffentlich nicht.«

Ich lege das Foto von Donald und Kalli wieder auf den Tisch vor meinen Klienten.

»Weißt du, wo dieses Foto gemacht wurde?«

Er zögert.

»Ich erwarte, dass du mir weiterhin die Wahrheit sagst«, füge ich hinzu. Ich starre Andri Ólafur kalt an.

»Das Foto wurde bei Donald in Rockville aufgenommen.«

»Hast du es geschossen?«

»Natürlich nicht. Ich hatte damit nichts zu tun.«

»Was ist mit Geir? Dem Feuerwehrmann auf der Base?«

»Was soll mit ihm sein?«

»Kanntest du Geir persönlich?«

»Natürlich, Keflavík war in diesen Jahren fast ein Dorf, da kannte jeder jeden.«

»Kannte Donald ihn?«

»Ja, sie haben sich auf der Base kennengelernt. Könnte gut sein, dass ich sie einander vorgestellt habe.«

»Warum?«

»Donald hat immer versucht, Kontakte zu neuen Leuten zu knüpfen.«

»Weil er ein Spion war?«

Andri Ólafur kann seine Verwunderung nicht verbergen.

»Woher weißt du das?«, fragt er.

»Das tut nichts zur Sache.«

»Donald war eigentlich eher ein Aufklärer als ein Spion. Er war ganz schön gerissen darin, die Schwachstellen von Leuten zu finden und sie auszunutzen.«

»Geir war ein Kinderschänder wie Donald.«

»Das wusste ich nicht.«

»Könnte er die Fotos von Kalli gemacht haben?«

»Ich habe keine Ahnung, wer sie geknipst hat.«

»Dir ist hoffentlich klar, dass dieses Foto eine Reihe von Vorfällen ins Rollen gebracht hat, die mit dem Mord an Donald Garber endeten?«

»Das wäre möglich, ja.«

»Aber dann scheint der Mörder auch einen triftigen Grund gehabt zu haben, um dich im selben Aufwasch ins Gefängnis zu befördern. Was könnte das für ein Grund sein?«

»Mir fällt nichts Besonderes ein«, antwortet Andri Ólafur. »Außer eben meiner jahrelangen engen Zusammenarbeit mit Donald.«

»Bist du ganz sicher?«

»Ja. Niemand kann mir auch nur die geringste Verantwortung für das, was der Familie von Karl Illugason passiert ist, in die Schuhe schieben.«

»Du hast also ein reines Gewissen?«

»In dem Fall ganz eindeutig.«

Ich betrachte ihn eine Weile. Versuche zu einem Ergebnis über den Wahrheitsgehalt dieser neuen Aussage meines Klienten zu kommen.

»Einmal Lügner, immer Lügner.«

Sagt Mama.

Vierte Woche

37. KAPITEL

Sonntag

Ich traue mir nicht zu, alle Karten auf den Tisch der Goldjungs zu legen. Noch nicht.

Aber ich finde, ein Gespräch mit der alten Schwarzjacke in Keflavík schadet nicht. Ich möchte mit ihm die neuen Erkenntnisse besprechen, die ich mir in den letzten Tagen verschafft habe.

Warum mit ihm?

Njördur Njardarson arbeitet nicht mehr innerhalb der Polizei. Aber hat trotzdem noch gute Verbindungen zu seinen ehemaligen Kollegen. Er ist klug. Und bereit, sich das anzuhören, was ich herausbekommen habe.

Lauter Pluspunkte. Ein Kriegsrat mit Njördur ist daher genau das Richtige in diesem Moment.

Er bittet mich in die Küche. Wo schon der Kaffee wartet.

»Du magst ihn am liebsten schwarz, wenn ich mich recht erinnere«, sagt er. Und schenkt ein.

»Schwarz und ohne Zucker.«

»Was gibt es Neues?«, fragt er.

Ich nippe an seinem bitteren Kaffee.

Scheußliches Ekelzeug. Hat wahrscheinlich seit heute Morgen in der Kaffeemaschine vor sich hin geköchelt.

»Du hast die falschen Schlüsse gezogen«, sage ich und stelle die Tasse auf den Tisch.

»Inwiefern?«

»Du hättest glauben sollen, was Hermann Jónatansson ausgesagt hat.«

»Was hätte ich glauben sollen?«

»Hermann hat Donald Garber an dem Tag, als Karl Illugason verschwand, kurz nach Mittag in der Hafnargata in Keflavík getroffen.«

Njördur nimmt seine Brille ab. Beginnt, die runden Gläser mit einem weißen Taschentuch sorgfältig zu putzen.

»Andri Ólafur gibt zu, dich 1974 belogen zu haben«, fahre ich fort. »Donald ist an dem Wochenende, als Karl Illugason verschwand, nicht mit ihm auf einen Ball in der Aratunga gefahren.«

»Sagt Andri Ólafur Sveinsson das heute?«

»Ja.«

»Kann man den Worten eines Mannes trauen, der Falschaussagen gesteht?«

»Ich habe auch Beweise dafür, dass Donald Garber Karl Illugason missbraucht hat.«

»Welche?«

Ich beuge mich zu meiner Aktenmappe hinunter. Hole eine Kopie des Fotos heraus. Lege es vor die alte Schwarzjacke auf den Tisch.

Njördur setzt seine Brille wieder auf. Guckt sich lange die Nacktaufnahme an.

»Woher kommt dieses Foto?«, fragt er schließlich.

»Es ist mir nicht gestattet, das zu berichten. Aber ich weiß, wo es geschossen wurde.«

»Wo?«

»In einem Bunker in Rockville. In einem kleinen Zimmer, das Donald Garber für seine Orgien und Schweinereien benutzt hat.«

Njördurs Pranken zittern, als er das Blatt hinlegt.

»War vielleicht Andri Ólafur Sveinsson der Fotograf?«, fragt er.

»Ich weiß noch nicht, wer das Foto geschossen hat«, antworte ich. »Aber Jakobs Vater steht stark unter Verdacht.«

»Geir?«, fragt Njördur mit Verwunderung. »Warum er?«

»Donald und Geir kannten sich. Und sie waren beide Kinderschänder.«

Njördur durchbohrt mich mit seinen grauen Augen.

»Behauptest du im Ernst, dass Geir auch Kinder missbraucht hat?«

»Ich weiß es sicher. Eines der Opfer hat mir detailgetreu berichtet, was sich zu Hause bei diesem Mistkerl zugetragen hat.«

»Welche Kinder soll er denn missbraucht haben?«

»Kalli. Jakob, seinen Sohn. Und andere, die ich nicht namentlich nennen möchte.«

Njördur steht schnell auf. Als könnte er nicht mehr auf seinem Platz sitzen bleiben.

»Ich brauche frische Luft«, sagt er.

Draußen ist es windstill. Obwohl der Himmel zugezogen ist.

Die Frühjahrssonne ist nirgends zu entdecken. Weder über Sudurnes noch über dem weiten Faxaflói.

Wir gehen langsam und gemütlich hinunter an den Hafen. Wo einige Fischereiboote an der Brücke vertäut sind. Aber nur wenige Leute sind unterwegs.

In einem der Fischerboote stehen sich zwei Männer gegenüber. Der eine uralt. Der andere wesentlich jünger. Beide haben sich große weiße Plastikschürzen umgebunden.

Sie bearbeiten ihren Fang. Köpfen einen Fisch nach dem anderen mit scharfen Messern. Werfen sie in einen hellbraunen Fischereibottich.

»Trotz meiner jahrzehntelangen Erfahrung als Polizist wollte ich immer an das Gute im Menschen glauben«, sagt Njördur. »Meine Kollegen haben mich oft mit meinem Optimismus aufgezogen, nannten es manchmal Naivität. Manche waren und sind sicher immer noch der festen Meinung, dass die meisten Menschen von Grund auf unmoralische Tiere sind und man ihnen alles zutrauen kann, wenn sich ihnen die Gelegenheit bietet.«

»Sind denn nicht alle bei der Geburt unschuldig?«

»Das war und wird auch immer meine Ansicht sein, aber wenn ich sehe, wie Erwachsene unschuldigen Kindern gegenüber erbarmungslose Grausamkeit walten lassen, zweifle ich manchmal an meiner Überzeugung und an meinem gesamten Urteilsvermögen.«

Njördur bleibt stehen.

»Welchen Bunker hast du vorhin gemeint?«, fragt er.

»Die Amis haben in Rockville Waffen und Nahrungsmittel unterirdisch aufbewahrt. In Bunkern, die Luftangriffen standhalten sollten. Das Foto von Donald und Kalli wurde dort gemacht.«

Er ergreift meinen Arm.

»Was glaubst du, was dem Jungen passiert ist?«

»Ich vermute, Donald hat auf den kleinen Kalli in der Hafnargata gewartet und ihn zu einer Spritztour eingeladen, die in Rockville im Wahnsinn endete.«

»Aber du kannst nichts davon beweisen?«

»Ich weiß ganz sicher, dass Donald zu dieser Zeit in der Hafnargata war.«

»Missbrauch ist eine Sache, Mord eine andere.«

»Natürlich. Aber wahrscheinlich handelte es sich nur um zwei Schritte in Donald Garbers Verbrecherkarriere.«

Njördur denkt eine Weile nach.

»Mir ist klar, dass ich in diesem Fall von einer ganz anderen Seite aus angefangen hätte zu ermitteln, wenn ich diese neuen Informationen schon 1974 gehabt hätte«, sagt er nach längerem Schweigen. »Doch das heißt nicht unbedingt, dass das Ergebnis ein anderes geworden wäre.«

»Donald hat Kalli im Bunker missbraucht. Das Foto ist ein eindeutiger Beweis.«

»Dem stimme ich zu.«

»Das Gleiche könnte am 17. Februar 1974 geschehen sein.«

»Theoretisch könntest du recht haben. Aber ich wiederhole noch einmal, du hast nichts in der Hand, was beweist, dass Donald den Jungen umgebracht hat.«

»Trotzdem wäre es möglich.«

Njördur denkt weiterhin über die Lage nach, während wir den gleichen Weg zurückgehen. Den Abhang hinauf zum Mehrfamilienhaus.

»Ich bin fest entschlossen zu fordern, dass neue Ermittlungen zum Verschwinden von Karl Illugason eingeleitet werden«, sage ich. »Und dass man nach seiner Leiche im Bunker in Rockville sucht.«

»Das wird wenig Begeisterung im Außenministerium hervorrufen.«

»Amtsschimmel machen mir keine Angst.«

»Obwohl das amerikanische Heer das Land verlässt, wird es sich mit allen Mitteln dagegen wehren, wenn jemand an den Geheimnissen der alten Radarstation rüttelt.«

»Das ist mir völlig egal. Matthildur hat ein Recht darauf, dass vorhandene Möglichkeiten ausgeschöpft werden, um ihren Sohn zu finden.«

Wir bleiben bei meiner Staatskarosse stehen. Auf dem Parkplatz vor dem grün gestrichenen Block.

»Du gehst deinen Weg und ich meinen«, sagt er und reicht mir seine Pranke. »Obwohl ich zu den Senioren gehöre und deshalb nicht länger im öffentlichen Dienst arbeiten darf, kenne ich trotzdem viele einflussreiche Leute im Ort. Sag mir Bescheid, wenn ich dir irgendwie helfen kann.«

»Eins kannst du hier und jetzt schon tun.«

»Und das wäre?«

»Du kannst mir sagen, wer dich im Februar 1974 angerufen hat. Im Auftrag des Außenministers.«

»Wozu?«

»Ich habe große Lust, diesem Arsch den Hintern zu versohlen.«

Njördur lächelt über meinen Enthusiasmus.

»Eine Auseinandersetzung mit diesem Fuchs bringt dir nichts«, sagt er.

»Fuchs?«

»Ja, ich finde, es passt, ihn so zu nennen.«

Ich beruhige mich.

»Es ist mir nicht erlaubt, den Namen des Mannes zu nennen«, fährt Njördur fort. »Ich kann dir nur sagen, dass du ihn zu kennen scheinst.«

»Warum glaubst du das?«

»Ich verfolge die Nachrichten. Ihr seid in letzter Zeit beide im Zusammenhang mit einem Fall genannt worden.«

Ich fixiere die alte Schwarzjacke einen Moment. Bis bei mir der Groschen fällt.

»Es war doch nicht etwa der Landeszentralbankdirektor Sigurlinni?«

»Das sind deine Worte, nicht meine«, antwortet Njördur.

Aber sein Lächeln bestätigt meinen Verdacht.

Klare Sache.

38. KAPITEL

Ich parke meinen Silberhengst auf einem Parkplatz an der Sudurgata in Keflavík. Beuge mich ein wenig zur Seite. Um durch die Scheibe das alte Haus richtig sehen zu können.

Das Haus des Kinderschänders.

Wahrscheinlich sind alle drei Etagen vermietet. Obwohl es recht abbruchreif aussieht. Jedenfalls kann ich überall gepflegte Gardinen erkennen. Auch in den kleinen Fenstern unterm Dach. An der Giebelwand und der Dachschräge.

Zwei Kinder spielen auf dem Grundstück Fangen. Ein Junge, der zehn Jahre alt sein könnte. Und ein Mädchen, das eindeutig jünger ist.

Ich steige aus dem Auto. Hülle meinen Babybauch mit meinem weichen, warmen Pelzmantel ein. Gehe zum Zaun, der rund um das Haus steht.

»Hallo Kinder!«, rufe ich. »Wohnt ihr hier?«

Sie bleiben stehen. Gucken zu mir.

»Ja«, antwortet der Junge.

Er hat rotes, gelocktes Haar. Braune Augen. Ein mit Sommersprossen übersätes Gesicht.

»Wie heißt du?«

»Grettir, wie Grettir der Starke.«

Er kommt zu mir an den Zaun gelaufen. Betrachtet mit glänzenden Augen meinen zweisitzigen Benz.

»Wow«, sagt er. »Supertolles Auto.«

»Finde ich auch.«

»Wie schnell kann man damit fahren?«

»Verboten schnell.«

»Wie schnell bist du schon damit gefahren?«

»Hunderachtzig. Da wo mich keiner gesehen hat.«

Grettir kommt durch das Tor gelaufen. Geht um meinen Silberpfeil herum. Voller Bewunderung für mein deutsches Prachtstück.

»Sind alle Wohnungen in eurem Haus vermietet?«, frage ich.

»Der Junge im ersten Stock ist nach Akureyri gezogen.«

»Also ist die Etage dann zu haben?«

»Mama weiß es vielleicht, du kannst sie ja fragen.«

Ich gehe durch den Garten. Klingle.

Karen kommt an die Tür. Die Mutter der Kinder. Klein. Dicklich. Mit glattem dunklem Haar. Müdem Blick.

»Ich suche eine Wohnung«, sage ich lächelnd. »Ist hier etwas frei?«

»Der erste Stock ist frei, aber unterm Dach wohnt jemand, glaube ich.«

»Glaubst du?«

»Eine blonde Frau ist ab und zu da oben. Manchmal liegen ein paar Monate zwischen ihren Besuchen, doch sie kommt immer wieder.«

»Was für eine Frau?«

»Ich habe sie nie getroffen«, antwortet Karen.

»Aber du bist sicher, dass die mittlere Etage frei ist?“

»Soweit ich weiß, ja, aber du musst mit Gunnvör darüber sprechen.«

»Ich würde gern die Wohnung ansehen. Hast du nicht einen Schlüssel?«

Sie schüttelt den Kopf. Gibt mir die Telefonnummer und

die Adresse von Gunnvör Ríkhardsdóttir in Reykjavík. Und schließt die Haustür.

»Tschüss«, rufe ich Grettir zu. Der immer noch meinen Silberpfeil bestaunt.

Watschle zum nächsten Grundstück. Klopfe bei Haflidi.

María öffnet die Tür.

Schon allein ihr Anblick weckt wohlige Erinnerungen. Ihr rotes, hübsch gewelltes Haar. Ihre blauen Augen. Vollen Lippen.

»Ich muss mit dir unter vier Augen sprechen«, sage ich. Und folge ihr ins Haus.

Haflidi sitzt vornübergebeugt am Couchtisch im Wohnzimmer. Mit dem Kartenspiel in der Hand. Er legt gerade wieder eine Königspatience. Genauso saß er da, als ich ihn das erste Mal getroffen habe.

»Wie geht's Matthildur?«, frage ich.

»Sie schläft meistens«, antwortet María. »Ich gehe heute Abend wieder zu ihr.«

Ich setze mich aufs Bett. Wo wir es ungehemmt genossen haben, zusammen zu sein. Eine leidenschaftliche Nacht. Als Marías Hunger stärker wurde als ihre Schuldgefühle.

Sie lehnt sich an die Wand mir gegenüber. Guckt mich fragend an.

»Hat Pfarrer David dir das Foto gezeigt, das er im letzten Monat per E-Mail bekommen hat?«, frage ich.

Die Frage überrascht María sichtlich.

»Welches Foto?«, murmelt sie.

Ich gucke eine Weile forschend in ihre blauen Augen. Angle dann mein Handy aus meinem hellen Pelzmantel.

»Soll ich Pfarrer David anrufen und ihn fragen?«

»Das brauchst du nicht«, antwortet sie.

»Was hast du gemacht, nachdem du dieses ekelhafte Foto gesehen hast?«

»Ich habe zu Gott gebetet, dass er seine gerechte Wut über den Sünder kommen lässt.«

»Sonst nichts?«

»Nein, ich brauchte nichts anderes zu tun. Gott hat Donald schon für das bestraft, was er meinem Bruder angetan hat.«

»So, wie er Geir bestraft hat?«

»Ja.«

»Aber der Gute hatte mit Sicherheit einen Helfershelfer«, sage ich. »Bist du ihm zu Hilfe gekommen? Um Rache zu üben?«

»Nein.«

»Du hast hoffentlich ein gutes Alibi für den Abend und die Nacht, in der Donald zerstückelt wurde.«

»Ich hatte die ganze Woche Nachtdienst in der Uniklinik.«

»Gut zu hören. Wer hat noch das Foto von Donald und Kalli gesehen?«

»Da musst du Pfarrer David fragen.«

»Hast du niemandem das Bild gezeigt?«

»Nein.«

María lässt sich neben mich auf das Bett fallen.

»Es ist eine schreckliche Sünde, jemanden umzubringen«, sagt sie. »Ich könnte so eine grausame Tat nicht ausführen, selbst wenn es sich um einen widerlichen Kinderschänder handelt.«

Ich lege meine eine Hand vorsichtig auf ihre Schulter.

»Irgendwer hat es aber getan.«

»Es war niemand, den ich kenne, da bin ich ganz sicher«, antwortet sie. Und lehnt ihren Kopf an meine Schulter.

»Der springende Punkt ist, dass die beiden Perversen, die deinen Bruder missbraucht haben, eines unnatürlichen Todes gestorben sind«, sage ich.

»Gott sei Dank.«

»Aber was ist mit Jakob? Lebt er noch?«

»Soweit ich weiß, ja. Pfarrer David hat gesagt, er habe ihn vor ein paar Jahren getroffen.«

»Jakob hat dich auch missbraucht, nicht wahr?«

»Er wollte es nicht, aber sein Vater hat ihn dazu gezwungen.«

»Ja?«

»Ich habe einmal gesehen, wie Geir Kobbi mit einer Peitsche geschlagen hat.«

»Verdammtes Ungeheuer!«

María streckt sich auf dem Bett aus. Als wir uns in die Augen sehen, macht sich wieder eine göttliche Lust bemerkbar.

»Ich bin so furchtbar durcheinander«, flüstert sie.

Ich küsse María vorsichtig auf die Wange.

»Durcheinander kommt vor der Kapitulation.«

Sagt Mama.

39. KAPITEL

Montag

Fanney ruft mich in der Mittagspause an.

Die Sozialarbeiterin bringt mir Neuigkeiten von Sigurjóna und Baldvin. Die beiden sind am Freitag ins Sommerhaus von Landeszentralbankdirektor Sigurlinni im Borgarfjördur gefahren, um dort ein Wochenende zu verbringen.

Schreckliche Nachrichten. Aber nicht völlig unvorhersehbar.

Der Wochenendausflug, der ihre Ehe im Schoße der isländischen Natur wieder kitten sollte, endete als Horrorszenario.

Ein unglaublich brutaler Übergriff.

Sigurjóna gelang es so gerade, den Notruf zu verständigen. Sie war bewusstlos, als die Schwarzjacken von Borgarnes sonntagmorgens gegen drei Uhr beim Ferienhaus eintrafen.

Sie haben umgehend den Rettungshelikopter angefordert, um Sigurjóna abzuholen. Ließen sie sofort auf die Intensivstation des Uniklinikums im Fossvogur einliefern. Wo sie wegen ernster innerer Verletzungen operiert wurde.

Baldvin fanden die Schwarzjacken im Schlafzimmer des Sommerhauses, schlafend. Er schien völlig besoffen eingenickt zu sein. Nachdem er seine Frau und die Mutter seiner Kinder mit krankhafter Brutalität misshandelt hatte.

Verdammter Rattenschwanz!

Die Intensivstation ist dicht belegt.

Fünf Betten wurden auf dem Flur untergebracht. In allen liegen Patienten. Es ist unterschiedlich schlecht um sie bestellt.

Die eigentlichen Krankenzimmer sind überfüllt. Und es ist schwierig, sich zwischen manchen Betten hindurchzuquetschen.

Eine von Menschen selbst herbeigeführte Krise. Wegen übertriebener Sparsamkeit der Politikusse am Gesundheitssystem.

Sigurjónas Wunden an Stirn, Wange und Hals sind versorgt worden. Ich kann mir einigermaßen ausmalen, wie ihr Körper unter der Bettdecke aussieht.

Sie ist wach. Aber hat sichtlich Schwierigkeiten zu sprechen.

»Sigurjóna hat einen gebrochenen Kiefer«, erklärt mir der diensthabende Arzt. »Die weitaus gefährlichsten Verletzungen waren jedoch die inneren Blutungen, die von besonders grobschlächtigen Tritten oder von einem Baseballschläger oder Ähnlichem stammen. Sie ist gestern operiert worden, aber es ist noch nicht ganz klar, ob wir sie eventuell ein weiteres Mal öffnen müssen.«

»Wird sie wieder ganz gesund?«

»Das kann man jetzt nicht hundertprozentig sagen, es kommt vor allem darauf an, ob es uns gelungen ist, alle inneren Blutungen zu stoppen. Wir werden heute Nachmittag weitere Untersuchungen machen, danach sollte sich die Lage klären.«

Ich quetsche mich zwischen den Betten hindurch. An Sigurjónas Seite. Passe auf, dass ich nicht an die Schläuche komme, die in ihrem Arm und ihrer Nase enden.

Sie versucht, etwas zu sagen.

Ich beuge mich hinunter zu ihrem Gesicht. Um hören zu können, was sie sagt.

»Wo sind die Kinder?«, flüstert sie mit schwacher Stimme.

»Mach dir keine Sorgen um die Kinder«, antworte ich. »Sie sind bei deiner Mutter in Grindavík und werden dort die nächsten Tage verbringen.«

Fanney hatte bereits gestern Nachmittag mit der Großmutter der Kinder gesprochen. Hat ihr für die nächsten Wochen Hilfe vom Frauenhaus angeboten. Und die Schwarzjacken in der Stadt vor Baldvin gewarnt.

»Ich war so dumm zu glauben, dass Baldvin sich ändern würde«, sagt Sigurjóna.

»Es ist menschlich, in der Hoffnung zu leben.«

»Er ist plötzlich einfach durchgedreht.«

»Das glaube ich.«

»Ich hab mich so furchtbar gefühlt. Ich dachte, ich müsste sterben.«

»Hier bist du in sicheren Händen. Jetzt denk nur daran, wieder gesund zu werden.«

Sigurjóna schließt die Augen.

Als ich aus dem Krankenhaus komme, rufe ich die Schwarzjacken in Borgarnes an.

»Baldvin hat eine Aussage gemacht«, sagt der diensthabende Polizist.

»Wollt ihr ihn denn nicht festhalten?«

»Nein, es besteht ja kein besonderer Anlass …«

»Das ist nicht seine erste Körperverletzung, und es wird auch nicht seine letzte sein«, falle ich ihm ins Wort, »der Mann ist gefährlich!«

»Ich glaube, er wurde abgeholt.«

»Was muss dieser verdammte Idiot eigentlich noch anstellen, damit ihr ihn einbuchtet?«, frage ich wütend. »Seine Frau endgültig massakrieren, oder was?«

»Dieser Fall nimmt seinen ganz normalen Gang«, antwortet der Diensthabende trocken.

Die Wut kocht in mir den ganzen Tag. Aber ich kann sie erst

so richtig rauslassen, als ich endlich Sigurjónas Schwiegervater am Telefon habe. Den Landeszentralbankdirektor. Nach vielen erfolglosen Versuchen.

»Ich verstehe nicht, wie das passieren konnte«, sagt er schwerfällig.

»Ach nein?«

»Baldvin und Sigurjóna wollten einen aufrichtigen Versuch unternehmen, nach vorne zu schauen und die Versehen der Vergangenheit ruhen zu lassen.«

»Versehen?«, wiederhole ich. »Das waren keine verdammten Versehen.«

»Ach, na ja, mir ist es sowieso egal, wie du das nennen willst.«

»Das Problem ist, dass dein Sohn ein vermaledeites Ungeheuer ist ...«

»Du benutzt ja ganz schön starke Worte, meine Gute, das muss ich schon sagen.«

»... und eine verachtenswerte Kreatur, die es genießt, hilflose Frauen zu misshandeln!«

»Wir wissen doch beide, es ist der Alkohol, der meinen Baldvin so verändert«, sagt Sigurlinni. »Er hat mir versprochen, dass er aufhört zu trinken, und ich bin überzeugt, dass er es ernst gemeint hat. Deshalb fällt es mir so schwer zu verstehen, was da im Ferienhaus über die beiden gekommen ist.«

»Über die beiden? Meinst du etwa, Sigurjóna hat sich selber verdroschen?«

»Du musst mir nicht die Worte im Mund verdrehen.«

»Die Sauferei ist doch nichts anderes als eine billige Ausrede. Der Alkohol enthüllt nur den widerwärtigen Charakter deines Sohnes.«

»Ich sehe keinen Grund, warum ich mit dir darüber streiten sollte.«

»Leider hat Sigurjóna auf dein Versprechen gebaut«, fahre ich fort. »Du hast es zum Großteil zu verantworten, dass sie jetzt lebensgefährlich verletzt im Krankenhaus liegt.«

»Ich habe mein Bestes getan, um ihre Ehe zu retten, das bestreite ich nicht.«

»Du hast Sigurjóna eine eindeutige Zusicherung gegeben. Sie hat deinen Worten Glauben geschenkt. Ansonsten wäre sie nie alleine mit deinem Sohn in das Ferienhaus gefahren.«

»Ich konnte doch auch nur dem vertrauen, was der Junge mir versprochen hat.«

»Was willst du tun, um dafür zu sorgen, dass Baldvin Sigurjóna künftig in Ruhe lässt?«

»Ich werde diese Sache mit den Eheleuten in den nächsten Tagen besprechen, wenn Sigurjóna sich erholt hat«, antwortet der Zentralbankdirektor.

»In den nächsten Tagen? Es wird Wochen oder sogar Monate dauern, bis sie nach diesem heimtückischen Überfall deines Sohnes wiederhergestellt sein wird.«

»Na, so schlimm kann es ja wohl nicht sein.«

»Doch, es ist so schlimm. Sie braucht mehr als ein inhaltsleeres Versprechen.«

»Meine Familie ist meine Sache«, sagt Sigurlinni. »Ich kann nicht erkennen, was du damit zu tun hast.«

Seine Arroganz regt mich noch mehr auf.

»Jetzt verspreche ich dir mal eins«, sage ich aufgebracht.

»Ich denke, ich kann darauf verzichten.«

»Ich verspreche dir, alles in meiner Macht Stehende zu tun, um dein Ungeheuer von Sohn hinter Schloss und Riegel zu bringen. Wo er hingehört.«

Sigurlinni trennt das Gespräch. Ohne mir noch zu antworten.

Das überrascht mich nicht. Der Landeszentralbankdirektor

ist von Grund auf ein politisches Arschloch. Er musste bisher nie der Wahrheit über sich selbst ins Auge sehen.

»GRRRR!«

In dem Fall gibt es nur eins zu tun. Genau das, von dem ich weiß, dass es Sigurlinni am meisten missfällt.

Ich rufe Máki an.

40. KAPITEL

Dienstag

Besäufst du dich jetzt mit Eiswürfeln?«, fragt Lísa Björk.

Bisher hat sie meine Schwangerschaft bewusst übersehen. Hat so getan, als hätte sie es kaum bemerkt, dass das Kind bald kommt.

»Ja«, antworte ich. »Ist das nicht komisch?«

»Bei mir war es geräucherter Lachs«, sagt sie lächelnd. »Ja, und Thunfisch. Ich habe zwei Wochen lang ein paar Dosen Thunfisch pro Tag vertilgt.«

»Ich wusste gar nicht, dass du ein Kind hast.«

Lísa Björk wird ernst.

»Ich habe den Jungen zur Adoption freigegeben«, antwortet sie leise.

»Warum?«

»Ich war vierzehn Jahre alt.«

»Hast du ihn seitdem einmal getroffen?«

»Nein, ich weiß nichts von ihm.«

»Sorry.«

»Ich verstehe völlig, warum dich dieser alte Fall so gefangennimmt und du ihm den Vorrang einräumst«, sagt sie.

Natürlich hat Lísa Björk recht.

Ich habe mir kaum Zeit genommen, mich um die anderen Dinge zu kümmern, die bearbeitet werden müssen. Meine Priorität lag bei den Ermittlungen zum Verschwinden von Karl

Illugason vor über dreißig Jahren. Einfach deshalb, weil ich die traurigen Mutteraugen in Matthildurs Gesicht nicht aus meinem Gedächtnis streichen kann.

Augen, die mich unentwegt ansehen. Bittend. Hartnäckiger als die Augen des Riesen Glámur.

Oh, Mann!

Lísa Björk ist äußerst unzufrieden mit der Berichterstattung des Helgarbladid über die Klage von Hlédís Ásgrímsdóttir. Zu Recht.

Die Stimmung wurde von der Überschrift vorgegeben:

GEMEINDEPFARRER MIT KINDERPORNOS ERWISCHT

Obwohl die Zeitung Pfarrer Davids Erklärung zitiert hat, lag das Hauptaugenmerk auf der Tatsache der Kinderpornos. Laut einem anonymen Informanten in der Schwarzjackenzentrale von Reykjavík wurde das Nacktfoto eines Kindes im Computer des Pfarrers gefunden.

Die meisten Leser der Zeitung müssten daraus den Schluss ziehen, dass der Gemeindepfarrer ein Perverser sei. Wahrscheinlich auch noch ein Kinderschänder obendrein.

»Pfarrer David hört nicht auf meine Ratschläge«, sagt Lísa Björk. »Er ist das ganze Wochenende wie ein Wirbelwind durch die verschiedenen Radiosender gefegt und hat der DV, Hlédís und dem Gemeinderat mit einer Verleumdungsklage gedroht. In einem Interview hat er ziemlich direkt angedeutet, Hlédís selbst habe ihm dieses Pornofoto per E-Mail zugeschickt, obwohl er dafür keine Beweise hat. Er ist nicht zu zügeln.«

»Aber wenn es ihm mit Interviews in den Medien gelingt, die Leute davon zu überzeugen, dass er in dieser Angelegenheit ein unschuldiges Opfer ist, dann wäre es doch das Beste.«

»Kannst du dir vorstellen, dass er nach dieser negativen Publicity noch irgendwo als Gemeindepfarrer eingestellt wird?«

»Er hatte keine andere Wahl. Manchmal ist Angriff die beste Verteidigung.«

Ich verabrede mich am Nachmittag mit Pfarrer David.

Er ist immer noch in kriegerischer Stimmung.

»Ich kann einer unmoralischen Hure doch nicht erlauben, meinen Ruf derart zu ruinieren!«, donnert er los. »Ich werde kämpfen, kämpfen und nochmals kämpfen, bis die Wahrheit ans Licht kommt und die Gerechtigkeit siegt.«

Aber er zeigt sich erstaunlich realistisch. Als wir die Lage analysieren.

»Ich habe Beweise dafür, dass das Ordinariat meiner Amtsenthebung zugestimmt hat, bevor der Brief von der Mehrheit des Gemeinderates beschlossen und abgeschickt wurde«, sagt er. »Man hat hinter den Kulissen darüber verhandelt und ging davon aus, ich würde mich als treuer Diener der Kirche mit geschaffenen Tatsachen abfinden.«

»Aber so eine Verabredung ist gegen das Gesetz.«

»Niemand wird dies öffentlich bestätigen.«

»Wenn du den Pfarrgemeinderat verklagst, lassen wir den Bischof und seine Mitarbeiter als Zeugen vorladen. Sie würden doch wohl kaum vor Gericht lügen?«

»Ich habe es in den letzten Tagen und Wochen am eigenen Leib erfahren, dass die Mitarbeiter der Staatskirche ziemlich einfallsreich sind, was Ausweichmanöver angeht. Sie werden wahrscheinlich Hlédís' Anzeige als glänzende Gelegenheit nutzen, um die Sache so schnell wie möglich abzuschließen.«

»Wie denn?«

»Ich nehme an, dass sie dem Antrag des Pfarrgemeinderats in den nächsten Tagen offiziell stattgeben und dann meine Stelle zur Bewerbung ausschreiben. Es würde mich nicht wundern, wenn das das Ergebnis wäre.«

»Ohne dich gehört zu haben? Oder eine Gemeindeversammlung einberufen zu haben?«

Pfarrer David seufzt.

»Ich befürchte, der Schaden ist geschehen«, sagt er. »Nach diesem Artikel in der DV gibt es wenig Hoffnung, dass meine Leute die Mehrheit in einer Gemeindeversammlung stellen können. Es gibt so viele, die bereit sind, das Schlimmste über ihren Nächsten zu glauben.«

»Was willst du dann unternehmen?«

»Meine Ehre muss öffentlich und umgehend wiederhergestellt werden.«

»Möchtest du mit dem Ordinariat über ihr Angebot verhandeln?«

»Nein, ich treffe zunächst keine neuen Vereinbarungen. Ich verlange erst, dass mein Name von jeglicher Verleumdung befreit wird.«

»Wir werden dich selbstverständlich in deinem Kampf unterstützen«, antworte ich. »Wie hast du reagiert, als du dieses Foto auf dem Bildschirm gesehen hast?«

»Es gibt nur wenig, das mich durch die Jahre mehr getroffen hat, als Zeuge von Missbrauch an unseren Kindern zu werden.«

»Warum hast du mir das Bild nicht gezeigt? Du wusstest doch, dass ich neue Informationen zum Verschwinden von Karl Illugason gesucht habe?«

»Ich konnte es einfach nicht vertreten, dass dieses unzüchtige Bild das letzte wäre, das Matthildur von ihrem Sohn sieht.«

»Wer hat die E-Mail noch bei dir gesehen? Außer María?«

»Hat sie dir von unserem Treffen erzählt?«

»Ja.«

»Dieses Foto hat mir große Seelenqualen bereitet«, erklärt der Pfarrer. »Ich fand, es sei meine Pflicht, jemanden in der Familie davon zu unterrichten, aber wen? Der Vater des Jungen kam in Frage, auch sein Onkel oder sein Großvater, aber letztendlich habe ich beschlossen, zuerst María nach ihrer Meinung zu fragen. Sie hat mir stark zugesetzt, niemand anderem den Beweis für den gottlosen Missbrauch zu zeigen, dem ihr Bruder ausgesetzt war. Und so war es dann auch.«

»Willst du mir damit sagen, dass du in den Tagen, bevor Donald ermordet wurde, keinem Menschen außer María dieses Foto gezeigt hast?«

»Das ist richtig.«

Ich brauche eine Weile, bis ich diese Behauptung verdaut habe. Was den Kreis um den vermeintlichen Mörder von Donald Garber wesentlich enger zieht.

»Wo warst du an dem Abend, an dem der Mord begangen wurde?«, frage ich so gelassen wie möglich.

Pfarrer David ist verdutzt.

»Mit allem habe ich gerechnet, aber nicht mit einer solchen Frage«, antwortet er trocken.

Ich gucke dem Gemeindepfarrer direkt in die Augen. Warte geduldig auf eine Antwort.

»Ich war den ganzen Abend bei mir zu Hause und habe einem Gemeindemitglied Trost gespendet, das große Seelenqualen litt«, antwortet er schließlich. »Sie kann es bestätigen, wenn es sein muss.«

Also hat er ein Alibi. Wie María.

Habe ich mich total verrannt?

»War dir bekannt, was zu Hause bei Geir und Jakob vorging?«, frage ich.

Pfarrer David streicht sich mit seiner Hand über die Stirn.

»Das weißt du auch?«, fragt er.

»Ja.«

»Ich habe von diesen Untaten erst einen Tag, nachdem Geir im Hafen ertrunken ist erfahren«, antwortet er. »María kam zu mir in die Kirche. Sie war äußerst verstört, aber gleichzeitig Gott gegenüber dankbar für das, was geschehen war.«

»Für Gottes Rache?«

»Ja, sie glaubte daran, dass Gott eingegriffen hat.«

»Hast du Geir persönlich gekannt?«

»Nur flüchtig. Geir kam meines Wissens nach nur zweimal zu mir in die Kirche, und das war, als ich seine Frau beerdigt und Jakob konfirmiert habe.«

»War sein Tod mit Sicherheit ein Unfall?«

»Mir wurde gesagt, dass er alkoholisiert am Steuer saß.«

»Hat er viel getrunken?«

»Es fiel erst richtig auf, nachdem er von der Feuerwehr auf dem Keflavíker Flughafen entlassen wurde.«

»Weißt du, wie es dazu kam?«

»Die Militärpolizei hat Geir am Tor festgenommen, als er versucht hat, Waren in seinem Auto von der Base zu schmuggeln.«

»Welche Waren?«

»Das weiß ich nicht mehr. Nur, dass ihm fristlos gekündigt wurde.«

»Weißt du, wo Jakob Geirsson jetzt arbeitet?«

»Er hat Schauspiel gelernt, wie seine Tante, die lange im Staatstheater gespielt hat und sehr angesehen war. Gunnvör hat Jakob für ein weiterführendes Studium in die USA geschickt, und er ist sowohl dort als auch hier zu Hause immer mal wieder aufgetreten.«

»Hast du noch Kontakt zu ihm?«

»Nicht mehr«, antwortet Pfarrer David. »Er hat mich einmal besucht, kurz nachdem ich meine Stelle in Seltjarnarnes angetreten habe. In den darauffolgenden Jahren kam er regelmäßig an Heiligabend zu mir in die Messe, aber es ist schon länger her, seit ich ihn zum letzten Mal gesehen habe.«

»Warum ist er nicht mehr gekommen?«

»Ich bin davon ausgegangen, dass er in den USA eine feste Stelle gefunden hat.«

»Aber du weißt es nicht?«

»Nein, nicht sicher. Ich habe leider auch keine Zeit, das Leben aller Menschen zu verfolgen, die mir auf meinem Weg begegnen.«

Natürlich nicht.

»Alle Heiligen sind längst tot.«

Sagt Mama.

41. KAPITEL

Máki hat es wie immer hervorragend hingekriegt.

Seine eindringlichen Beschreibungen im Nachrichtenblog von Sigurjónas Alptraum auf dem Sommersitz des Landeszentralbankdirektors haben sich wie ein Lauffeuer in der Stadt verbreitet. Über das Internet.

Das geschieht dem verdammten Grobian recht.

Ich habe bereits alle Register gezogen, die mir zur Verfügung stehen, damit Baldvin Sigurlinnason verurteilt wird. Habe mir ein ausführliches ärztliches Attest geben lassen. Ganz offiziell Anzeige erstattet. Die Unterlassungsklage erneut vorgelegt, damit er sich Sigurjóna und den Kindern nicht nähern darf.

Dieses Mal kommt er nicht davon!

Máki hat in unserem Telefonat gestern Abend durchblicken lassen, die Akten vom Mord in Rockville würden geschlossen. Die Goldjungs hätten genügend Beweismaterial in der Hand, um meinen Klienten zu lebenslanger Haft verurteilen zu lassen. Dafür, dass er Donald Garber ermordet und ihm seine Geschlechtsteile abgeschnitten hat. Der zu erwartende Prozess sei eigentlich nur noch Formsache.

Andere Medienleute seien der gleichen Meinung. Jedenfalls hätten sie aufgehört, über den Fall zu berichten.

»Nichts ist so alt wie die Nachrichten von gestern«, sagte

Máki. »Das ist eine alte Wahrheit in der Nachrichtenbranche.«

»Manchmal neigt die Vergangenheit dazu, ihren vermeintlichen Tod zu überleben«, antwortete ich. »Obwohl die Sterbestunde schon oft angekündigt wurde.«

Máki zeigte sich sofort hellwach.

»Was willst du damit andeuten?«, fragte er eifrig.

»Unter uns?«

»Okay.«

Ich habe Máki in allen Details von meinen Verdächtigungen erzählt. Dass der Mord an Donald Garber auf die eine oder andere Weise mit dem Verschwinden von Karl Illugason im Jahr 1974 zu tun hat. Ohne jedoch mit einem Wort das Nacktfoto zu erwähnen. Habe ihn aufgefordert, den Bezirksverwalter von Reykjanesbaer anzurufen, der bereits meinen Antrag für ein Wiederaufnahmeverfahren zum Fall von Karl Illugason bekommen hat.

Ich finde es immer noch wahrscheinlich, dass das Foto den Rachefeldzug losgetreten hat, der zu Mord und Misshandlung geführt hat. Obwohl es mir bisher nicht gelungen ist, es zu beweisen.

Verdächtig sind daher zuerst einmal alle, von denen ich weiß, dass sie dieses Foto gesehen haben.

Aber dabei handelt es sich nur um sehr wenige Leute. Wenn man Pfarrer Davids und Marías Erklärungen Glauben schenken kann, dass sie niemand anderem das Pornobild gezeigt haben.

Andri Ólafur, Pfarrer David und María haben zugegeben, das Foto gesehen zu haben, bevor Donald Garber ermordet wurde.

Der Pfarrer und María haben ein Alibi für den Abend, an dem der Mord begangen wurde.

Allerdings nur laut eigener Aussage.

Ich hatte bisher noch keine Zeit gehabt, um herauszufinden, ob María an dem Abend, an dem Karitas Andri Ólafur in der Kaffibarinn abgeschleppt hat, tatsächlich im Landspitali gearbeitet hat. Habe es auch nicht geschafft, das Gemeindemitglied zu treffen, das Pfarrer David zu ungefähr der Zeit getröstet haben will, als Donald in Rockville verblutet ist.

Zwei Sachen, die ich in dieser Woche klären muss. Und außerdem muss ich versuchen, den geheimnisvollen Unbekannten zu entlarven, der Pfarrer David die E-Mail geschickt hat.

Ich gehe immer noch davon aus, dass Andri Ólafur Sveinsson unschuldig ist, was den Mord an Donald Garber betrifft. Natürlich hat er vieles andere Zweifelhafte auf dem Gewissen. Und wahrscheinlich würde er auch einen kaltblütigen Mord begehen, wenn es darauf ankäme.

Aber ich weigere mich zu glauben, dass Andri Ólafur ein dummer Mörder ist.

Andererseits könnte er diese traurige Verkettung von unglücklichen Umständen eingeleitet haben, indem er das Foto an Pfarrer David geschickt hat.

Das ist der Zweifel.

Der Onkel vom kleinen Kalli hat mir versprochen, mich morgen Abend zu treffen. In den Ruinen der Radarstation in Rockville. Um mir zu zeigen, wo er im Winter 1973–1974 in den Bunker hinabgestiegen ist.

Ich möchte zwei Fliegen mit einer Klappe schlagen. Möchte das Haus des Kinderschänders unter die Lupe nehmen. Sehen, wo der Perverse María missbraucht und erniedrigt hat.

Gunnvör Ríkhardsdóttir geht sofort ans Telefon.

»Ich suche für meinen Klienten eine Mietwohnung in Keflavík«, sage ich ohne große Vorreden. »Ist in eurem Haus in der Sudurgata etwas frei?«

»Ja, meine Liebe, ich denke schon, es handelt sich um den ersten Stock.«

»Und die Wohnung im Dachgeschoss?«

»Nein, wir haben nur diese eine Etage zu vermieten.«

»Mein Klient hat es eilig. Wann kannst du mir die Wohnung zeigen?«

»Ich komme hier nicht weg, meine Liebe, aber ich kann dir die Schlüssel leihen und den Mieter im Erdgeschoss bitten, dir behilflich zu sein.«

»In Ordnung.«

Gunnvör wohnt in der Flókagata. In einem alten Stadtviertel, wo alle Straßen nach den tausend Jahre alten Sagenhelden der ersten isländischen Krimis benannt sind. Nach hochgerüsteten Wikingern, die sich damit die Zeit vertrieben haben, auf jeder dritten Seite eines oder zwei Leute abzumurksen. Oft von Frauen dazu angehalten, denen übel mitgespielt wurde. Zumal sie immer viel schlauer waren als die Kerle.

Manches ändert sich auch in tausend Jahren nicht.

Gunnvör bittet mich, in der Diele zu warten.

»Ich bin schon ziemlich zerstreut und verlege gerne Sachen«, sagt sie entschuldigend. Und beginnt, die Treppe hinaufzugehen. »Ich glaube, dass der Schlüsselbund oben ist.«

Viele Fotos schmücken die Wand im Flur. Porträts. Die meisten von Gunnvör in verschiedenen Rollen.

Manche Verkleidungen wirken ganz einfach. Eine Perücke und eine veränderte Maske ist das Einzige, was man braucht, um eine neue Person zu erschaffen.

Andere sind schon aufwändiger.

Große Hüte. Teurer Schmuck, der auf den ersten Blick echt aussieht. Aber natürlich gefälscht ist.

Gunnvör war in jüngeren Jahren eine Sexbombe. Bevor das Alter die Regie übernahm. Farbe und Energie aus dem Haar gesaugt hat. Die frische Röte aus dem Gesicht. Und die Kraft aus dem schlanken Körper.

Das Alter benimmt sich immer wie ein teuflischer Vampir.

Gunnvör kommt langsam wieder die Treppe herunter. Hält sich am braunen Geländer fest.

»Ich habe den Schlüsselbund nicht gefunden, meine Liebe«, sagt sie außer Atem, »aber ich glaube, dass diese Schlüssel auch in der Sudurgata passen.«

Sie reicht mir einen Stahlring mit sieben Schlüsseln. Ihre Hand zittert.

»Bist du krank?«, frage ich.

»Ja, mein Kind, Parkinson plagt mich schon seit ein paar Jahren. Deshalb musste ich auch im Theater aufhören.«

»Wie ich sehe, hast du viele gutaussehende Frauen gespielt.«

Sie geht die Diele entlang. Zeigt mit zitterndem Finger auf ein großes Foto, das direkt neben der Eingangstür hängt.

»Diese liebe ich von allen meinen Rollen am meisten«, sagt sie.

»Warum?«

»*La Dame aux Camélias!*«, antwortet sie. Und bewegt den zitternden Arm mit theatralischer Geste auf das Foto zu. »Die Kameliendame ist eine wunderbare Rolle! Sie hat alles für ihren jungen Liebhaber aufgegeben.«

»Aha.«

»Es war auch das einzige Mal, dass Jakob mit mir auf der Bühne stand. Mein lieber Junge war ein wirklich bezaubernder Armand.«

»Armand?«

»Armand ist der junge Liebhaber, für den Marguerite alles opfert. Die ganze Theatertruppe war begeistert, dass Jakob und ich zusammen spielen durften. Ein Foto von Armand hängt ein Stück weiter.«

Ich drehe mich um. Gehe zurück zur Treppe.

Das Foto ist von einer Art italienischem Valentino. Oder

Romeo. Glatte schwarze Haare. Dunkle, herausfordernde Augen. Südländische Hautfarbe.

Sexy Knabe!

»Mein lieber Junge! Er hat Theaterspielen gelernt, um mir ähnlich zu sein«, sagt Gunnvör. »Hier ist ein anderes Bild von ihm.«

Wow!

Der süße Kerl sieht noch besser aus, wenn er sich als Frau verkleidet.

Blonde Haare bis auf die Schultern. Dunkler Lidschatten um die himmelblauen Augen. Feuerrote Lippen versprechen einen brennend heißen Kuss.

Gunnvör bemerkt, dass ich von dem Foto begeistert bin.

»Ja«, sagt sie lächelnd, »Mein lieber Junge konnte auch so eine gutaussehende Frau sein.«

42. KAPITEL

Mittwoch

Lísa Björk kommt gegen Mittag zu mir hereingestürmt.

»Hlédís Ásgrímsdóttir ist als Vorsitzende des Pfarrgemeinderates zurückgetreten«, sagt sie außer Atem.

»Warum?«

»Gestern gab es eine peinliche Szene im Gemeindehaus.«

»Erzähl!«

»Pfarrer David sagt, dass Hlédís' Mann und der junge Pfarrer aneinandergeraten sind, und am Ende ihres Streits ging Pfarrer Róbert zu Boden.«

»Willst du damit sagen, das Rattengesicht hat den Pfarrer verprügelt?«

»Das habe ich so verstanden.«

»In einem Eifersuchtsanfall?«

Lísa Björk zuckt mit den Schultern.

Es dauert eine Weile, bis ich diese unerwartete Neuigkeit verdaut habe. Wahrscheinlich kann man das als Bestätigung dafür auffassen, dass die Geschichte von Hlédís' Seitensprung richtig war.

»Was weißt du über die zweite Vorsitzende, die ihren Platz im Gemeinderat einnimmt?«

»Pfarrer David meint, dass sie sich aus dem Konflikt herausgehalten hat. Wir haben bereits ein Treffen für heute Nachmittag mit ihr vereinbart, um den Fall zu besprechen.«

»Gut.«

Ich versuche, mich auf die wichtigsten Aufgaben des Tages zu konzentrieren. Muss einige Sachen erledigen, die schon viel zu lange hinausgeschoben wurden.

Höre mir jedoch die Nachmittagsnachrichten im Radio an und erfahre, dass die Goldjungs ungehalten auf Mákis vorsichtig formulierten Artikel im Nachrichtenblog reagiert haben, wo er erwähnt, es gebe möglicherweise eine Verbindung zwischen dem Mord an Donald Garber und Karl Illugason im Jahr 1974. Und auch, dass der Bezirksverwalter in Reykjanesbaer bestätigt hat, dem Amt liege ein Antrag zur Wiederaufnahme der Ermittlungen im Fall Karl Illugason vor, der gerade begutachtet wird.

Der Himmel über der Midnesheidi ist gegen sechs Uhr abends dunkel und bewölkt, als ich Kjartan Karlsson am Tor zur Radarstation in Rockville treffe. Die einmal war. Wahrscheinlich dauert es nicht mehr lange, bis der nächste Schauer uns an diesem Regentag eine Dusche beschert.

Ich kann undeutlich die hellen Buchstaben im nassen Asphalt erkennen:

STOP!

»Ein zwei Meter hoher Drahtzaun war um das ganze Gelände gezogen worden«, sagt Kjartan. »Die Militärpolizei lief immer Streife, Tag und Nacht, und hat alle registriert, die auf die Base fuhren oder wieder hinauswollten. Ihre Wachhütte stand hier rechts von der Straße, genau innerhalb des Zaunes.«

Die Ruinen der Radarstation fallen in der eintönigen Felslandschaft kaum auf.

Die sichtbaren Hinterlassenschaften bestehen vor allem aus asphaltierten Straßen kreuz und quer durch das Gebiet und zig betonierten Kellern mit dazugehörigen Parkplätzen für zweihundert Leute. Manche davon sind äußerst mitgenommen von den schweren Arbeitsfahrzeugen, die die Militärgebäude abgerissen und den Müll auf Lastwagen geschaufelt haben. Zwischendrin stehen ein paar gebeutelte Bäume, die an Pfosten festgebunden wurden.

Asphalt und Beton. Steine, Erde und Felsen.

Kein Wunder, dass die Amis diesen unfreundlichen Außenposten des amerikanischen Weltimperiums Rockville genannt haben. Stadt der Steine.

»Hier links war die Zentrale«, sagt Kjartan.

Er geht mit langen Schritten vor mir her. Wie ein ungeduldiger Fremdenführer. Bleibt schließlich vor einem großen, länglichen Fundament stehen.

»Sie hatten zwei riesige Radarkugeln hier auf dem Haus, die wie überdimensionierte Tennisbälle aussahen«, sagt er und dreht sich um. »In diesem Haus war die Zentrale mit Computern und Fernmeldegeräten und anderer Ausrüstung, um Radarsignale empfangen und bearbeiten zu können und um die Informationen schließlich weiterzuschicken. Hier befand sich ein paar Jahrzehnte lang das Gehirn und das Herz der Radarstation der US Army.«

Kjartan guckt sich um und lächelt.

»Von dieser Zentrale aus hat die Army beobachtet, wenn sich Militärflugzeuge des russischen Bären entweder Island, Grönland oder Kanada genähert haben«, erklärt er begeistert. »Sobald die Russen auf dem Radarschirm auftauchten, hat man die Kriegsbomber vom Keflavíker Flughafen in die Luft geschickt, um die Russen nördlich und westlich von Island zum Tanz aufzufordern. Es war eine Art Pseudokrieg, der aber ernsthaft geführt wurde. Wer erinnert sich heute noch daran?«

Mich interessieren die alten Kriegsspielchen der Russen und Amis nicht. Danke nur dafür, dass es ihnen nicht gelungen ist, uns alle in die Luft zu sprengen.

»Wo liegt dieser Bunker?«, frage ich.

Der Sportlehrer sprintet nach Norden. Leichten Fußes. Bleibt knapp neben dem Ende des Fundaments stehen.

»Die Treppe führte hier hinunter«, sagt er sicher. Und zeigt mit beiden Händen auf seine Füße.

Kjartan steht auf einer viereckigen Stelle, wo der Beton ein wenig heller ist als anderswo am Fundament. Der Fleck ist geschätzte drei mal drei Meter groß.

»Bist du sicher?«

»Ja, ich erinnere mich ganz deutlich«, antwortet er. »Mir scheint, dass die Army den Eingang mit Beton ausgegossen hat, als sie sämtliches Hab und Gut aus der Station entfernt hat.«

»War das der einzige Weg nach unten?«

»Das war der Weg, den ich nahm, um hinein- oder hinauszukommen, aber sie könnten natürlich noch einen anderen Ausgang gehabt haben, ohne dass ich davon wusste.«

Ich drücke meinen hellen Pelzmantel enger an meine Brust.

Aber ich kann damit nur sehr kurz den Kälteschauer abschütteln, der diesem einsamen Ort folgt. Ebenfalls nicht die unheimliche Atmosphäre, die wie ein bleierner Alptraum über der alten Base liegt.

Zumal mir im Moment nur eins im Kopf herumspukt: Ist die Leiche des kleinen Kalli unter unseren Füßen versteckt? Unter dem grauen Beton?

Oh Mann!

Ich angle mein Handy aus der Manteltasche. Rufe María an.

»Mama geht es ganz schlecht«, sagt sie. »Ich bleibe heute Nacht bei ihr.«

»Bestell ihr schöne Grüße.«

Wir gehen zurück zum Parkplatz. Bleiben an einem großen Fundament stehen, das immer noch mit den bunten Absperrbändern der Schwarzjacken markiert ist.

»Da war ihr Klub«, sagt Kjartan.

Einige dunkle Flecken auf dem Beton sind die einzigen sichtbaren Spuren des Mordes und der Misshandlungen an dem ehemaligen amerikanischen Soldaten.

Kjartans und meine Wege trennen sich.

Ich rausche zurück auf die Landstraße zwischen Sandgerdi und Keflavík. Fahre schnell am internationalen Flughafen Leifur Eiríksson vorbei. Dem Tor zur Welt.

Nehme die erste Ausfahrt nach links, nach Keflavík hinein.

Grettir spielt auf dem Grundstück des alten Hauses an der Sudurgata Fußball.

»Kommst du uns besuchen?«, fragt er eifrig.

»Bist du immer so neugierig?«

»Ist es verboten zu fragen?«

»Ich möchte die Wohnung im ersten Stock angucken.«

»Darf ich mit?«

»Wenn du unbedingt willst.«

Am östlichen Ende des Hauses ist ein heruntergekommenes Treppenhaus.

Ich trete mir auf der Fußmatte in der Diele die Nässe von den rotbraunen Lederstiefeln. Bevor ich die Treppe hochgehe.

Bei jedem Schritt knarrt es im alten Holz.

Der dritte Schlüssel von Gunnvörs Schlüsselbund passt ins Schloss der mittleren Etage.

Ich sehe mir schnell die Wohnung an.

Das Wohnzimmer und das Schlafzimmer nehmen den meisten Platz ein. Das Badezimmer ist winzig. Die Küche fast nur eine enge Zeile.

Hier gibt es keine Möbel. Außer dem Doppelbett im Schlafzimmer. Aber ich finde es zu dreckig, um mich darauf zu setzen.

Grettir folgt mir zurück ins Wohnzimmer.

»Hier kann man auch kein Feuer machen«, sagt er und klopft lose an den Rauchfang, der vom Erdgeschoss bis aufs Dach reicht.

»Bist du ein Feuerteufel?«

»Was ist das?«

»Jungen, die Spaß dran haben, etwas abzufackeln.«

»Neeeiiin«, antwortet Grettir und schüttelt den roten Schopf.

»Wahrscheinlich war hier ein Kamin, als das Haus gebaut wurde«, sage ich. »Aber es ist ziemlich dumm, lodernde Feuer in alten Holzhäusern zu schüren. Sie können in null Komma nichts in Rauch aufgehen.«

Wieder schaue ich mich um. Enttäuscht.

Die Wohnung hat nichts Besonderes. Sie ist nur alt. Verwohnt. Hässlich. Alltägliche Armseligkeit des unausweichlichen Alterns.

Was hatte ich eigentlich erwartet? Dass die Wände vom strengen Geruch alter Sünden längst toter Eigentümer durchdrungen seien?

Verdammte Einfältigkeit.

Während ich die Tür ins Schloss ziehe, gucke ich die Treppe hoch.

»Geir hat uns zu sich eingeladen. Unters Dach.«

Hat María gesagt.

Ich betrete die knarrende Treppe. Halte mich an dem wackelnden Geländer fest. Hieve mich Schritt für Schritt hoch.

Die Tür ist abgeschlossen.

Der letzte Schlüssel am Bund passt ins Schloss.

Der siebte.

43. KAPITEL

Ein schwacher Blumenduft schlägt mir entgegen.

Ansonsten ist es in der Wohnung trocken und stickig. Als ob die kleinen Fenster im Dachgeschoss nie geöffnet würden.

Die Blumen glänzen in der Abenddämmerung. Sie stehen in einer dunkelgrünen Vase auf einem alten braunen Schreibtisch. Unter einem Fenster in der Dachschräge.

Rote Rosen.

»Hallo!«, rufe ich. »Ist jemand zu Hause?«

Keine Antwort.

Ich knipse die Lampen an, die vom steilen Giebel herunterhängen. Schaue mich in einer Art Wohnzimmer um, das den überwiegenden Teil der Dachwohnung auszumachen scheint.

Auf dem Fußboden liegt ein bunter Teppich mit südamerikanischem Muster. Ein altes dreisitziges Sofa mit einem hellen Blumenbezug. Zwei dazu passende Sessel. Nur mit höheren Lehnen.

Ein schwarzer Laptop steht auf dem braunen Schreibtisch. Auch ein Scanner. Ein kleiner Drucker. Ein ordentlicher Stapel weißes Papier.

An der Wand gegenüber dem alten Tisch stehen drei Kommoden nebeneinander. Dunkelbraun. Mit silberfarbenen Griffen. Auf den Kommoden liegt ein langes schweres Schwert in einer goldenen Scheide.

Tolles Ausstellungsstück. Oder Mordinstrument.

»Hallo?«, rufe ich wieder. Aber Stille ist wie eben auch die einzige Antwort.

Angriff oder Rückzug?

Keine Frage!

Ich muss doch meine Neugier befriedigen! Wenn ich jetzt schon mal hier bin.

Ich gehe langsam durch das Wohnzimmer. Bleibe ruckartig auf halbem Weg stehen. Schaue mich um.

Grettir steht zögernd in der Diele. Guckt mich fragend an. Als ob er Lust hätte, mir zu folgen. Aber nicht ganz sicher wäre, ob er das auch darf.

Ich zucke mit den Schultern. Mir doch egal.

Gehe weiter auf die Tür gegenüber der Diele zu. Trete ein in ein kleines, sauberes und ordentliches Schlafzimmer.

Ein schmales Bett. Mit lila Tagesdecke. Ein Kleiderschrank aus dunklem Holz steht direkt neben der Tür an der Stirnseite des Zimmers. Er hat zwei Türen.

Ein großer ovaler Spiegel hängt in der Mitte der Wand. Ein länglicher Toilettentisch unter der Dachschräge. Davor ein Hocker mit einem weichen, dunkelgrünen Kissen.

Verschiedene Schminkutensilien stehen auf dem Tisch.

Alle möglichen Gläser, Bürsten, Tuben, Spraydosen, Make-up-Stifte und Tiegel. Parfüms, Lippenstifte, Puderdosen, Mascara, Reinigungslotion, Handcreme, Lidschatten, Rougeperlen, Nagellack.

Alles durcheinander. Oder ein organisiertes Chaos.

Wer weiß.

Eine weiß gestrichene Tür führt vom Schlafzimmer in ein kleines, fensterloses Badezimmer. In der Mitte steht eine Duschkabine. Wo die Decke am höchsten ist.

Ich gehe wieder zurück ins kleine Schlafzimmer. Öffne den Kleiderschrank.

Auf Bügeln hängen Kleider, Jacken, Röcke, Mäntel, Anzüge und ein Trenchcoat. Hemden, T-Shirts, Unterwäsche und Socken liegen hingegen in Schubladen.

Unter der Kleiderstange befinden sich viele Paar Schuhe. Sowohl für Frauen als auch für Männer.

Im Regal darüber sehe ich einige Hüte für Frauen. Und Perücken.

Eine von ihnen ist wunderschön rot.

Ich setze mich auf den Hocker am Toilettentisch. Überlege kurz.

Entscheide dann. Stehe wieder auf. Recke mich nach der roten Perücke. Stelle mich vor dem Spiegel in Pose.

Sie reicht mir bis auf die Schultern. Und fühlt sich erstaunlich echt an.

Das Haar könnte echt sein.

Ich schaue mir die Hüte im Regal des Kleiderschrankes an.

Zwei davon sind rosa.

Ich wähle den breiteren. Setze ihn mir auf den Kopf. Auf die Perücke. Betrachte mich wieder eingehend im Spiegel.

»Ha, ha, ha!«

Grettir steht in der Tür. Und lacht.

»Du siehst super aus!«, ruft er. »Möchtest du auf einen Kostümball?«

Ich gucke wieder in den Spiegel, ohne dem Jungen zu antworten.

Aber ich sehe nicht mehr nur mein eigenes Spiegelbild. Sondern auch die Schwarzweißfotos von der Frau mit dem ausladenden Hut. Die die Überwachungskameras der Schwarzjacken in der Reykjavíker Innenstadt eingefangen haben.

»Ich mach mir gleich in die Hose!«, johlt Grettir.

»Da drinnen ist eine Toilette«, antworte ich, mit meinen Gedanken ganz woanders.

Ich lege die Perücke und den Hut an ihren Platz zurück.

Schließe den Kleiderschrank. Gehe wieder nach vorne ins Wohnzimmer. Bleibe am Schreibtisch stehen. Ziehe mir meine Handschuhe an und klappe den Laptop auf. Versuche, ihn hochzufahren.

Das System verlangt ein Passwort.

Mir fällt ja gar nicht ein zu versuchen, dieses Rätsel zu lösen. Schließe den Computer daher schnell wieder. Aber hebe den Deckel des Scanners.

Ein Foto liegt auf der Glasplatte. Mit der Rückseite nach oben.

Ich drehe es um.

Einen viel zu langen Augenblick habe ich das Gefühl, als würde das Herz in meiner Brust zu Stein.

Ich halte die Nacktaufnahme in der Hand. Das alte, widerliche Pornobild, wo der kleine Kalli auf Donald Garbers Schoß sitzt.

Bingo!

Ich habe den Wohnsitz des geheimnisvollen Unbekannten gefunden, der Pfarrer David die E-Mail geschickt hat. Das Foto aus dem Bunker.

Oder die geheimnisvolle Unbekannte.

Der nächste Schritt ist es, die geheimnisvolle Frau ausfindig zu machen, die Karen manchmal am Abend bemerkt, aber nie gesehen hat.

Ich warte darauf, dass der Junge wieder von der Toilette kommt. Angle mein Handy aus der Manteltasche. Rufe die alte Schwarzjacke an. Njördur Njardarson.

Berichte dem Rentner, wo ich gerade bin. Und was ich gefunden habe:

Das Foto. Die rote Perücke. Die rosafarbenen Hüte.

»Es würde mich nicht überraschen, wenn die Haare, die man an Donald Garbers Leiche gefunden hat, aus dieser roten Perücke stammen«, füge ich hinzu.

»Dann muss der Mieter Donald getroffen haben.«

»Wer sagt, dass es ein Mieter ist?«

»Ja«, antwortet Njördur gedehnt. »Da sagst du was.«

Ich höre Schritte auf der Treppe. Drehe mich schnell um. Genau in dem Augenblick, als jemand die Tür zur Diele öffnet.

»Bleib dran«, sage ich leise zur alten Schwarzjacke. Und schiebe das Handy in die Manteltasche. Ohne aufzulegen.

Eine große blonde Frau mit einem riesigen Hut auf dem Kopf steht in der Tür. Sie trägt einen langen roten Mantel. Zugeknöpft. Und schwarze Lederstiefel.

Sie fixiert mich durch eine dunkle Sonnenbrille.

Trotz des hellen Haares habe ich keine Zweifel. Ebenso wenig wie der Journalist Stanley, der mehr tot als lebendig durch den afrikanischen Urwald gestolpert ist, um nach Doktor Livingstone zu suchen. Der allerdings gar nicht wusste, dass er vermisst wurde.

Sage ganz entspannt:

»Fräulein Karitas, nehme ich an.«

44. KAPITEL

Sie rührt sich nicht und schweigt. Steht einen Schritt in der Wohnung. Hat ihre Augen sorgfältig hinter der großen schwarzen Sonnenbrille versteckt.

Ich betrachte das fachmännisch zurechtgemachte Gesicht. Die rosa geschminkten, verführerischen Lippen. Die Andeutung einer Stupsnase. Die hohen, sonnengebräunten Wangenknochen. Das blonde Haar, das Wangen und Hals umspielt.

Und ich weiß, dass ich ganz bestimmt recht habe.

Klare Sache.

»Oder willst du dich etwa in der Aufmachung Jakob Geirsson nennen lassen?«

Er knallt die Tür hinter sich zu. Kommt mit langen Schritten ins Wohnzimmer. Bleibt am braunen Schreibtisch stehen. Bei den roten Rosen.

»Wie bist du hier reingekommen?«, fragt Jakob aufgebracht.

»Deine Tante hat mir die Schlüssel gegeben.«

»Her damit!«

»Ich finde, ich sollte sie ihr selber zurückbringen, wenn ich nachher in der Stadt bin.«

»Gib mir die Schlüssel«, wiederholt er frech.

»Mir kann's ja egal sein.«

Ich werfe den Schlüsselbund mit den sieben Schlüsseln lässig auf den Schreibtisch.

»Zieh den Mantel aus.«

»Du auch.«

»Zieh den Mantel sofort aus!«

Ich finde es am sinnvollsten, seinen Befehlen zu gehorchen.

Jedenfalls momentan.

Lasse den hellen Pelzmantel von meinen Schultern gleiten. Lege ihn auf den Schreibtisch. Über den Schlüsselbund und den Scanner.

»Bist du schwanger?«, fragt er mit Verwunderung in der Stimme.

»Sieht wohl so aus.«

»Setz dich.«

Ich nehme in einem der Sessel Platz.

»Du benimmst dich, als ob du alles wüsstest, alles könntest und alles machen dürftest, was dir gerade einfällt«, sagt er.

»Nein, ich weiß nicht alles. Noch nicht. Nur genug, um mir darüber klarzuwerden, wer du bist und was du getan hast.«

»Ich habe nichts getan.«

»Tu nicht so«, sage ich schmunzelnd. »Sei doch stolz auf deine Erfolge. Du hast das gesamte beschissene System auf den Arm genommen.«

Die rosafarbenen Lippen zeigen ein ganz leichtes Lächeln.

»Dich auch?«

»Nicht lange.«

»Du bist ja wahnsinnig begeistert von dir.«

»Du solltest eigentlich einen Oscar für Maske und Regie bekommen«, antworte ich umgehend. »Toll gemacht.«

»Findest du?«

»Ich bin schon gespannt zu hören, wie und warum du dieses perfekte Verbrechen geplant hast.«

Er lächelt wieder.

»Wir sind alleine hier«, fahre ich fort. »Nichts von dem, was du mir sagst, verlässt den Raum.«

Jakob durchquert das Wohnzimmer. Geht zu den drei Kommoden. Nimmt den mächtigen Dolch mit beiden Händen. Hebt ihn hoch in die Luft.

»Dieses Schwert hat fünfzig Stieren das Herz durchbohrt«, sagt er.

Mich beschleicht eine leise Angst.

»Mit solch einem Schwert den Todesstoß zu bekommen, ist der letzte Orgasmus im Leben.«

Jakob kommt zurück. Bleibt direkt vor mir stehen. Zieht das Schwert langsam aus der Scheide. Richtet die Spitze drohend auf meinen Kopf.

Die Lichter an der Decke spiegeln sich auf dem messerscharfen Blatt. Wie in einem Spiegel.

»Der berühmteste Stierkämpfer von Mexiko hat mir dieses Schwert geschenkt. Er hat mich geliebt.«

»Und du ihn?«, frage ich.

»Nein. Ich habe nur einmal in meinem Leben geliebt.«

»Erzähl mir von ihm.«

»Er starb.«

Jakob dreht das Schwert schnell hin und her. Als ob er mir seine Fähigkeiten im Fechten beweisen wollte.

»Wie starb der, den du geliebt hast?«, frage ich.

»Rauchfänge können viel aufnehmen, sagte Donald. Er fand es lustig.«

»Was hat er damit gemeint?«

»Donald lacht jetzt nicht mehr.«

»Nein, wahrscheinlich nicht.«

»Donald hat gedacht, ich bin ein dummer kleiner Trottel, aber er hat seine Meinung ganz schnell geändert, als ich am Ende sein Leben in meiner Hand hatte.«

»Warum hast du Andri Ólafur die Schuld in die Schuhe geschoben?«

»Er hat es verdient, in der Hölle zu schmoren«, sagt Jakob verächtlich.

»Warum?«

»Er hat Papa umgebracht.«

»Er hat – was?«

»Donald hat mir auch gesagt, wie er es angestellt hat.«

»Wie?«

»Andri Ólafur hat Drogen in Papas Auto versteckt und hat der Militärpolizei einen Tipp gegeben. Papa wurde am Tor festgenommen und mit Schande entlassen, obwohl er unschuldig war.«

»Ich dachte, du hättest deinen Vater gehasst.«

»Glaubst du.«

»Hat er dich nicht mit einer Peitsche verdroschen?«

»Du bildest dir auch ein, alles zu wissen.«

»Nein. Ich verstehe nicht, warum Andri Ólafur deinem Vater etwas hätte anhängen sollen.«

»Er war ein Dealer und wollte die Aufmerksamkeit der Polizei auf jemand anderes lenken«, antwortet Jakob. »Deshalb hat er Papa ermordet.«

»Aber dein Vater hat doch noch einige Jahre gelebt, nachdem er von der Base rausgeschmissen wurde?«

»Er hat versucht, uns beide zu ertränken.«

»Wer?«

»Es war kein Unfall.«

»Als dein Vater ums Leben kam?«

»›Manchmal töten wir das, was wir am meisten lieben‹, sagte er und gab Gas. Ich träume immer noch manchmal davon, wie ich von der Brücke fliege und im eiskalten dunklen Meer ertrinke.«

»Wie furchtbar!«

»Es war mir völlig unverständlich, warum ich leben durfte und Papa sterben musste. Ich habe es nicht verstanden, bis ich Donald letztes Weihnachten in New York getroffen und die Wahrheit erfahren habe. Da wusste ich endlich, welche Rolle Gott mir zugedacht hat.«

»Rolle?«

»›Mein ist die Rache, spricht der Herr‹, hat Pfarrer David immer in der Sonntagsschule gesagt, aber ich bin sein Werkzeug, der Racheengel, der den Willen Gottes ausführt.«

Jakob Geirsson spricht mit großer Überzeugung. Als meinte er diesen Quatsch ernst.

Ob er schauspielert?

Wenn nicht, ist er völlig durchgeknallt. Mit durchgebrannten Sicherungen. Und dann muss man ihm alles zutrauen.

»Fürchtet euch vor dem Schwert! Denn das Schwert ist der Grimm, der über die Sünden kommt, spricht der Herr.«

»Aber deine Rache hast du doch jetzt vollendet, oder?«, frage ich. »Donald ist tot und Andri Ólafur im Gefängnis.«

»Knöpf die Bluse auf.«

»Nein.«

»Sonst zerschneide ich sie.«

»Hast du jetzt nicht genug geschauspielert?«

Jakob schiebt die Spitze des Schwertes unter den Saum meiner Spitzenbluse.

»Schon gut!«

Ich löse die Knöpfe. Einen nach dem anderen.

Beginne von unten.

»Die Genialität zeigt sich beim Improvisieren«, sagt Jakob. Und richtet die scharfe Spitze des glänzenden Schwertes auf meinen nackten Babybauch.

45. KAPITEL

Ich versuche, meine Angst in Schach zu halten. Verteidigung in Angriff zu verwandeln.

»So eine widerliche Tat bleibt nicht unentdeckt«, sage ich. »Glaubst du wirklich, ich wäre hierhergekommen, ohne jemandem Bescheid zu sagen?«

»Ja, bestimmt«, antwortet er. »Das würde zu dir passen.«

»Dann bist du dümmer, als ich dachte. Ich werde jeden Moment vermisst.«

Jakob legt das Schwertblatt über meinen nackten Babybauch.

»Hör auf damit!«, rufe ich.

Das höhnische Grinsen auf den rosafarbenen Lippen steht dem hübschen Gesicht nicht. Gibt ihm einen unmenschlichen Anstrich.

»Du hast nur noch eine Chance: Hör auf mit diesem Unsinn, und lass mich unbehelligt gehen!«, fahre ich wütend fort.

»Kalli hat auch gedroht.«

Ich ergreife sofort die Gelegenheit. Versuche, Jakob mit der Vergangenheit zu beschäftigen.

»Mit was hat er gedroht?«, frage ich.

»Dass er alles Pfarrer David erzählen wird.«

»Wollte er dem Pfarrer über die Engelspiele deines Vaters berichten?«

»Engelspiele?«, wiederholt Jakob und hebt das Schwert hoch in die Luft. »Du bildest dir wohl immer ein, alles zu wissen.«

»Ich weiß nicht, was mit Kalli passiert ist.«

»Gott hat ihn zu sich gerufen.«

»Wie?«

»Papa hat es nie erwähnt.«

»Wusste dein Vater, wie Kalli gestorben ist?«

»Aber Donald hat es mir erzählt. Er war genauso stolz wie du.«

»Was ist passiert?«

»Kalli hat sich geweigert zu gehorchen.«

»Wer von beiden hat ihn ermordet?«

»Donald wollte mir einreden, dass Papa Kalli auf den Kopf geschlagen hatte, aber ich wusste, dass er mich belogen hat.«

»Wo haben sie die Leiche versteckt?«

Jakob tritt schnell einen Schritt zurück. Richtet das spitze Schwert auf meine Augen.

»Steh auf!«, befiehlt er.

»Warum?«

»Hoch mit dir!«

Ich hieve mich schwerfällig aus dem Sessel.

»Geh vor mir her ins Schlafzimmer.«

»Warum?«, frage ich besorgt.

»Ich habe keine Lust, meinen schönen Teppich zu versauen.«

Ich fasse mit beiden Händen um meinen nackten Babybauch.

»Denk an das unschuldige Kind!«, rufe ich.

»Es wäre doch klasse, das Blag mit dem Schwert des Stierkämpfers rauszuschneiden. Ich habe noch nie einen Kaiserschnitt gesehen.«

Jakob scheint es verdammt ernst zu meinen.

Ich wende ihm den Rücken zu. Beuge mich über den braunen Schreibtisch.

»Geh ins Schlafzimmer!«, wiederholt er. Und sticht mich mit dem Schwert in den Rücken. Bis ich blute.

»Hör auf, du Ungeheuer!«

Verdammter Irrer!

Ich habe wirklich die Nase gestrichen voll von dieser Dreistigkeit.

Nehme meinen Pelzmantel in den Arm. Wirble ihn vor mir her in Jakobs Richtung. Mit beiden Händen.

Der Stoß überrascht ihn völlig.

Er stolpert rückwärts. Kippt ins Sofa.

Ich eile zur Wohnungstür.

Aber Jakob ist wesentlich schneller als ich.

Mit seiner linken Hand gelingt es ihm, einen Zipfel meiner Rüschenbluse zu fassen. Er dreht mich um. Hebt das Schwert mit der Rechten. Schlägt das breite Metallende des Griffs auf meinen Kopf. Direkt auf die Schläfe.

Mir wird von dem brutalen Hieb schwindelig. Ich gehe unbequem zu Boden.

»Freche, unverschämte Lügenhexe!«, brüllt er.

Ich liege auf dem Rücken. Wehrlos und durcheinander nach dem Schlag auf den Kopf. Merke, wie das Blut über mein Gesicht läuft.

Heißes, schleimiges Blut.

Ich sehe alles verschwommen. Auch Jakob, der sich mit dem Schwert in der Luft über mir aufbaut. Und seiner Wut freien Lauf lässt.

Ich drehe mich auf die Seite. Versuche, die rote Flüssigkeit von meinem Gesicht zu wischen.

Aus den Augenwinkeln heraus sehe ich Grettir in der Schlafzimmertür.

Er senkt den Kopf. Wie ein Kurzstreckenläufer. Flitzt so

schnell er kann zu uns. Hält eine große Schere in der geballten Faust.

Jakob ist viel zu sehr damit beschäftigt, mir alles Übel der Welt anzudrohen, als dass er den Jungen wahrnehmen würde.

Grettir trifft Jakob rücklings und bohrt die Schere mit aller Kraft in seinen rechten Oberschenkel. Scheint mir jedenfalls.

Jakob bäumt sich auf. Brüllt vor Schmerz. Wirft das Schwert von sich. Fasst mit beiden Händen um seinen Oberschenkel. Jault erneut auf.

Entsetzen steht in Grettirs Blick.

Mit letzter Kraft krabbele ich auf allen vieren zur Waffe. Und setze mich mit dem Schwert in der Hand auf.

Jakob zieht die Schere aus seiner Wunde. Winselnd vor Schmerz.

Ich wedele ihm mit dem glänzenden Schwert entgegen.

»Ja, komm doch, wenn du dich traust, du Ungeheuer!«, schreie ich. Besessen von einer wahnsinnigen Wut.

Er sinkt nieder. Mit der blutigen Schere in der Hand.

»Grettir!«, rufe ich. »Hol mein Handy! Es ist in der Manteltasche.«

Der Junge macht einen großen Bogen um Jakob. Kniet sich neben mein Fell. Durchsucht eifrig meine Taschen.

In dem Moment erscheint die alte Schwarzjacke in der Wohnungstür. Njördur Njardarson. Mit seinem Handy am Ohr.

Er erfasst die Situation sofort.

»Leg die Schere hin, mein Bester«, sagt Njördur gebieterisch. Wie jemand, der die Macht verkörpert.

Jakob zögert.

»Sonst muss ich sie dir mit Gewalt abnehmen«, fügt die alte Schwarzjacke hinzu.

Jakob wirft die blutige Schere auf den Fußboden. Genau zwischen sich und Njördur.

Njördur kickt sie in eine Ecke des Wohnzimmers. Befiehlt Jakob, sich auf das Sofa zu setzen.

»Was ich von eurem Gespräch durch mein Handy verstehen konnte, hat gereicht«, sagt er und guckt zu mir. »Bist du sehr verletzt?«

»Er hat mir mit dem Schwert auf den Kopf geschlagen.«

Njördur kommt zu mir herüber. Nimmt mir die Waffe ab.

»Kannst du dich nicht aufs Trockene verlagern?«, fragt er.

Da erst bemerke ich das Wasser.

Ich bin ganz nass. Als ob ich mich in eine Pfütze gesetzt hätte.

Das bringt mich aus der Fassung.

»Das Fruchtwasser!«, rufe ich panisch. »Das Fruchtwasser ist abgegangen!«

»Beruhige dich«, sagt Njördur. »Ich rufe sofort den Krankenwagen an.«

Ich lege mich auf den Rücken. Halte mit beiden Händen meinen Bauch fest. Versuche mich zu entspannen. Der Erfolg lässt zu wünschen übrig.

»In welchem Monat bist du?«, ruft Njördur.

»Im achten!«

Er spricht weiter ins Handy.

Grettir kommt zögerlich zu mir.

»Sie bringen dich sofort in die Stadt«, sagt Njördur und schiebt das Handy wieder in seine Hosentasche. »Alles wird vorbereitet sein, wenn du im Landspítali eintriffst.«

»Grettir hat mein Leben gerettet«, sage ich. »Er ist ein Held!«

Njördur streicht dem Jungen freundschaftlich über den roten Schopf.

Die nächsten Minuten vergehen wie im Nebel. Schwarzjacken überschwemmen das Haus. Einige führen Jakob ab. Andere lagern mich auf eine Trage.

Als sie mich gerade aus der Tür bringen wollen, fällt mir wieder ein Satz ein, den Donald Garber im Beisein von Jakob Geirsson hat fallen lassen:

»Rauchfänge können viel aufnehmen.«

Ich winke energisch mit beiden Händen. Und rufe Njördur.

»Was gibt's?«, fragt er. Und beugt sich zu mir hinunter.

»Lass den Schornstein aufbrechen.«

»Den Schornstein? Was ist darin?«

»Der kleine Kalli.«

Fünfte Woche

46. KAPITEL

Am ersten Samstag im Mai

Der Alptraum kommt immer wieder.

Rosafarbene, grinsende Lippen. Das glänzende Schwert. Die blutige Schere.

Jakob schlitzt mir schon wieder den Bauch auf. Als ich atemlos erwache. Ein völlig nassgeschwitztes Nervenbündel.

»Widerlicher, verrotteter Hammelhoden!«

Aber ich bin noch zu schwach und kann meiner angestauten Wut nur mit machtlosen Flüchen Luft machen. Obwohl ich gestern Morgen aus der Frauenklinik entlassen wurde. Sieben Tage nach dem Kaiserschnitt.

Sóley Árdís liegt weiterhin auf der Neugeborenenstation.

Meine Tochter.

Die Ärzte wollten nicht länger warten. Sie behaupteten, dass die Fruchtblase wahrscheinlich geplatzt sei. Dass die Plazenta aufgehört habe, normal zu arbeiten.

»Um die Sache auf den Punkt zu bringen, sind die Überlebenschancen des Kindes wesentlich besser, wenn wir es sofort mit Kaiserschnitt holen«, sagte einer von ihnen.

Sie wollten mir keine Narkose geben. Wegen der Kopfverletzungen, die mir in Keflavík zugefügt wurden. Im Haus des Kinderschänders.

Stattdessen betäubten sie mich lokal. Mit einer Periduralanästhesie. Und begannen zu schneiden.

Die Operation war ein weiterer Alptraum. Viele gleißende Lichter über dem Operationstisch. Gesichter, hinter Mundschutzmasken verborgen. Messer. Zangen. Leitungen. Blut.

Trotzdem hatte ich keine Schmerzen.

Nicht körperlich jedenfalls.

»Es ist ein Mädchen«, sagte jemand. Durch die Maske.

Ein winziges Würmchen. Ist ja auch nur sechsunddreißig Wochen alt.

Sóley Árdís befindet sich immer noch in der geschützten Umgebung im Kinderkrankenhaus. Computergesteuerte Maschinen geben ihr Sauerstoff. Und halten sie warm. Bis Haut und Lunge sich voll entwickelt haben. Sie darf erst in vier Wochen nach Hause kommen. Oder fünf.

Ist wahrscheinlich auch gut so. So wie es um mich steht.

Ich stakse ins Bad, nehme eine heiße Dusche. Um den sauren Schweiß der Nacht fortzuspülen.

Trockne mich vorsichtig vor dem großen Spiegel ab. Versuche, dabei so wenig wie möglich an die Narbe zu kommen, die quer über meinen Unterbauch verläuft.

Nachher muss ich noch meine geschwollenen Brüste ausstreichen. Die Sóley Árdís bisher nicht mit ihren kleinen unschuldigen Lippen berühren durfte.

Ich föhne die Feuchtigkeit aus meinen blonden Haaren.

Meinem Schatz.

Ansonsten sehe ich furchtbar aus. Es dauert bestimmt viele Wochen, bis ich wieder in Form bin.

Aber ich nehme mir vor, dass es mir bis zum nächsten Ersten gelingt. Bevor Ludmilla wieder zu mir kommt.

Sie wollte unbedingt sofort von Riga nach Island fliegen. Als ich ihr von der Geburt berichtet habe. Aber sie hat zugestimmt, noch zu warten, bis Sóley Árdís nach Hause darf.

Dagegen erwarte ich Cora jeden Augenblick. Sie möchte

mich zum Friedhof in Keflavík fahren. Wo kurz vor Mittag die Beerdigung stattfindet.

Ein Sarg. Zwei Leichen.

Mutter und Sohn wieder vereint. Nachdem sie über dreißig Jahre getrennt waren.

Njördur Njardarson hat Matthildur Haflidadóttir die Nachricht überbracht. Als die Schwarzjacken die sterblichen Überreste von Karl Illugason im Schornstein des alten Hauses in der Sudurgata gefunden haben.

Wer hat den kleinen Kalli umgebracht? Geir oder Donald?

Weder der eine noch der andere können berichten, was sich im Hause des Kinderschänders abgespielt hat. Wir werden es nie sicher erfahren, wer Kalli erschlagen hat.

In meinen Augen sind sie beide gleich schuldig.

»Matthildur wurde von tiefem Frieden erfüllt, als ich ihr berichtet habe, dass wir endlich ihren Sohn gefunden haben«, sagte Njördur. »Ich habe den Himmel in ihrem Blick gesehen.«

In der darauffolgenden Nacht konnte sie loslassen.

Ist im Schlaf gestorben.

Raggi hat mich vor ein paar Tagen besucht. Um ein Protokoll aufzunehmen.

Jakob Geirsson hat bereits bei einem Verhör zugegeben, Donald Garber aus Rache ermordet zu haben. Und die Leiche verstümmelt zu haben. Aber sein Bericht war unzusammenhängend.

»Es ist nicht sicher, ob er überhaupt verhandlungsfähig ist, wenn der Fall vors Gericht kommt«, sagt Raggi. »Im Moment sollten wir jedenfalls davon ausgehen.«

Die Goldjungs haben bereits bestätigt, dass die roten Haare, die auf der Kleidung von Donald Garber gefunden wurden, von der Perücke stammen, die ich im Kleiderschrank gefunden habe. Von der Perücke, die Jakob an dem Abend benutzt hat, als er sich in Karitas verwandelt hat.

»Wir wissen, dass Jakob Geirsson mit einem Fuß in New York lebte, wo er hauptsächlich damit Geld verdient hat, als Drag-Queen in Clubs aufzutreten«, berichtet Raggi. »Er war unglaublich geübt darin, wie eine Frau zu wirken, und daher ist es verständlich, dass Andri Ólafur sich hat täuschen lassen. Ich selbst habe die Karitas auf den Überwachungskameras auch immer für eine Frau gehalten.«

Die Goldjungs sind bisher dahintergekommen, dass Donald Jakob kurz vor Weihnachten im letzten Jahr zufällig in einem Nachtclub getroffen hat.

Sie haben die Nacht bei Donald zu Hause verbracht, wo er Jakob seine geheime Pornobilder-Sammlung gezeigt hat. Darunter waren auch die Nacktaufnahmen vom kleinen Kalli.

Donald hat sich mit seinen Erfolgen auf Island gebrüstet. Und damit sein eigenes Todesurteil unterschrieben.

Andri Ólafur ist zurück nach Luxemburg gereist.

Er hat sich seine Freude darüber, wieder frei zu sein, etwas kosten lassen.

»Zum ersten Mal in meinem Leben bezahle ich jetzt eine Blanko-Rechnung«, sagte er. »Du entscheidest selbst die Höhe des Betrags. Auf die Weise möchte ich meine immerwährende Dankbarkeit zum Ausdruck bringen.«

Natürlich werde ich Andri Ólafur beim Wort nehmen.

Er hat es verdient, anständig zu blechen.

Ich ziehe mir eine neue weiße Rüschenbluse an. Schwarze Lederkombination. Dazu passende Stiefel.

Lísa Björk ist in den letzten Tagen über sich selbst hinausgewachsen.

Sie konnte die Schwarzjacken dazu bewegen, erneut einen Antrag auf Näherungsbann für Baldvin Sigurlinnason zu stellen. Diesmal kommt er uns nicht davon.

Sie hat auch einen Teilsieg in Pfarrer Davids Fall errungen und die zweite Vorsitzende nach Hlédís Ásgrímsdóttir im Pfarrgemeinderat veranlasst, eine Gemeindeversammlung abzuhalten, bei der eine Abstimmung über die Zukunft des Pfarrers stattfinden soll.

Cora wartet in der Diele auf mich. Während ich mich die Treppe hinunterschleppe.

»Welchen Mantel möchtest du mitnehmen?«

»Den schwarzen.«

Sie holt meinen langen schwarzen Ledermantel aus dem Kleiderschrank in der Diele. Öffnet die Haustür. Wartet darauf, dass ich vor ihr hinausgehe.

Die Morgensonne scheint schon über der Weststadt. Trotzdem sind immer noch Wolken am Himmel. Und der Wind vom Meer her ist frisch und kühl.

»Ich glaube, dass der Frühling jetzt endlich kommt«, sagt Cora lachend.

Sie setzt sich hinters Steuer. Fährt meinen Silberhengst nach Keflavík.

Ich lehne mich in den gemütlichen Beifahrersitz zurück. Schließe die Augen. Und denke an das winzige Menschlein, das sich immer noch in einer Art Mutterleib im Kinderkrankenhaus befindet.

Sóley Árdís Blómkvist. Der neue Frühling in meinem Leben.

Oder etwa nicht?

»Kinder sind wie Handschellen. Sie nehmen unser Denken gefangen.«

Sagt Mama.